目錄
CONTENTS

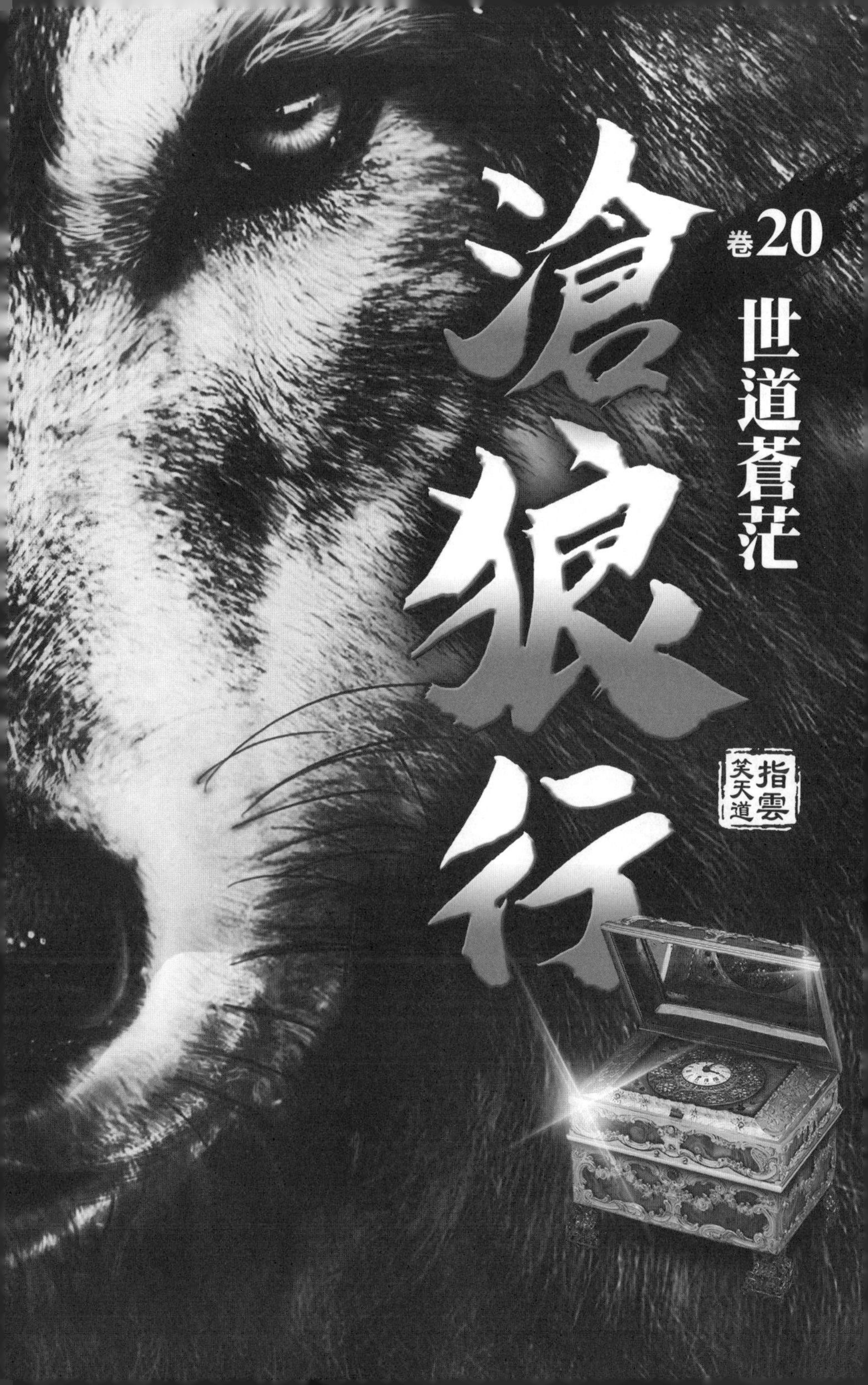

滄狼行
卷20
世道蒼茫
指雲笑天道

第一章

官場奧秘

楊慎道：「看來你還是不懂官場的奧秘啊，
你以為真正的官場人脈和盟友關係，是到了朝堂上，
透過科舉考試之後才確立的嗎？錯了！真正的關係，
是在求學階段就以各種師生關係來確立了，
所謂隱形閣老就是這樣。」

康巴城外。

千戶府的別院內，羅藝一個人坐在屋內，雙目微閉，與白日裡相比，他的神色平靜許多，那道紅色的印子還留在他的脖子上。

張雲松匆匆地走了進來，見羅藝雙目微閉，輕輕說道：「主公。」

羅藝眼皮也不張開一下，緩緩說道：「怎麼樣了？」

張雲松報告道：「都急著往東邊方向去了，看起來他們怕是落了後，一路向東追尋而去啦。」

羅藝又問：「有沒有一路跟蹤？」

張雲松點點頭：「獵豹已經跟了過去，主公放心，一切盡在掌握之中！」

一個冰冷的聲音從頭頂傳了過來：「好一個盡在掌握之中！」

張雲松臉色一變，一股強烈的血腥氣味傳了過來，只聽「啪」地一聲，一隻戴著爪鉤，鉤上泛著幽幽藍光的手落了下來，手的虎口皮膚上，還紋著一隻豹子的圖案。

羅藝的眼睛始終沒有張開，只是輕輕地嘆了口氣。

張雲松鋼牙一咬，一身長衫無風自碎，刀光一閃，兩把一長一短的精鋼鴛鴦刀抄在手裡，只聽他沉聲喝道：「主公速退，我來擋住天狼！」

羅藝終於睜開了眼睛，緩緩說道：「老張，你擋他不住的，別作無謂的犧牲了！」

張雲松悲號一聲：「主公，你怎麼可以這樣說呢！」

羅藝站起身，活動了一下脖子，平靜地道：「好了，李滄行，這回你贏了，你可以下來了，有什麼話，儘管問我就是。」

李滄行大鳥一般的身形無聲無息地從空中落下，眼睛盯著羅藝那張肥臉，冷冷地說道：「想不到名滿天下，號稱第一才子的楊慎，竟然是這副尊容，可真是百聞不如一見啊！」

張雲松鬚髮橫飛，怒道：「狂徒休得放肆！」

羅藝擺擺手：「老張，你退下吧，讓我和李大俠單獨聊聊，別讓其他人進來。」

張雲松無奈地收刀退下，從地上撿起那隻斷手，頭也不回地走出了屋子。

楊慎（羅藝）指著堂屋內客座的一張靠背椅，對李滄行道：「李大俠，請坐。」

李滄行點點頭，坐到那張椅子上，看著踱到主座那裡坐下的楊慎，道：「我該怎麼稱呼你呢？楊先生？還是上次說的山中老前輩？」

楊慎端起面前的茶，一股茶香連李滄行都能聞到，他不經意地吹了吹茶杯內的水面，小心地喝了一口，笑道：「李大俠，這是上好的普洱茶，要不要來喝一杯？」

李滄行冷冷地回道：「沒這必要了，我不渴，希望你能先回答我的問題。」

楊慎放下茶杯，道：「名字只不過是一個代號，不能代表什麼，不管我叫什麼名字，我都是我，就像你李大俠，無論是李滄行還是天狼，都是你，別人代替不了。」

李滄行點點頭：「那我還是叫你楊先生好了，因為我不想把你向那個邪惡陰險的山中老人身上扯，也許跟天下第一才子楊先生這樣坐著談話，能多少減少一點我對你的敵意，平息一點我現在心中的憤怒。」

楊慎微微一笑：「哦，李大俠很憤怒嗎？怒從何來？」

李滄行冷冷地道：「如果你是我，被人這樣愚弄欺騙，能不憤怒嗎？楊先生，**我和你只見過兩次，你就騙了我兩回，這還不夠讓我憤怒嗎？」**

楊慎搖搖頭：「李大俠，**難道你的一生不是被人驅使和欺騙嗎？」**

李滄行兩道劍眉豎了起來：「楊先生，你很瞭解我嗎？憑什麼這麼說我！」

楊慎微微一笑，又端起茶杯呷了一口：「滄行，上次我們在那鏡湖小屋，雖然沒有見面，可是你我也算是交談了一回，你應該知道，我對你的底細知道的一清二楚。你在武當時，就被紫光欺騙和驅使，後來又被陸炳父女聯手欺騙，就算學得了一身縱橫天下的武功，仍然逃不脫作為棋子的命運，若不是前陣子南少林的大會，只怕你現在還被鳳舞當猴耍呢，難道我說錯了嗎？對了，你這回來雲南，又是被陸炳利用了吧。嘖嘖嘖，滄行，你的命運還真是可悲，我看了都心疼啊。」

李滄行冷冷地道：「楊慎，我們很熟嗎？只有我的師門長輩和我親近之人才能叫我滄行，你又是什麼東西，這樣占我便宜？」

楊慎搖搖頭：「不，滄行，你誤會了，我不叫你全名，不是想倚老賣老，而是我實在不知道應該是叫你朱滄行，或者桂王殿下呢，還是叫你李大俠？」

李滄行眼中寒芒一閃：「你以為我跟你一樣，希罕那個王爺的身分？你們這些人，一個個熱衷於權勢，不要把別人想的跟你一樣。」

楊慎嘆了口氣：「我還是叫你天狼吧，這應該是最合適的。天狼，你要知道，**人這輩子無法改變的，就是自己的出身和血緣**，不管你再怎麼否認，你都是大明的宗室親王，雖然皇帝不認你，甚至不知道你的存在，但你的體內流著的是洪武皇帝的龍血，若非如此，你又怎麼可以輕鬆地駕馭斬龍刀和莫邪劍這樣的上古神兵呢?!我看你這是得了便宜還賣乖啊。」

李滄行劍眉一挑：「楊先生，我知道你是天下第一才子，口舌之利，天下無人是你的對手，我今天回來找你，不是要跟你打這種無聊的嘴仗，而是想要從你這裡知道我想知道的事。今天白天那樣對你，我不想再弄第二次，楊先生是聰明人，還是老實說比較好。」

楊慎臉上浮起一絲笑容：「天狼，你到底想知道什麼呢？」

李滄行眼中目光炯炯：「今天我有足夠的時間，也有充分的耐心，想要聽你說很多的事，你最好從你爹當年叫林鳳仙偷太祖錦囊，不，最好從當年你爹找殺手去刺殺我娘開始說起，把你這些年做的事，尤其是和萬蠱門主的關係，一樁樁，一件件的給我說清楚！」

楊慎點點頭：「也好，這些事悶在我的心裡，也快有四十年了，卻不能向任何人傾訴，正好今天有一個像你這樣的傾聽者，也罷，天狼，這些事跟你這一生息息相關，正好借這個機會讓你知道，你這輩子活得有多可憐。

「我就從當年你父皇母妃的事說起吧，想必你也知道了，你的父親是正德皇帝，母親是蒙古公主朵顏那拉，本來這兩人是絕對不可能在一起的，可是陰差陽錯，蒙古公主假扮漢人入關內想要刺探軍情，而你父皇又是個不喜歡在大內待著的玩童皇帝，一個人偷跑了出去，結識了這個蒙古公主，然後他們就一見鍾情在一起了。我爹是當時的內閣首輔，知道後極力反對，可是你父皇卻一意孤行，不僅不把你娘送回蒙古，還為她建了個豹房，自己也不在皇宮裡處理國事，每天就在豹房裡陪著你娘，哼，還真是**不要江山只要紅顏**啊。」

李滄行厲聲道：「我父母是兩情相悅，真心相愛，不許你誣衊他們。」

楊慎的表情變得可怕起來，激動地道：「不對，你父母不是普通人，尤其是你父皇，他如果要追求愛情，就別當皇帝，至少讓位給其他能對得起朱明天下的人，與敵國公主為妻，還生兒育女，這讓驅逐韃虜的洪武皇帝如何能甘心！」

李滄行反駁道：「分明是你們這些人不懷好意，食古不化，就是洪武皇帝也娶過蒙古妃子，為什麼我父皇就不可以了？」

楊慎搖搖頭：「如果只是個普通的妃子，自然沒什麼，可是你父皇想要立你娘為正宮皇后，群臣苦諫之下，他竟然扔下朝政，一個人跑到豹房去了。天狼，你說這樣對嗎？你娘可不是在皇宮裡生下你的，說句難聽的話，正德皇帝是不是你爹都不敢保證，萬一弄出個野種得了我大明的江山，讓我們這些臣子死後如何去見洪武皇帝，見我大明的列祖列宗！」

李滄行猛的站起身，劍指楊慎，怒道：「姓楊的，你說誰是野種！你有本事再說一遍?!」

楊慎面不改色地道：「我沒說你，你不必這樣對號入座，但母親是敵國公主，又是來路不明的孩子，作為臣子，不應該極力反對你登上皇位嗎？誰敢保證你就是正宗的朱明血統！」

李滄行平復了一下胸中沸騰的火氣，坐回椅子上。

「我娘並不希罕這個皇后位置，我知道她只想和我爹相守罷了，可就是這樣，你們還苦苦相逼，痛下殺手，你們到底是什麼居心！還敢說自己是忠臣嗎？」

楊慎毫不遲疑地道：「我們當然是忠臣，只不過我們忠的是大明的江山社稷，列祖列宗，而不是正德皇帝一個人，他自己不守祖制，要強娶你娘為皇后，還要立你為太子，那就怪不得我們這些忠臣了，所以我爹當年派出大批江湖義士，去豹房刺殺你們母子，只可惜天不遂人願，竟然出了差錯，讓你上了武當山，活到今天，也算是造化弄人，天不佑我大明吧。」

李滄行壓下怒火道：「這些事我先不跟你算，你們做這種事，也沒什麼好下場，我父皇鬱鬱而終，可是你們新選出來的嘉靖皇帝，也不是你們父子能任意擺布的，你們想控制這個小皇帝，結果反而被他反擊得手，只能說是你們自做自受罷了。」

楊慎的臉微微一紅，道：「也怪我爹過於忠正，有感於正德皇帝從小頑劣不成器，長大後有了權力更是無法無天，所以想找一個聰明過人、富有賢名的宗室藩王繼承大統。嘉靖帝在宗室親王中的名聲極大，所以我爹同意他入繼大統，可沒想到他一登基就搞出這個大禮議事件，幾年的拉鋸，趁機把我們父子一系的官員全部逐出朝堂，就此獨掌大權，我們還是低估了他的能力啊。」

李滄行幸災樂禍地道：「作繭自縛，這句話形容你們最合適不過，不過我想問的是，嚴嵩當年是出賣你們父子的罪魁禍首，為什麼你們跟嚴嵩居然還能保持合作關係？」

楊慎嘴角不屑地勾了勾，眼中露出陰狠的神色：「嚴嵩？哼，他不過是我們楊家養的一條狗罷了，你以為他真的有本事能一手遮天？你以為嚴黨真的可以橫行天下？做夢去吧。沒我們楊家在暗中為他策劃一切，就他那點本事，早被夏言趕回老家了！」

李滄行不解道：「這是什麼意思？嚴嵩難道還要靠你們這對被貶官的父子來控制局勢？」

楊慎冷笑道：「天狼，你還是一介武夫，並不瞭解官場啊！表面上看，當朝首輔權傾朝野，一人之下，萬人之上，可是這一切都是無根之水，皇帝只要一不高興，馬上就可以貶他的官，奪他的權，到頭來他還是一無所有，所以**歷代聰明的內閣首輔，無不在入閣前就廣結善緣**，像是一同中進士的同年，一起進京考試的同鄉，自己的老師、門生，都是同盟者，**你認識的人越多，在官場上的盟友也越多**，久而久之，當你的這些盟友和黨羽們能控制一大半的朝臣，那皇帝也奈何你不得了！我爹正是因為深諳這一切，才得以成為三朝元老，把持朝政幾十年！」

李滄行虎目精光一閃，搖搖頭道：「楊先生，你又在大言不慚了，你爹要是真的有這麼厲害，能把持住整個朝政，那也不會讓皇帝直接把你們這一黨四五百個官員全部免官，趕出京城，流放的流放，充軍的充軍了。是不是？」

楊慎嘆了口氣，「我們本來是算得清清楚楚，朝中上到內閣，下到各部官員，多數都是我們一黨，共同進退，絕不會有問題，就是嚴嵩，當時對我爹也是死心踏地，當年我們這些官員，能逼得正德皇帝都無法立皇后，只能自己躲到豹房，甚至明知是我們派人刺殺了你母妃，他也根本無法報復，這就是我們的實力，比起今天的嚴嵩一黨，只強不弱。因為嚴黨畢竟還有清流派諸臣牽制，而我們當年，可是一家獨大，甚至可以虛君實權的。」

李滄行略一思忖，質疑道：「但你們沒有算到，嘉靖皇帝居然可以重新起用在南京的那些半退休官員出來，填補你們的這些空位，對吧。」

楊慎恨聲道：「不錯，千算萬算，就是算漏了這一條，雖然我大明自靖難遷都以來，南京名為陪都，但也設了六部，照著朝廷的官位，除了內閣外，所有的官職都設得一模一樣，可是在這些位置上的官員，無一不是政治鬥爭失敗，或者是年老昏庸，準備致仕回家的那種，無任何實權可言，多年來無人關注，而且當時我爹在南京也有幾個親信坐鎮，重要的職位上全是我們的人，按照常理，一般的人就是想有野心，也不可能折騰出什麼結果的！」

李滄行吐嘈道：「但偏偏南京的禮部主事，那個叫張璁的傢伙，為人雖然迂腐，卻是個鑽死書，認死理的書呆子！更可怕的是，這個人會看風向，見你們一面倒地欺負皇帝，意識到自己的機會來了，在大禮議事件上公開地站在皇帝一邊，上書為皇帝爭生父的名分，從那天起，皇帝就不再是孤軍奮戰，而你們在這事上本就不占理，被張璁引經據典，駁得是體無完膚，就連才高八斗的楊先生，也始料未及吧。」

楊慎臉上兩堆肥肉輕輕地抖了抖，道：「其實我也反對家父的意見，勸他不要在這事上壓皇帝一頭的，小皇帝想要認誰當爹，讓他母親當太后，那是他自己的事，事實上，朝中大事他根本離不開我們，我們又手握實權，尤其是人事權，他連一個信得過的太監也沒有，跟著他一起過來的錦衣衛陸炳又被我們打發去了外地，可謂孤掌難鳴，就是他有野心，也不可能在十年內建立自己的班底，完全沒必要跟他搞壞關係。可家父就是不聽，說若是新登皇位的時候不給他點下馬威，讓他知道咱們的厲害，啥事都由著他性子來，只怕就會成第二個正德皇帝！」

李滄行道：「關於這件事，我已經清楚了，不想多聽，總之，你們父子兩個，還有你們的集團，最後被連根拔除，趕出朝堂。可是**嚴嵩跟你們又是什麼關係？聽你的意思，他並不是背叛你們的？**」

楊慎道：「嚴嵩是我讓他主動上書投靠皇帝的，當時情勢已經很明朗，我爹必敗無疑，嘉靖帝的母親已經進了後宮，作為太后，他的父親也給加了皇考之名，唯一沒做到的，也就是他父皇的牌位沒有進祖廟而已。」

楊慎回憶著，往事彷彿歷歷在目：「但這也是遲早的事，因為我們完全不占理，就是想要反過來向嘉靖帝認錯投降也不可能了，而張璁已經當了次輔，明擺著就是下任首輔，他恨透了我們，一定會對我們徹底清算的，若是想保住東山再起的機會，只有留下自己的人，以後扳倒張璁，再想辦法回朝為官。」

李滄行笑道：「所以你們留下來的這個自己人，就是嚴嵩了？」

楊慎點點頭：「還有夏言，也是我爹的門生之一，只不過不如嚴嵩那麼有名罷了。我很清楚夏言剛正不阿，嚴嵩卻是個徹底的奸滑小人，他的兒子嚴世蕃又是個絕代梟雄，這兩個人肯定會輕鬆搞定張璁的，然後他們互相之間又會起衝突，這時，就是他們需要投向我們父子尋求支持的時候了，也是我們父子可以重新出山為官的時候。」

李滄行疑惑道：「我不太相信，你們父子一個致仕，一個充軍流放千里之外，而朝中的同黨也被一網打盡，這兩個人如果得勢，扳倒了張璁，肯定會有自己的班底，又何必再回過頭來尋找你們的支持呢？」

楊慎微微一笑：「看來你還是不懂官場的奧秘啊，你以為真正的官場人脈和盟友關係，是到了朝堂上，透過科舉考試之後才確立的嗎？**錯了！真正的關係，是在求學階段就以各種書院，師生關係來確立了**。至於上京趕考，約定門生這些，只不過是走個形式罷了。官場上的進退總是會隨著聖意和時局的變化而改變的，可是**只要自己的勢力和影響力在，即使退隱山林，仍然可以左右天下大勢，所謂黑衣宰相、隱形閣老，就是這樣**。」

李滄行第一次聽到這樣的說法，眉頭一皺：「我不信，退休的官員，甚至像你這樣的充軍之人，無權無勢，又怎麼可能影響得了當今的朝堂呢？」

楊慎哈哈一笑：「天狼，你說說看，那些進京趕考，通過科舉中進士得官做的人，他們想要求學，要識字讀書，這錢從哪裡來，要在哪裡上學？」

李滄行眉頭一皺：「小時候上私塾，年齡大一點後四處遊學，或者是在家苦讀啊，這跟我們武人進門派練武不是一樣的道理嗎？」

楊慎點點頭道：「確實是這樣，但是你想想，一個農民的孩子，哪有錢這樣從小就讀私塾習字呢？你從小長在武當，一切吃穿用度有門派供養，並不清楚民間的疾苦，更不知道鄉下的農家想要供子弟讀書上學，是件多不容易的事。現在天下耕者有其田的不足一半，如果父母自己都要給地主打工養家，哪還有餘錢去供自己的孩子讀書上學呢？就連你們武當派，真正能學武功的，又有多少不是家裡能交得起香火錢的呢？」

李滄行默然無語，嘆了口氣：「這麼說來，天底下能讀得起書的，也得是富農以上才可以，對嗎？」

楊慎道：「準確地說，要讀得起書的，也許聰明的農家子弟，在同族富人的資助下，也能讀得了，但是，想要讀書之後考試做官，中秀才、舉人，甚至進京趕考，中進士入朝堂，那就非士大夫家族不可了！」

李滄行不解道：「這又是什麼意思？」

楊慎笑道：「天狼，你以為考試就是考你是不是會讀書寫字做文章嗎？就好比，你也讀過書，也會寫字，但要你去參加科舉，你能中個秀才嗎？」

李滄行冷笑道：「我要是參加武舉，中個狀元也沒問題。」

楊慎斷然道：「不，我可以肯定，你要是現在以這個黑龍會長的身分去參加武舉，絕對不可能得狀元的。」

李滄行眼光一閃：「怎麼，難道還有武功強過我的年輕一輩高手嗎？」

楊慎搖搖頭：「你的武功確實在江湖上罕逢敵手，但是科舉考試歷來就不完全是實力的真實反映，就好比我，雖然天下公認我的才學當世第一，但如果我不是有個當內閣首輔的老爹，不是出身官宦家族，而只是某個鄉下的一個窮小子，我這輩子最多也就是中個進士罷了，絕不會進前三的。」

李滄行奇道：「這又是何意？難道科舉考試也有貓膩？」

「是的，首先，要想能引經據典，學富五車，就得看大量的書，這些大量的藏書不是普通的私塾裡有的，你得拜師訪友，加入那些有名的書院，好比武當派這樣的頂尖門派，才有上乘的武功秘笈，不然最多也就學學三腳貓的功夫，即使天賦再強，也不可能成為一代大師，所以你們武林中有許多這樣帶師學藝的人。

「對文人來說，這些藏書，尤其是一些很難找到的古書、殘本，就相當於你們武人的武功秘笈。這些書是不可能流傳在私塾裡的，要麼是一些官宦文人世家裡世代祖傳的，要麼就只有在一些文壇領袖開設的書院裡才能找到。這些書院的名士大儒，就是像我爹這樣的重臣退隱之後所辦的，即使不是本人所辦，也是自己的好友、師生之類所辦。若無這層關係，那些通過鄉試，省試，中了舉人，可以進京趕考進士的未來官員們，又怎麼可能拜在朝中重臣們的門下呢。」

李滄行這下子完全明白了，這就相當於武當派的弟子們，出師後若不留在門派，就會到老家開枝散葉，建館授徒，若是門派有重大事件需要俗家弟子們支援，只要一發武當令，這些人便會舉莊支援，一如多年前的滅魔大戰一樣。

在官場上，退隱的官員透過辦書院這些舉措，讓下一代的學子們提前跟自己建立關係，然後靠這層關係，去朝中跟當權的在職官員建立門生制度，形成一黨，所謂**朝中有人好辦事**，如此一來，這個士大夫集團就可以合法地一代代控制朝政。

李滄行嘆道：「這可真是百足之蟲，死而不僵啊，皇帝可以把你們在朝中的勢力一網打盡，卻平不了你們在民間，在士人間的影響力，也難怪嚴嵩和夏言仍然離不開你們。可是，既然你們有這麼大的本事，又怎麼會一直待在這裡呢？不要跟我說你不想當官，不留戀權勢！像你這樣的野心家，不可能做到無欲無求的！」

楊慎承認道：「你說對了，我當然不可能無欲無求，初來這裡的幾年，我做夢也想回到朝堂，可是隨著時間增長，我卻發現回朝堂並不是什麼好事，嘉靖皇帝一心修道，為了能掌控朝政，一方面讓陸炳監視眾臣，另一方面刻意地挑起夏言為首的清流派，和嚴嵩為首的嚴黨間的爭鬥，這樣他就不用擔心這些大臣們會架空自己，成為像正德帝那樣的傀儡皇帝了。」

李滄行冷笑道：「你既然看清楚了這點，為何不讓夏言和嚴嵩兩人握手言和，或者乾脆讓你爹或者是你回去執掌朝政呢？嚴世蕃可以以小閣老的身分控制朝政幾十年，你不會比他差吧。」

楊慎不屑地勾了勾嘴角：「要是明君，或者哪怕是個普通的皇帝，為他賣命也就罷了，可是嘉靖不過是個恩將仇報，自以為是的可憐蟲罷了，怎配我們父子為他效力?!你看看夏言和嚴嵩被他像玩物一樣控在股掌之間，為了內閣首輔之位打得不可開交，甚至賠上性命，夏言固然是死了，可嚴嵩又能好到哪裡去？一邊要負責這個龐大的官僚集團的開支和腐敗收入，另一方面又要給已經千瘡百孔的大明朝填補虧空，還得提防像你這樣的正義之士的打擊報復，哪有我這樣身在山野，卻能控制朝堂的一舉一動來得瀟灑自如？」

李滄行劍眉一挑：「你又怎麼能控制朝堂？你父子罷官已經過了快四十年了，當年的那些老關係早就不復存在，普天之下盡是嚴黨或者清流派的官員，他們還能聽你的？」

楊慎哈哈一笑：「我自有辦法讓他們聽我的，辦法就是一文一武，文的話嘛，就是前面跟你說過的那個書院，我楊家世代為官，有良田萬頃，僮僕數千，藏書更是有幾十萬卷，只要是我楊家資助開設的書院，如嶽麓書院、嵩陽書院、應天書院等，彙集了天下一大半未來可以中舉的士子。若是嚴嵩父子不跟我合作，我只要讓這些書院拒絕向他們嚴黨的士子開放，也就是十年，三次科舉的時間，足以讓清流派的勢力徹底地壓過嚴黨，到時候他們後繼無人，又怎麼可能繼續站得住腳呢？」

李滄行疑道：「難道嚴世蕃不知道這些嗎？他就不會想辦法把你這些書院給關了？」

楊慎搖搖頭：「天狼，你說這世上誰有本事把你們武當派或者少林派給關了呢？」

李滄行一時語塞，但還是不服氣地說道：「真要碰上個暴君，也不是沒有可能啊。巫山派的勢力難道不大？還不是官府說滅就滅！」

楊慎道：「巫山派本就是綠林山寨，就是剿滅了也不會有人說什麼。可是像少林、武當這樣的百年甚至千年大派，受歷代皇帝的冊封，在民間有巨大的影響力，甚至不少當朝官員的子弟也在這些門派裡，只要不圖謀造反，朝廷是絕對不會以官方的名義下令剿滅或者取締的。」

「嚴家也是官宦世家，你能資助這樣的書院，難道他就不可以嗎？那些想進京考試的學子們，也會更傾向於當朝的權貴吧。」李滄行想到另一個問題。

楊慎微微一笑：「這就是我們和嚴氏父子達成的默契了，朝中的權力，我們可以讓給他，可是在野民間的權力，他不得插手，反正嚴嵩父子，尤其是嚴世蕃，早已看透了這個世道，一切美好的理想都是水中花，鏡中月，在位的時候多給自己撈錢撈好處才是實在的。嚴世蕃所有的心思也在經營自己的勢力、大肆貪汙上面，沒有餘力再去插手書院的事了，這就是當初他給我寫推薦信的原因，算是另一種方式的合作吧。」

李滄行嘲諷道：「你跟嚴世蕃倒真是一路人，難怪能成為朋友，要論一肚子的壞水，我看你們是旗鼓相當。」

楊慎不以為意地說：「怎麼，就因為我害過你，所以這麼恨我？我可不是嚴世蕃，弄那些採補之法想要延年益壽，更不會去練什麼終極魔功。他這傢伙，從小到大，只能撿我不要的東西罷了，就連那終極魔功也是如此！」

「什麼，**終極魔功是你給嚴世蕃的？**」李滄行訝異不已。

楊慎得意地說：「你不知道吧，終極魔功根本不是一本武功秘笈，而是一本上古的道術書，裡面全是說這種採陰補陽，取氣調和之法，我覺得這東西太低級，又要花大量的時間去練功，才轉手送給了嚴世蕃，沒想到這傢伙居然還能練成，我有點小看他了，呵呵。」

李滄行聽了道：「此等淫邪之書，也只有你這樣博覽群書的人才能發現，只是這東西可以助長功力，你反正有的是時間，不至於連這點苦都不想吃吧？還是你找不到採補的對象？」

楊慎哈哈一笑：「我自然是有更好的選擇才會放棄的，來雲南後，我無意間跟萬蠱門主扯上了關係，金蠶蠱輕則可以增進功力，運氣好的話還可以羽化飛仙，不是比當人間的皇帝來得更好麼！」

李滄行心道：終於說到萬蠱門主的事了，正色道：「楊先生，我希望你能把萬蠱門主的來龍去脈一五一十地告訴我，如果你不是主謀者的話，我可以放過你！」

楊慎反問道：「天狼，你這是在威脅我嗎？」

李滄行眼中殺機立現：「光是你父子派刺客害我娘這件事，我就足以要你的命，現在這裡只有你我二人，天上地下，沒有誰能救得了你！你是個聰明人，老實說出一切，才是活命的辦法！」

楊慎兩手一攤道：「看來我是沒別的選擇了，也罷，誰讓我被你識破身分了呢！萬蠱門主是主動來找上我的，**這次偶然的相遇，改變了我的一生，也改變了整個天下！**」

李滄行壓抑著心中的激動，道：「萬蠱門主是什麼身分，怎麼跟你認識的？」

楊慎嘆了口氣：「說來也是機緣巧合，那次我去沐王府見沐朝弼，本想給自己在雲南建幾處宅院，在康巴城待悶了，隨意出來散心時能有個落腳之地，正好萬蠱門主也在那裡，事後他一直跟蹤我的馬車，一直到我回到康巴後，才現身相見。」

李滄行質疑道：「萬蠱門主這麼高的功夫，可以避開林鳳仙的耳目？難道林鳳仙沒有發覺嗎？」

楊慎笑道：「早就發覺了，只是我示意她不要行動，到了康巴，林鳳仙在暗中保護我，我則等著萬蠱門主的出現，果然，三天後，他終於現身了，我在確認了他的身分之後，便支開林鳳仙，跟他單獨談話。」

李滄行怪道：「你還真相信別人啊，他千里跟蹤你，又是邪惡的萬蠱門主，你居然讓林鳳仙離開，跟他單獨談話？這一點都不像你啊。」

楊慎搖搖頭：「因為他有求於我，是來合作的，自然不會對我有任何的傷害，就像現在，你也有求於我，所以儘管你恨不得馬上就殺了我，但是在我說出所有的事情之前，你是不會動手的，對吧。」

李滄行咬了咬牙：「繼續說，他跟你說了什麼了！」

楊慎道：「萬蠱門主雖然人在雲南，但是也知天下大勢，他很清楚我父子的權勢，有這麼一個接觸到我的機會，自然不會放過。當然，要想和我合作，他也得拿出足夠的合作條件才行，這個條件，就是那個金蠶蠱。」

李滄行道：「就算古書上有煉製金蠶蠱的辦法，你又何以得知萬蠱門主煉出了金蠶蠱呢？」

楊慎的眼睛瞇成了兩條縫，道：「我親自試過，確實是金蠶蠱蟲，天狼，你可以想像到我發現這種奇妙生物時的興奮與激動嗎?!」

「奇妙的生物？這種喪盡天良，靠吸人精血的邪物，你居然把它當成好東西?!」李滄行諷刺道。

楊慎看著李滄行的目光中充滿了憐憫與同情：「唉，我不怪你，天狼，儘管你武功蓋世，但畢竟還是凡夫俗子，不知這天地萬物的奇妙造化。上天既然造出金蠶蠱這東西，就是給修仙之士提供一條羽化飛升的捷徑。人之一世，不過短短幾十年，再好的皮囊，死後也與草木同朽，與其如此，何不如把渾身的精血提供給別的修士，助其飛升成仙呢?!」

李滄行回嘴道：「那何不讓金蠶蠱把你這一身肥肉給吞了，助別人去修仙得道呢？」

楊慎笑道：「因為我比他們高等啊，我楊慎學富五車，才高八斗，縱貫古今，通曉這天地玄機，只有我這樣的人成了仙，才能化腐朽為神奇，造福萬民啊，不比那個坐在皇位上，卻倒行逆施，連修仙之道也不得其法的皇帝要強得多了吧。」

李滄行冷冷地說道：「楊慎，你不是人，更成不了仙，充其量只是個披著人皮的禽獸罷了，在你還是人的時候就這樣靠著吃人來修仙，真要給你僥倖成了仙，那你還不上天去吃玉皇大帝了啊！」

楊慎「嘿嘿」一笑：「如果我告訴你，當年的玉皇大帝也是靠著修煉和成人，最後修成了正果，你會作何感想呢？」

李滄行不想跟這個披著人皮的魔鬼繼續討論人生了，他一擺手：「好了，楊先生，那萬蠱門主給你獻上這金蠶蠱，他想要你做什麼？你又是如何跟他合作的呢？」

楊慎道：「萬蠱門主從未到過中原，對中原的情況一無所知，但學到了點蒼派的劍法，也算出師了，所以找我，想要我為他加入中原的名門大派牽線搭橋。」

李滄行疑道：「你又不是武林中人，他找你牽這個線做什麼？」

楊慎道：「中原的名門大派，如少林、武當、華山等，都每年要招收大批的官家子弟，這些官宦人家會出很高的香火錢，只有這樣的人，才能留在門派裡，不然你一個帶藝投師上山的，人家很可能不要你。但只要有我們楊家的推薦，安排一個身分，那就不成問題了！」

李滄行趕忙問到重點：「這個人是誰？以後去了哪個門派？還有，他對誰下了蠱？」

楊慎道：「天狼，你真的想聽嗎？我敢保證，你聽到真相之後，一定會五雷轟頂的。這對你可未必是什麼好事，有時候人活在虛幻中，也許反而是件好事呢。」

李滄行喝道：「不要跟我繞圈子，說，萬蠱門主究竟是什麼人，去了何處！」

楊慎嘆了口氣：「我告訴你一件事吧，萬蠱門主本姓沐，到了中原後還是用這個名字，他還有個妻子，那天跟他一起來的，姓紀。後來他們夫妻一起去的武當，聽到這裡，你應該知道是誰了吧。」

李滄行臉色變得一片慘白，他不敢相信自己的耳朵，斬龍刀一聲清嘯，森寒的刀尖直指楊慎的那張胖臉，吼道：「不可能，你一定是在說謊！**你是想說沐傑就是我的黑石師伯嗎？**怎麼可能！」

楊慎神色平靜：「天狼，這很奇怪嗎？只怕在你內心深處，早已隱約地猜到了吧，只不過你一直不敢面對罷了，甚至找各種理由來欺騙自己，對不對？」

李滄行咬牙切齒地道：「你這個騙子，我不相信你的鬼話！黑石師伯絕不會是叛徒，不會是內鬼，他的經脈盡斷，一直臥床不起，武當上下人盡皆知，怎麼可能做這麼多壞事，你騙人，你騙人！」

楊慎冷冷地道：「我有什麼必要騙你？實話告訴你吧，當年沐傑跟我要過一些可以暫時讓人癱瘓，甚至偽裝得經脈盡斷的藥，然後又找了嚴世蕃，讓他暗中指使老魔頭向天行跟他聯手演戲，假裝打斷他的經脈，如此一來，他好潛伏在武當，不會被任何人懷疑。天狼，你敢說你從來沒有想到過這一點嗎？」

李滄行雙目盡赤，厲聲道：「你說任何人跟黑石師伯串通都有可能，惟獨向天行不可以！他明明就是殺害黑石師伯妻子的大仇人，黑石師伯恨不得把他食肉寢皮，怎麼可能跟他合作?!」

楊慎微微一笑：「天狼，想不想聽我講一個故事呢？」

李滄行平復了一下自己的心情，把斬龍刀收了起來，冷冷說道：「你最好把謊話給我編圓了，要不然我是不會放過你的！」

楊慎道：「想必你們也已經從白所成那裡聽到當年點蒼派的事了，那個陸大為嘛，就是當年的陸炳，至於何師古和紀秋萍，你現在能猜到了吧。」

李滄行冷笑道：「你這個謊從一開始就被戳破了，紀秋萍可是陸炳的夫人，就算沐傑是何師古，也不可能跟紀秋萍在一起的，因為**天底下不可能一女嫁二夫！**」

楊慎哈哈一笑：「有何不能？屈彩鳳以前跟了徐林宗，現在不是也成了你的女人嗎？這就不是一女嫁二夫?!」

李滄行本能地想要罵「放屁」！但突然轉念一想，這楊慎，老奸巨滑，也許是想要激怒自己，找一個脫身的辦法，自己絕不能上了他的當！

念及於此，便道：「彩鳳跟我清清白白，你休要亂說。就算她這幾年和我攜手生存，也不能算一女嫁二夫，跟紀秋萍那種同時跟何師古和陸大為在一起的情況完全不一樣！紀秋萍可是替陸炳生兒育女的，何師古還可能要她嗎？黑石師伯的夫人紀女俠我雖然沒有見過，可是她確實是死在向天行的手下，難道這也有假？」

楊慎嘆了口氣：「這其中的關係錯綜複雜，也難怪你不信，我當年若不是深陷此事之中，也會和你一樣不敢置信，所以你就聽我好好把這個故事說完吧。」

李滄行眼睛像是要噴出火來：「你說吧，謊言就是重複一萬遍，也不可能變成真的！」

楊慎表情變得嚴肅起來，娓娓道來：

「四十年前，在嘉靖皇帝還沒有登位的時候，當時有兩個人，懷著不同的目的，加入了點蒼派學藝，一個人是萬蠱門主沐傑，為了打入中原的門派，而要學習點蒼派的劍法。另一個人，是時任錦衣衛僉事的陸炳，為了遊歷天下各派，學到上乘的武功，也進了點蒼派學劍。

「沐傑化名為何師古，陸炳則化名為陸大為，這兩人儘管極力掩飾自己的武功天分，但仍然在點蒼派眾弟子中脫穎而出，成為四大弟子之二，得以學到天南劍法，這件事，你應該已經從白所成那裡知道了吧。」

李滄行冷冷地道：「你繼續編，我聽著呢。」

「可惜他們兩人雖然天資絕倫，但畢竟是血氣方剛的少年人，上山學藝期間，同時愛上了小師姐紀秋萍，紀秋萍乃是川陝豪門，天劍山莊的千金，真名叫紀曉君，天劍山莊為了學到各派的上乘劍法，從小就把非嫡子外的其他子女分散送進各大劍派學藝。

「當然，紀秋萍也只是個化名罷了，只是這一點，當年的沐傑和陸炳都不得而知。紀秋萍上山比他們早，年齡卻比他們小兩歲，算是二人的小師姐，入門的武功也都是紀秋萍教給他們的，所以這兩個正值青春的少年，不可避免地對紀秋萍暗生情愫，也開始爭風吃醋起來。

「後來的事，你就知道了，陸炳和沐傑為了偷練天南劍法，一直背著同門偷偷練功，本來如果他們再忍一年，就可以練到第九層，學全這天南劍法了，可惜因為互相較勁，暴露了武功，結果雙雙被逐出師門。」

楊慎嘆了口氣：「**自始至終，紀秋萍愛的都是何師古，而不是陸大為**，陸大為沉默寡言，何師古卻很會哄女孩子開心，又是做各種小玩具給紀秋萍，又是給她捉蟲子玩，作為情竇初開的少女，當然是更偏向何師古，而不是少年老成的陸大為。她之所以有時候會對陸大為示好，只不過是想讓何師古吃醋，更在乎自己罷了。呵呵，這一點，你的小師妹不也是一樣嗎？」

李滄行雙拳捏得骨骼作響，沉聲道：「繼續說！」

第二章

血手神掌

楊慎臉上一片血紅，那兩個胖乎乎的手掌，
更是變得如同兩隻蒲扇一般，徑直有兩尺，
手掌上血紅一片，掌心似乎氣流湧動，
皮肉和骨骼下，一道道的氣流在湧動著，
像昳隨時要破掌而出。
李滄行失聲道：「血手神掌?!」

楊慎又道：「後來陸炳和沐傑被趕走之後，紀秋萍因為無法放下對沐傑的思念，大半年後就偷偷地下了山，去找沐傑，沐傑由於對中原武林不熟悉，無處可去，正好碰到紀秋萍來，二人就如乾柴烈火，私訂了終身，**那紀秋萍還給沐傑生下了兩個孩子，準確地說，是兩個女兒。**

「可就在這時，朝中風雲突變，隨著嘉靖帝的得勢，陸炳也被召回京師，成為錦衣衛的副總指揮使，可謂官運亨通，沐傑為了能混進中原各派，不惜打起了歪心思，讓紀秋萍回到陸炳的身邊，好幫他在錦衣衛裡謀個職位，然後以錦衣衛的身分打入武當臥底，實現其不可告人的計畫！」

李滄行的腦子飛速地運轉著，搖搖頭道：「紀秋萍再怎麼也是他的妻子，甚至還生了兩個女兒，又怎麼可能願意拋夫棄子，去做陸炳的女人?!再說了，陸炳若是知道她已非完璧之身，又怎麼肯要她！」

楊慎微微一笑：「當時沐傑可是在沐朝弼面前拍胸脯保證過要混進中原，還立下了軍令狀，甚至讓沐朝弼在自己和家人身上下了毒。他告訴紀秋萍，如果不做這件事，一家四口全會毒發身亡，靠用孩子的命作威脅，沐傑軟硬兼施，終於逼得紀秋萍就範，到陸炳那裡為他求官了。」

李滄行料不到天底下竟然有如此狠毒之人，這樣把自己的妻子推給他人，甚至用女兒的性命為威脅，簡直是禽獸不如！

他咽了泡口水，說道：「後來呢？」

楊慎白眉一挑，接著道：「陸炳確實是挺癡戀紀秋萍的，這點跟你倒是有得一拼，也難怪他會這麼喜歡你，大概就是在你身上看到了自己當年的影子吧。

「紀秋萍找到陸炳之後，只說自己與沐傑一時衝動，在一起過了幾年，但是後來發現沐傑並不是自己的理想伴侶，對陸炳還是舊情難忘，所以想跟陸炳廝守一生，陸炳雖然也有所懷疑，但還是讓她做了自己的女人，還準備向家裡提出正式迎娶紀秋萍，可是由於他娘堅決反對，才沒有成功。」

李滄行忽然說道：「等一下，那鳳舞到底是何人所生？是沐傑還是陸炳的女兒？」

楊慎笑道：「怎麼可能是陸炳的！正是因為紀秋萍是帶著鳳舞去找陸炳，有這個拖油瓶在，陸家才死活不讓紀秋萍進門，陸炳也沒有辦法堅持。現在你知道為什麼陸炳無法給紀秋萍一個名分，而鳳舞也只能從小被他訓練成殺手了吧？」

李滄行咬著牙道：「這麼說來，**鳳舞和我小師妹，她們是親生姐妹了？**」

楊慎笑道：「怎麼樣，天狼，這個事實是不是太殘酷了？你現在明白為什麼鳳舞可以學沐蘭湘學得如此之像了吧，也應該明白為什麼沐蘭湘天生就對鳳舞有好感，全無戒備了吧！甚至為什麼這對姐妹同時愛上了你！這些都是上天給你的緣分啊！」

李滄行只覺得一陣暈眩，任他再有心理準備，也無法接受這個事實，他向後退了半步，幾乎支撐不住要向後倒去，好不容易才撐住椅子的扶手，胸口卻是一陣難以抑制的鬱悶，直透喉管，一張嘴，竟是吐出了一口鮮血。

楊慎咂了咂嘴：「天狼，你還想把這個故事聽完嗎？要是你受不了的話，我就不說了啊。」

李滄行捂著自己的心口，覺得渾身無力，癱在椅子中間，咬牙道：「你說，你把所有的事情都說完，一個字也不許漏！」

楊慎搖搖頭：「唉，看來你真是不到黃河不回頭啊，也罷，後來的事情更加精彩。沐傑送走紀秋萍之後，卻碰到了我被流放到雲南的這件事，他馬上意識到有個更好的機會了，陸炳未必會真心助他，但如果跟我搭上了線，想要打入武當或者少林，便是輕而易舉的事了，所以他思前想後，主動找上了我，**以金蠶蠱跟我交換，答應以後分我一隻金蠶蠱，讓我幫他想辦法打入武當！**

「我自然不會放棄這樣的大好機會，就透過嚴世蕃，讓沐傑和作為魔教長老的向天行假意結下梁子，讓他逃上武當，武當對於沐傑這樣的俠士，自然是要庇護的，於是沐傑順理成章地打入了武當，執行他的臥底計畫。」

李滄行一陣急火攻心，又是一口鮮血吐了出來，他顧不上去擦拭嘴角的血，吃力地說道：「你，你這是一派胡言，謊言，全都是謊言！」

楊慎冷笑道：「天狼，**人總是不想相信自己不願意相信的事**，你也一樣。向天行跟沐元慶，哦，也就是你的黑石師伯進武當前用的化名，他們的恩怨天下盡人皆知，這時候，沐元慶就想到了另一個問題，那就是紀秋萍，她深知自己的底細，又跟陸炳在一起，若是哪天把自己的秘密給洩露了，那自己的全盤計畫都要被破壞掉，所以沐元慶就想出了一條毒計，可以一石二鳥，除掉紀秋萍。」

李滄行突然發現自己的內力完全運轉不起來，胸中的血氣卻是一陣陣地翻湧，心下駭然，這分明是某種中毒的徵兆，自從他喝過屈彩鳳的血後，就變得百毒不侵，沒有想到居然還會中毒，也是今天自己一時情緒激動，失去了冷靜的判斷能力，不知怎麼才著了楊慎的道兒。

他試著催動自己的丹田，想要把毒給逼出去，卻發現半點真氣也提不起來。

楊慎似乎是看出李滄行的心思，笑道：「天狼，不用掙扎了，我知道你武功高絕，尋常的毒物完全不可能對你起作用，但是這**蘇合香元**，**卻是天下之最的迷藥**，**可以讓人骨酥筋軟**，**提不起內力**，沒有內力的你，即使連我這個不會武功的人也無法對付。

「你放心，我不會取你的性命，只不過怕你怒極之下拿我出氣，取我性命罷了。這蘇合香元的藥效能持續三個時辰，我給你講完故事之後會想辦法脫身，你若是不信我的故事，到時候自己去驗證就好了。」

李滄行閉上了眼睛，問道：「你又是如何對我下的這蘇合香元？」

楊慎笑著看了眼那根被李滄行一刀兩斷的蠟燭，道：「蘇合香元是用十幾種可以讓人暈眩，迷亂的藥物，配合上南海的萬年人魚脂製成的，在燃燒的過程中，可以讓人不經意地中了這迷藥，你如果情緒激動，加速血液的運行，只會讓這迷藥的作用發揮得更快。」

李滄行恨聲道：「所以你就編造了這個故事，讓我動怒？」

楊慎道：「沒有，故事是真的，我若是想要避開你，直接在你來之前走就是，何必在這裡等著你，給你編個假故事呢？天狼，我說過，今天是個好機會，可以把這幾十年裡悶在心裡的話，向一個最想知道這些事的人傾訴，你知道這種暢快的感覺嗎？」

「好，那你繼續說，這萬蠱門主沐元慶，跟陸炳，跟紀秋萍後來又是怎麼回事！」

楊慎點點頭：「沐元慶後來想辦法跟紀秋萍重新聯繫上，還是老一套，以自己手裡的孩子性命以及夫妻之情，當然，還有沐朝弼在她身上下毒的解藥為威脅，讓紀秋萍離開陸炳，回到他的身邊，甚至還暗中把紀秋萍和自己生過孩子的事，透過嚴世蕃透露給陸炳的娘，所以老太太氣得把二人趕出了陸家，紀秋萍也正好以此為由，扔下鳳舞，離開陸炳。

「陸炳後來知道這一切都是沐元慶在搞鬼，恨得牙癢。當然，這也是沐元慶故意放出去的，陸炳羞於自己的私事難以啟齒，而且那時他的權力也沒有現在大，不能動用錦衣衛的屬下來追殺沐元慶，所以就想到了另外的辦法。」

李滄行接口道：「這個辦法就是向魔教教主陰布雲求助，以魔教的力量來追殺沐元慶，對嗎？」

楊慎哈哈一笑，「不錯，天下之大，敢跟武當正面對抗的力量，也只有魔教了，這一切都是我的安排，我讓嚴世蕃主動接近陸炳，向他打招呼，對魔教網開一面，陸炳這時候正好沒有幫手，魔教和嚴世蕃的主動接近，對他無異是救命稻草。他恨極了沐元慶搶走他的妻子，更恨紀秋萍，哦，這時候她已經恢復了本名紀曉君，拜入峨嵋門下，對他的欺騙和背叛，所以就告訴作為魔教使者的冷天雄，只有殺了沐元慶夫婦，才會對魔教的勢力膨脹網開一面，否則免談。

「這一切都在沐元慶的計畫之中，因為魔教派來執行這任務的，正是長老向天行，向天行這個老魔頭，嗜血殘忍，恨極了正派人士，上次追殺沐元慶的時候，並不知道這一切都是沐元慶安排的，對沐元慶從自己手下逃脫還耿耿於懷，於是冷天雄特意安排沐元慶帶著紀曉君，還有他們的女兒沐蘭湘回紀曉君的娘家天劍山莊的時候，讓向天行帶著上百名魔教高手突襲。

「結果紀曉君死在向天行的血爪之下，而沐元慶早有準備，帶著沐蘭湘逃之夭夭了，本來武當是有規矩的，像他這樣的情況，成年後帶藝上山，是不能長留武當作為長老，可是有了這麼一層家門被毀的血海深仇，自然可以留下來當他的長老了。」

李滄行恨恨地道：「想不到連這事也是你們的安排！可是為什麼多年後的落月峽之戰，你們還讓向天行打斷了沐元慶的全身經脈？向老魔頭那隻被打瞎的眼睛總不會是假的吧！他願意瞎眼配合沐元慶演戲？」

楊慎搖搖頭：「這個是沐元慶的一時失控罷了，當他看到紀曉君被向天行打死的時候，心裡又突然顧念起多年的夫妻情分，於是奮起一擊，打瞎了向天行的一隻眼睛，所以向天行也跟他結下了死仇，這筆賬終於在落月峽之戰中得到了清算。

「當時沐元慶已經在紫光身上下了蠱，但是為了不暴露自己是武當內鬼的身分，所以他精心地和冷天雄設計了一套計畫，讓向天行守在他們逃亡的必經之路上，然後把他渾身的經脈都震斷，本來按照計畫，會由嚴世蕃出手把他救下，可是所有人都沒有想到，你居然會把向天行生生打死。不僅救了沐元慶，也讓你的小師妹從此芳心暗許，這就打亂了沐元慶的全部計畫。」

李滄行冷笑道：「計畫？他還有什麼歹毒的計畫嗎？」

「當時沐元慶所有的蠱都已經下完了，尤其是下在紫光道人身上的那一個，下了足有十幾年，差不多到了收穫的時候了。紫光畢竟武功高絕，察覺出體內有異物，就要跟他攤牌，沐元慶本來想跟嚴世蕃聯手合作，靠制住徐林宗來逼紫光就範，可是沒想到徐林宗深陷與屈彩鳳的感情糾紛，又神秘地失蹤，所以武當上下未來的希望一下子變成了你李滄行。於是他的矛頭就指向了你和沐蘭湘。」

李滄行咬牙切齒說道：「就是那個迷香之夜的由來？沐蘭湘可是他的親生女兒，他怎麼下得了手！」

楊慎搖頭道：「你始終還是凡人的思維，與修仙者的想法完全不一樣，沐元慶也是想要修仙長生的人，既然自己可以永生，哪還需要什麼香火，需要什麼後人？他當年可以害死自己的結髮妻子，把一個女兒扔給了陸炳，又怎麼可能在乎

另一個女兒的死活?!

「至於陸炳，他肯養大鳳舞，也挺出乎我意料之外的，大概是從鳳舞的身上能看到一些紀曉君的影子，儘管他恨極了這個女人，可是天人永隔後，也就只剩下愛和思念了。鳳舞就是他全部的感情寄託，看著她一天天地成長，變得像當年的紀曉君一樣，會讓他感覺到自己的愛人從來沒有離開過自己。

「所以你別看陸炳對鳳舞表面上很嚴厲，卻比誰都疼她，即使臥底，也要鳳舞在她娘待過的峨嵋派。為了鳳舞，甚至放過了你，天狼，你應該慶幸這一點，不然陸炳早就取你性命無數次了！當然，在你身上，陸炳也像是看到當年的自己，內心深處不希望你重蹈他的覆轍，再次重複他的人生悲劇吧。」

李滄行這才明白為何這麼多年來，陸炳一直這麼看重自己，咬咬牙道：「那這些年來，你在做什麼？就這麼老實地在康巴，看著沐元慶興風作浪？」

楊慎搖搖頭：「當然不是，沐元慶每次下山辦事的時候，我都會想辦法離開康巴，去跟他接頭，靠著我在古書上學到的千里傳煙的本事，我們隨時隨地可以保持聯繫，我也不會讓他輕易地脫離了我的控制。

「天狼，其實你應該感謝我，當年你師妹房裡的迷香，配方還是我告訴沐元慶的，若是那時你得到了朝思暮想的小師妹，這些年也能過得舒服一點吧。哎，你居然沒要了沐蘭湘！我這輩子幾乎是算無遺策，唯獨在你身上走了眼，你能告訴我出了什麼事嗎？」

李滄行的臉微微一紅，想到當年那晚的奇妙經歷，乾咳了一下，道：「這個你不需要知道，能讓你們的陰謀沒有得逞，是上天有眼。如果那天我真的把持不住，只會害了師妹一生，我就是死一百次，也難贖其罪了！」

楊慎哈哈一笑：「行了，天狼，你不想說，我也不勉強你。本來我們的計畫是讓你得到沐蘭湘，這樣坐實了淫賊之名，紫光也無法回護你，只有逐你下山，你在武當我們沒法動你，但你若是人在江湖，那麼想要取你的性命，就太容易不過了，所以沐元慶就找機會徹底跟紫光攤牌，告訴他自己中了蠱，而武當唯一的未來希望，也就是你李滄行，也在他們的控制之中，若是紫光不肯就範，把你趕出武當，那麼他就會想辦法毀了武當。」

李滄行怒聲道：「卑鄙！想不到你們用這種手段來要脅紫光師伯。可是紫光師伯明知沐元慶的身分，為何不徹底將他剷除掉?!就算當時武當的實力損失過大，也完全可以聯繫少林和其他門派清理門戶啊！」

楊慎冷笑道：「光一個沐元慶自然是不行，但要是嚴世蕃出馬呢？紫光是不能和官府，和朝廷鬥的，他可以反魔教，但在落月峽大敗之後，正派只能勉強自保，連魔教的攻勢也難以招架，這種時候更不可能得罪當朝重臣了。不然光一個聚眾謀反的罪名，也足以抹平武當！

「所以嚴世蕃和沐元慶告訴他，只要跟他們合作，那就不會有事。當時紫光也不知道金蠶蠱在他體內是要最終吸盡他的精氣血肉，還以為只是給這些人下了毒藥控制呢，所以只能照他們的話做了。

「不過紫光還是留了個心眼，居然想到要你到各派去查陸炳的臥底，這樣一來，一方面是鍛煉了你，另一方面也引起了陸炳對你的注意，其實他是想讓你找機會加入錦衣衛，這樣就可以獲得庇護，遠離沐元慶和嚴世蕃的毒手，以後時機成熟後再向你說明一切，讓你回歸武當。」

楊慎得意洋洋地站起身，負手於背後，來回踱著步：

「可惜啊，嘿嘿，人算不如天算，你的成長速度大大地出乎了所有人的預料，沒人能料到你出去也就幾年的功夫就成為頂尖的高手。更出乎沐元慶意料的是，當年他讓嚴世蕃出手把徐林宗打下山崖，可是徐林宗卻奇蹟般地回歸，還學了一身頂尖武功，即將接掌武當派，加上這時候又傳出你重出江湖的消息，所以沐元慶也只能提前下手，滅了紫光的口，讓他無法向你和徐林宗說出全部真相了！」

李滄行只能一聲嘆息：「可憐紫光師伯，一世英雄，卻被你們這幫小人玩弄於股掌之中，不過也算蒼天有眼，我徐師弟沒給你們害死，我也算是混出了頭，只要我們在，你們的計畫就休想得逞！嘿嘿，你們下在紫光師伯身上的蟲蟲，不也被陸炳破壞了嗎？所謂幾十年如一日的陰謀，不過是鏡中花，水中月罷了，這叫自做自受！」

楊慎臉色一變，恨恨說道：「那也怪沐元慶選擇了假病在床，裝著不能動彈，陸炳又是趁夜去挖墳，所以完全無法查到。三隻金蠶蠱就這麼廢了一隻，太可惜了！」

李滄行忽然心中一動，道：「這麼說來，沐元慶給你修仙長生用的蟲蟲也就沒了，你在這裡為他人做嫁衣這麼多年，到頭來仍是一無所獲！」

楊慎眼裡瞳孔猛的收縮了一下，厲聲道：「你什麼意思！」

李滄行哈哈一笑：「這還用得著說嗎？一共三隻蟲蟲，本來你楊慎、嚴世蕃還有沐元慶各得一隻，現在死了一隻，只剩下兩隻了，你說沐元慶會給誰呢？」

楊慎咽了泡口水，冷笑道：「你覺得我會有這麼傻？若不是沐元慶給了我一隻蟲蟲，我會這樣幫他？」

李滄行心念一轉，道：「楊慎，這麼說，你已經服食這隻蟲蟲了？那你怎麼還沒有羽化升仙呢？」

楊慎臉上閃過一絲難以覺察的神色，笑道：「天狼，你不用費勁想要挑撥我和沐元慶的關係，我們之間早就有過約定，那蠱蟲在我這裡，可是服食蠱蟲之法，只有沐元慶才知道，到時候蠱蟲齊備後，我們才會一起服下。不過沒關係，能吃到兩隻蠱蟲，總比吃到一隻好，不是嗎？」

李滄行冷笑道：「我猜你早就打定了主意，**想要獨吞兩隻蠱蟲對吧？**」

楊慎面不改色地道：「為什麼你會這樣想呢？只要一隻蠱蟲也許就可以羽化飛仙了，我又何必要奪取兩隻呢？」

李滄行眼中寒芒一閃，道：「你們都是修仙者，修仙者絕不會樂意看到另一個修仙者出現，跟自己並列成為神仙的，對吧？加上沐元慶太熟悉你的底細，如果一起成了仙，你也制不住他了，不如在他成仙之前把他除掉，何樂而不為呢？」

楊慎大讚道：「這回你倒是以一個修仙者的思路來考慮問題了，沐元慶也不是傻瓜，你想到的，他一定也會想到，所以他一直不把那食蠱之法告訴我，大概也是想找機會擺脫我的控制，自己先食蠱成仙吧。不過沒關係，蠱蟲在我手上，他變出花兒來也沒用，遲早還要到我這裡的。那時候，我自然有辦法能弄到他手上的食蠱之法。」

李滄行質疑道：「那嚴世蕃呢，少掉一隻蠱蟲的事他應該已經知道了，難道他甘心讓剩下的兩隻蠱蟲白白地落在你們手上？」

楊慎嘴角勾了勾：「對於東樓嘛，我們自然有辦法跟他談條件的，這個你就不用操心了。現在只要最後那隻蠱蟲被完整取出後，就可以實現我們的修仙大計了，哈哈。」

李滄行咬牙道：「我最後問你一個問題，**沐元慶這麼多年明明可以控制紫光師伯，卻又一直裝殘廢，就這麼躲在武當，究竟是為了什麼？**」

楊慎道：「天狼，今天我還不想取你的性命，所以你的這個問題，我不會回答。等到你真正知道全部真相的時候，自然就會清楚了。如果你實在等不及，可以去問沐元慶啊！當然，前提是你要比陸炳早一步趕到，不然也許憤怒的陸炳會先要了他的命，到時候你只能從死人身上找答案了！」

李滄行心猛的一沉，儘管他猜到陸炳一定是猜到了沐元慶的身分，向他尋仇去了，但這話從楊慎的嘴裡說出來，仍是讓他心急如焚。

「你怎麼知道陸炳現在去找沐元慶了？」

楊慎嘆了口氣：「天狼，這就得怪你自己了，你非要把沐朝弼告訴你沐傑曾經入點蒼派學藝的事跟陸炳說，這讓陸炳馬上意識到沐元慶就是沐傑，之前他最多只是懷疑，可是一直無法證實，但你若是把萬蠱門和何師古聯繫到一起，算上時間，他馬上就知道實情了，也只有沐元慶這個親生父親，才能輕易地取得鳳舞的信任，讓鳳舞背叛陸炳為他做事，還逼得鳳舞直到死也不希望你去復仇！天狼，你若是陸炳，會怎麼做？」

李滄行咬牙道：「我若是陸炳，一定也能猜到山中老人就是你！會來找你問清楚這些事的！」

楊慎哈哈一笑：「不錯，說得對極了。你不是去我家問過了嘛，不是說我兩天前已經被陸炳提出康巴，離開此地了嘛。這話也不算騙你。因為陸炳確實來過這裡，只不過我略施小計，讓跟隨我多年的管家化妝成我的模樣，跟陸炳去了武當山。

「你知道我這些年為什麼會變成一個大胖子嗎？因為再好的易容術也瞞不過陸炳這樣的老特務，但如果我從瘦子變成一個百來斤的大胖子，即使是陸炳也不可能認出我了！加上我那管家多年來就照著我二十年前的樣子打扮，久而久之也長得和以前的我差不多了，陸炳有二十多年沒見我，所以把我的管家楊恭如當成我，也是非常自然的事。」

說到這裡，他一陣得意，笑聲在屋子裡迴蕩著，就連那蘇合香元的燈燭也在不停地搖曳著，映著他那長長的黑影，如同群魔亂舞。

李滄行閉上眼睛，思考了一下，睜開眼睛地說道：「楊慎，剛才你說過，只有沐元慶才有本事教你們服食蠱蟲之法，若是他死了，你還怎麼服食這蠱蟲？」

楊慎臉色微變，收起笑容，一時間說不出話，眼中光芒閃閃，似乎是在想接下來的應對之道。

李滄行道：「楊慎，以你的精明和博學，**應該早已找到服食蠱蟲的辦法了吧**，甚至有可能你已經服下蠱蟲了，**你之所以要激陸炳去找沐元慶，只是想借刀殺人**，對吧。」

楊慎「哼」了聲，臉上卻是閃過一絲慌亂：「我若是想取沐元慶的性命，有的是辦法自己動手，又何必要假手於陸炳？」

李滄行哈哈一笑：「楊慎，你的狐狸尾巴果然露出來了，你心虛到說的話都不合邏輯了。第一，你的手下都是些二三流的貨色，充其量也就是馬三立這樣的，這種人根本傷不了沐元慶，你本人沒有武功，只會靠各種幻術和毒藥來控制別人，所以你是沒辦法取沐元慶性命的，只能假手他人！」

楊慎面不改色道：「我可以收買殺手，甚至想辦法讓冷天雄幫我做這件事，又何需自己動手呢？沐元慶雖然武功頂尖，但天天躺在床上，無法練功，也不可能勝得過魔教教主的，要取他的性命並非難事！」

李滄行分析道：「也許你確實有辦法能傷得了沐元慶，可是他也不是傻子，也有辦法防範你的這些招數，所以你沒有絕對的把握。再者，冷天雄也許會被你驅使一次，但絕不會下死力去追殺沐元慶，能做這事的，只有陸炳，因此你早就算計好我會在追查萬蠱門主身分的過程中問到陸炳的事，**這等於是告訴陸炳：沐元慶就是何師古，正好可以借陸炳的刀來除掉沐元慶！**」

楊慎嘴角勾了勾：「你說的只是猜測之詞，那動機呢？我跟沐元慶合作幾十年，要除掉他早就除掉了，絕不會等到現在，天狼，你是不是覺得我無聊到需要找你來當我的聽眾？」

李滄行雙目炯炯有神：「楊慎，**你真正要對付的，不是沐元慶，也不是陸炳，而是嚴世蕃**，對吧。」

楊慎臉色一變，這是他第一次完全失色，但他很快就大笑起來：「天狼，我幹嘛要對付東樓呢？他可是我最好的合夥人啊。即使成了仙，有他這樣的朋友，豈不逍遙自在？再說了，弄死沐元慶，正好還有兩隻蠱蟲，我跟他分而食之，又沒什麼衝突的。」

李滄行搖搖頭：「你前面說過，你是修仙者，嚴世蕃同樣也是，修仙者的邏輯就是只能我成仙，別人不行，不要說是嚴世蕃，就是你的親爹楊廷和，你也會毫不猶豫地除掉，不想以後在仙界裡看到他，對吧。」

楊慎說不出話了，只能在那裡眼珠子亂轉，似乎是在想說詞好反駁李滄行。

李滄行嘆道：「嚴世蕃也是存了同樣的心思，他如果可以修仙得道，同樣也不會允許你的存在，所以**你們都在想辦法能獨吞這兩隻**，對不對？」

楊慎冷冷地道：「這和我要除掉沐元慶又有什麼關係？」

李滄行冷笑道：「因為你現在只有一隻出自林鳳仙身上的蟲蟲，而另一隻蟲蟲還沒從宿主身上取出，知道這蟲蟲去向的，只有沐元慶，所以你讓陸炳殺沐元慶滅口，這樣嚴世蕃就無從得知另一隻蟲蟲在哪裡，你更可以把這事推到死人沐元慶身上，這樣在你修仙飛升之前，起碼可以躲開嚴世蕃的騷擾和糾纏，對吧？」

楊慎的表情突然變得猙獰可怕起來：「你既然全知道了，看來我也留你不得了！李滄行，是你自己找死！」

楊慎臉上變得一片血紅，本就龐大的身體跟吹氣球似地，一下子膨脹了足有一倍，而他那兩個胖乎乎的手掌，更是變得如同兩隻蒲扇一般，徑直有兩尺，身上的衣衫無法撐起他這兩隻肥大的手臂，瞬間撐裂，手掌上血紅一片，掌心似乎氣流湧動，皮肉和骨骼下，一道道的氣流在湧動著，像隨時要破掌而出。

李滄行失聲道：「**血手神掌?!**」

楊慎獰笑道：「不錯，天狼，算你有見識，能死在這這失傳千年的法術神功之下，也算是你的造化了！」

這血手神掌乃是南北朝時期從塞北武林傳入中原的邪術，相傳五胡時期的後趙國皇帝，號稱殺人魔王的石虎曾經練成此功，戰陣上，一掌擊出能打死上百名全副武裝的敵兵，十丈之內，只要被他的這血手神掌掌風掃到，皮膚和骨肉會直接分離，身上的肌膚與精血也會瞬間爆裂，端的是邪惡至極的武功。

大魔頭石虎死後，再也無人練成此邪術，想不到今天楊慎卻使出了這個失傳千年的魔功。

李滄行冷笑道：「看來我還是低估了你，你明明有一身邪功，卻裝著不會武功，只會些道法仙術，呵呵，你跟這麼多武林高手打交道，做了這麼多見不得人的事，又怎麼可能不會武功呢！」

楊慎臉上掛著邪惡的微笑，上前兩步，手掌緩緩地向前推出，一陣腥惡難聞的味道瀰漫在大廳裡。

李滄行鼻子抽了抽，道：「好臭，你這雙手難不成是每天都泡在糞坑裡嗎？怎麼比大便還臭！還是你肚子裡壞水太多，一發功就把滿肚子的臭氣都從手掌裡噴了出來？」

楊慎「嘿嘿」一笑，手中的紅氣更盛，咬牙切齒道：「李滄行，你以為你身負皇室血脈，又有這麼多的奇遇，就可以天下無敵，維護正義了？老夫這血手神掌自從練成以來，還沒有真正跟人交手過，能把你作為第一個化為血水的對象，你應該也感到夠光榮了！受死吧！」

楊慎話音一落，掌中突然迸出一陣紅得發紫的罡氣，如滔滔大浪，衝向癱在椅子上的李滄行。

這道來勢如同排山倒海，把李滄行的前後左右全部籠罩了起來，所過之處，所有的桌椅板凳全都化為齏粉，連大理石的地磚也被從地上狠狠地捲起，然後被擊得粉碎。

李滄行頭髮根根倒立，在這血浪般裹著腥臭的掌風中，他的身形突然從椅子上蹦了起來，大吼一聲，渾身上下被一道血紅色的戰氣所籠罩，連頭頂都冒出血紅的氣息，室內變得一片灼熱，就像太陽從空中落了下來，掉到兩人的中間。

從楊慎掌中噴出狀如惡虎的那三道前仆後繼的血手掌力，如同撞上一堵不可逾越的嘆息之牆，先頭的第一隻猛虎，直接就給撞得腦漿迸裂，碎得滿空都是。

第二隻猛虎，本來像是張著血盆大口，對著路上一切阻礙的事物，都是張口大咬。這一路下來，這隻虎頭已經咬碎十幾塊地磚，可是對前面這堵紅色的氣牆，才剛剛張開大口，就被牆裡伸出的一隻狀若狼爪的真氣狠狠地擊中了臉。

血盆大口之中，一嘴的虎牙被踹得顆顆掉落，滿地都是，緊接著這隻沒了牙的老虎頭，又像是被這隻狼爪左搓右捆，很快就變得像隻小貓似地耷拉了下來，再也發不了威了！

楊慎臉色大變，萬萬沒有想到幾秒前還如一隻病貓，看起來連站起身都不可能的李滄行，居然一下子恢復了功力。李滄行的內力，比起成天靠著各種靈丹妙藥增加內力的楊慎，明顯高出了一截。

楊慎為了確保能一巴掌拍死李滄行，分出了三成功力封住他每一個可能逃跑的方向，沒料到七成的功力下，血手三連殺這樣的大招，居然給李滄行就這樣一個暴氣之下連破兩道，剩下的最後一道，看起來也抵擋不住李滄行的衝擊，被徹底擊破也就是須臾之間的事！

楊慎的功力雖然靠著吞食各種靈丹妙藥，內力之強，已接近絕頂高手的水準，但畢竟沒有任何實戰的經驗，倉促之下的應變能力，跟成天搏鬥在生死間，經歷過無數惡戰的李滄行更是判若雲泥。

他急忙把那隻肥大的左掌向內一圈，也顧不得把四面封住李滄行的掌力收回，趁著左手的這一掌還有六成左右的功力未吐，狂吼一聲，雙掌並行，兩隻血掌之中，源源不斷的真氣噴湧而出，一下子把前面那隻看起來已經後勁不足的最後一道虎頭真氣，重新變得像恐龍一樣龐大，張牙舞爪，直奔李滄行的氣牆而去。

「轟」地一聲巨響，房梁被震得從中折斷，屋頂如同給捅破了天似的，瓦片碎成一塊一塊，瘋狂地下落，卻又在半空中被激蕩而起的內力震得如粉末一般，隨風飄揚，頭頂的日光一下子傾瀉進這昏暗的室內，讓楊慎的眼前為之一亮，也讓習慣了昏暗光線的他，變得有些無所適從起來。

剛才這一下，那隻巨大的虎頭終於突破了紅色的氣牆，把那狼爪一般的天狼戰氣也給衝得七零八散，但是衝破氣牆的虎頭，卻失去了攻擊的對象，李滄行那魁梧的身影，彷彿從人間蒸發了似的，一下子變得無影無蹤。

日光照耀下，只有他站著的那地方被轟出一個深約兩尺的大坑，坑中落滿了各種瓦塊磚石被擊成粉後殘留的碎屑，卻不見半點血光。即使是對敵經驗不足的楊慎，也知道李滄行早已避開自己的這雷霆一擊了！

楊慎猛的一轉身，他感覺背上有些發涼，似乎李滄行正站在自己的背後冷笑著，狂吼一聲，本來有些鬆軟下去的蒲扇巨掌又變得碩大無比，散掉的腥臭掌風再次變得濃烈起來，心意所到之處，一招「**血海無涯**」擊出，幻出十三隻形狀各異的掌勢，把身後的這塊空間瞬間就用洶湧的掌力填滿，即使是一隻螞蟻，也不可能在這樣狂暴的攻勢下倖存下來！

李滄行的冷笑聲從左側傳來：「功夫真不錯啊，看來吃的補藥可不少，能不能分我一點！」

楊慎如水桶般滾圓的身子猛的一扭，偏向左側，左掌一抬，掌心中紅氣一現，雖然比剛才那十三掌的威勢要差了不少，但仍然可以算是威猛絕倫的一掌，「砰」地一下，左邊一根梁柱被這一掌狠狠地擊中，緊接著「叭嗒」一聲，從中間爆裂開來，木屑橫飛，若是這一下打在人身上，早把人打得形神俱滅，屍骨無存了。

李滄行的笑聲詭異地從另一個方向傳來：「嘖嘖嘖，這招好厲害，要打到我身上，腸子都要給你打出來了，不過你得看準了我的人再打！」

楊慎再也忍不住這樣的屈辱了，他有生以來第一次地感覺到一種無邊的恐懼，從小到大，一直是自己算無遺策，去操縱別人，控制別人，凡事都在自己的掌控之中，可沒有想到今天碰到李滄行這樣的傢伙，換他被玩弄於股掌之中，不但讓他套出幾乎所有的秘密，正式開打後，更是完全被他戲耍。

可楊慎已經是騎虎難下，血手神掌的邪門之處，就在於**只要一發動，就極難收手，非要把敵人打得血肉橫飛，灰飛煙滅，雙掌飽飲人血後才能停下**，不然，全身的血液倒流，內力亂躥，只會讓經脈盡斷而亡。

他的鬚髮盡數散亂，眼中密布血絲，吼道：

「我跟你拼了！」

楊慎一個金雞獨立，單腳立地，腳尖踮在地上，肥大的身軀如陀螺一般，原地一個旋轉，雙掌橫於胸前，不停地上下左右四處擊出，紅色的掌風真氣伴隨著腥臭難聞的味道，四面溢出，所過之處，雷閃雷鳴一般，房子裡的梁柱，乃至牆壁，地磚，桌椅板凳，幾乎全都給打到，紛紛化為粉塵，空中飛舞著木屑與石粉磚末混合在一起的東西，腥風四起，聲勢震天！

在紅色的真氣中，一個滾圓的，水缸般粗大的身軀，不停地旋轉著，可是他的身形卻越來越瘦，剛才還足有五六尺粗的腰圍，漸漸地就像一個泄了氣的皮球似地，慢慢地癱軟下來，恢復到只有兩三尺左右的正常人體型。

那兩隻如蒲扇般的巨靈掌也越來越小，變回正常人的手掌大小，就連原來肥肉縱橫的臉上，贅肉也慢慢地消散下去，一張清瘦而俊朗的臉顯現出來。

可是這張本該英俊的臉上，這會兒的臉色卻是無比慘白，嘴邊不停地留著黑色的血，順著頷下花白的鬍鬚不住地向下流淌著。

楊慎向外擊掌的速度越來越慢，手臂漸漸地如挽千斤之力，連抬也抬不起來了，周身的腥紅色戰氣也淡得幾乎肉眼難見，整棟房子都被他徹底擊垮，四周只剩下斷壁殘垣，如同被上千斤的炸藥生生炸毀似的，極其嚇人。

就連那些斷裂的地方，也都是焦黑一片，如被雷劈電擊般，地上堆滿了一層足有半尺厚的石末木屑，楊慎兩隻腳也陷在這如同積雪般的石末木屑之中，無法自拔。

楊慎無力地叫道：「天狼！你在哪裡，出來，出來打我啊！」說著，有氣無力地一掌擊出。

他眼前彷彿出現李滄行嘲諷的嘴臉，可是一掌打過去，卻又是一場空，楊慎只覺得胸口的血液一陣逆流，再也支持不住，喉頭一甜，一口鮮血狂噴出來，整個人如推金山倒玉柱一般地跪倒了下來。

楊慎眼前突然一黑，剛才明明日光奪目，卻像是被什麼東西擋住了似的，他吃力地抬頭一看，只看到李滄行悠閒地負手背後，神情輕鬆自如地看著自己，嘴角微微上翹，帶著三分嘲諷，三分戲謔，還有幾分鄙夷，道：「楊先生，雖然我是先帝骨血，大明宗室，也不至於對我行此大禮吧。」

楊慎一口老血又要噴出來，吼道：「你，你竟然敢如此侮辱我！我，我跟你拼了！」

他鼓起全身所有的力量，從地上蹦了起來，最後一點殘餘的內力也交到了右手，向前擊出，直接印上了李滄行的胸膛！

楊慎這一下連自己也沒有料到，李滄行居然就站在自己的面前，結結實實地挨了自己的一掌，他只感覺到手好像是按上了一塊熔岩，或者說直接抓到了太陽，右手手掌皮肉被燙得化作一股青煙，一股烤肉的氣味蓋過了剛才那腐屍般的臭氣，只不過烤的是楊慎活生生的皮肉，瞬間，他那白花花的掌骨就在他殺豬般的慘叫聲中顯現出來。

李滄行冷冷說道：「好歹毒的傢伙，用這種邪惡凶殘的武功，若是讓你真的投身江湖，還不知道要害死多少人。光是你這雙血手，練功的時候就吸了多少的腐爛屍氣，不知道你為了自己練功，殺了多少人呢！」

楊慎的一雙右手已經被腐蝕得只剩下一隻血淋淋的掌骨，剛才他打李滄行的那一下，掌力被李滄行的護體天狼氣勁反震，將中掌之人的慘樣完全回報在自己的身上，令人慘不忍睹。

李滄行看楊慎抱著那隻斷掌在地下翻滾哀號著，手掌處的潰爛漸漸地向手腕處蔓延，皮肉就像雪片一樣一片片地向下掉落，就這一眨眼的功夫，地上盡是那些爛掉的肉末，甚至連他血淋淋的掌骨，也變得灰白起來，從指骨開始，一小截一小截地開始脫落。

李滄行嘆了口氣，他也沒有料到這血手神掌竟然如此的殘忍霸道，幸虧楊慎已經是強弩之末，自己有充分的把握將之反震，不然若是在開始的階段給他拍上一掌，現在淪為一具碎裂枯骨的，大概便是自己了。

他彎下身子，雙手疾點，點中楊慎的十餘處要穴，然後右手一抖，斬龍刀一下子抄在了手裡，呈一尺左右的匕首長度，一陣藍色刀光閃過，楊慎那腐爛的右掌齊腕而斷，而灼熱的刀鋒閃過，把他的斷腕處連根烙上，剛才狂噴不止的鮮血竟神奇地停止了。

楊慎哆嗦著從懷裡摸出兩個小藥瓶，單手拔出瓶塞，把幾顆顏色不一的藥丸倒進了自己的嘴裡，那張因為失血過多，用力太猛而虛脫得如同一張白紙的臉上，也恢復了少許血色，看起來像個活人了。

李滄行本想開口取笑他有神奇的減肥大法，一下子從三百多斤的超級胖子減成標準的瘦子，可是看到他這副半死不活的模樣，不忍再刺激他，還是收住了嘴，默然不語。

楊慎幽幽地道：「我還真得謝謝你，若不是你斷了我這右手，只怕毒氣攻心，加上血液逆流，我再也不可能活下來了。這下我的功力散盡，成了你們學武之人所說的廢人一個，卻是保住了這條命。呵呵，可真是造化弄人啊！」

李滄行沉聲道：「你一個文人，只靠修道，是練不到如此高強的功力的，**是不是你已經把那蠱蟲給吞食了？這才增進了你的內力?!**」

楊慎點點頭，他那原來一片烏黑的頭髮，這會兒白如霜雪，一張剛才還豐神俊朗的臉，也在談話間變得如同枯樹皮一般遍布了皺紋，看起來活像個老頭，巨大的變化，對李滄行心靈的衝擊來得遠比剛才他瞬間瘦身的效果更加強烈，不禁道：「看來你練的功夫不是一般的邪門。」

楊慎閉上眼睛，雪白的眉毛開始慢慢地脫落，一根一根如飛絮般地在空中飄舞，他輕輕說道：「想不到我楊慎畢生追求修仙永生之道，卻被奸人所騙，誤入歧途，到頭來黃粱一夢而已，害人害己，現在眼看命不久矣，才知道自己這麼多年來做的一切，有多可笑！」

第三章

迴光返照

楊慎臉上一片紅潤，又變得一片慘白，
這是迴光返照，李滄行知道他接近油盡燈枯了，
但是為了讓他說完所有的秘密，
他忍著要取這個惡魔性命的衝動，
把掌心貼在楊慎背後的大椎穴上，
以天狼戰氣為其續命。

李滄行道：「不是說吃了蠱蟲就可以修仙得道麼，怎麼成了這副模樣？還是你的修行不到家，這才功虧一簣？你剛才那身內功，還有血手神掌倒是霸道得很，就是我正面跟你硬拼，勝負也未必可知呢。」

楊慎咬牙道：「這蠱蟲是假的，沐元慶這個該死的傢伙，給我的不是金蠶蠱，八成是他用別的辦法養出的類似金蠶蠱的邪門蠱蟲，難怪我服食此物後，雖然內力暴漲，但是根本無法控制，原來就是因為這金蠶蠱並非原配的原因，若不是你及時出手破了我體內亂跑的真氣，只怕我這會兒已經炸裂而亡了。」

李滄行看了一眼楊慎，搖搖頭：「可是你這會兒的情況，比你剛才爆體而亡好不了多少。楊慎，雖然你我是死敵，但我也不想騙你，你這樣子，只怕活不過今天了。如果還有什麼遺言或者未了的心願，就說出來吧，能幫你的話，我會幫你忙的。」

楊慎閉上眼睛，想了想，睜開雙眼：「天狼，只怕我是給沐元慶和嚴世蕃聯手坑了，剛才我仔細想了想，以沐元慶的本事，要是想造出類似金蠶蠱的邪惡蠱蟲，讓我這樣很快地增加功力，不是不可能，但是需要相當長的時間和巨額的資金投入，沐元慶在武當臥底多年，很難有這樣的財力做這種事，**唯一的可能，就是他跟嚴世蕃聯手，或者是他騙了嚴世蕃，讓姓嚴的拿錢給他，做出這極為逼真**

的假蠱給我，害我信以為真，吞下了此物！」

李滄行嘆道：「以你的博學多識，尚且給騙過，可見此物非常邪門了。不過我想知道的是，你這隻蠱蟲從何而來？」

楊慎一張嘴，一顆門牙掉了下來，李滄行看得於心不忍，想要扶住他，楊慎卻擺擺手道：「無妨，我的時間不多了，要報仇也只有指望你啦，天狼，你聽我說，**那隻金蠶蠱，是從林鳳仙身上取得的！**」

李滄行不信道：「雖然我來雲南前聽過這個傳聞，但還是不太相信。林鳳仙不僅武功高絕，而且防備心極強，身邊的人個個忠心耿耿，怎麼可能這麼容易就中了蠱？」

楊慎苦笑道：「這蠱是我在林鳳仙身上下的。」

李滄行猛的一驚，向後退了兩步：「什麼？怎麼會是你！」

楊慎眼裡泛起一絲光芒，嘴角也勾起一個淡淡的笑意：

「那是我年少時的一段奇遇了，本來我身為狀元，又是名滿天下的第一才子，不到二十歲就入朝為官，擔任東宮侍講，父親又是內閣首輔，可謂是春風得意，前程似錦。也因為這個原因，我當年不知道拒絕了多少官家小姐的追求與提親，只是一門心思地想著三十歲之前能官至六部侍郎，甚至入閣，這時候再考慮終身大事。

「可惜天有不測風雲，我父子在官場失意，我也被流放邊疆，一路上，林鳳仙對我一路護衛，她和我以前遇到的每個女子都不一樣。那些官家小姐，個個溫柔婉約，精通音調和詩詞，可謂秀外慧中，卻沒有什麼個性，若論才情，這世上沒有一個女子跟我有共同話題，但林鳳仙的出現，讓我眼前一亮，那種書卷中的綠林俠女，快意恩仇，可以縱橫天下的感覺，是那些官家小姐、大家閨秀們完全無法帶來的。從京師到雲南，這幾千里的路程，也是我跟林鳳仙互相暗生情愫，私訂終身的過程。」

難怪林鳳仙對這段往事諱莫如深，她在達克林身上吃過一次虧，又被這楊慎所欺騙和玩弄，最後殘忍地拋棄掉，也可謂情路坎坷了。

李滄行忿忿不平地道：「難怪她這一路這樣維護你，你也真是負心薄倖到了極點，不僅徒負佳人，甚至在她的身上下蠱，我真不知道你的心是怎麼長的！我是無論如何也做不出你這樣的事！」

楊慎眼中透出悲涼之色，後悔莫及地道：「那時候我也是年少無知，一心想要尋仙問道，雖然我當時對林鳳仙也是動了真情，但絕對談不上想要跟她雙修成仙。甚至連廝守一生也不可能。因為林鳳仙跟我上床的時候已非完璧，事後我才知道她曾在西域的時候嫁過人，後來又悔婚跑了出來，這讓我非常憤怒！我原以為林鳳仙是個完美的女人，可沒想到她的第一次卻給了別人，哼，我得不到完美的東西，就讓它毀滅好了！這就是我當年的想法！」

李滄行心中感慨，**情之一字，讓人隨時可以入魔**。自己當年知道師妹結婚的事情後，也無數次在無人之地發洩式地亂砍亂劈，只當眼前的東西是徐林宗，其實也是自己的心魔使然。

男人都一樣，無法容忍自己心愛的女人嫁為人婦，自己多年來跟心中的嫉妒與仇恨在做抗爭，幾次走火入魔，險入魔道，比起楊慎這樣喪盡天良的做法，又強了多少呢？

楊慎發出一陣劇烈的咳嗽，這回噴出的還包含一些細小的血塊，乃是他內臟的殘片，那些血呈現深黑色，可見他體內早被那假金蠶蠱弄得五臟俱損，毒血橫流，即使今天僥倖能逃過一劫，也早晚要死。

楊慎喘著氣道：「天狼，不要笑我絕情，也別罵我滅絕人性，此事，我已經痛悔一生，每每想及於此，我都痛得無法入睡，**這二十多年來，我無時不刻地都在找尋能夠化解金蠶蠱，排出蠱卵的辦法**，可是所有的古書上都說，此物長到三年以後，破卵為蟲，已經再也無法抑制了。唯一擺脫它的辦法，就是**宿主自盡**，

提前死去，以免到時候蠱蟲成形後，噬心啃骨之痛！」

李滄行咬牙切齒地說道：「所以你們當年就是用我的性命和武當的前途為威脅，逼我紫光師伯就範，忍受這蠱蟲噬心之痛，心甘情願地給你們當宿主，對不對？」

楊慎點了點頭：「不錯，紫光道人是個把武當看得重於一切的人，而且他也知道自己無法對抗嚴世蕃，只能委曲求全。但林鳳仙不一樣，我們制衡她的辦法只有另一個，那就是屈彩鳳！」

李滄行的臉色一下子大變：「你說什麼？莫非……」

楊慎閉上了眼睛，兩行老淚順著他的眼角流下：「你猜對了，**屈彩鳳就是我和林鳳仙的女兒！**」

李滄行再也忍不住了，眼中怒火洶湧，一下子抽出斬龍刀，架在楊慎的脖子上：「你這滅絕人性的禽獸，連女兒也不放過！老天怎麼不打個雷劈死你這個魔鬼！」

楊慎長嘆一聲：「都怪我那時候為了修仙問道，已經走火入魔，滅絕了人性，一開始我是想救林鳳仙的，可是後來知道的時間已經太遲，而沐元慶和嚴世蕃又無時不刻地慫恿我，告訴我成仙後的種種好處。於是我以彩鳳的性命為要脅，逼林鳳仙就範！」

李滄行突然說道：「不對，你又在騙人！若是說沐元慶能用我的性命和武當的前程來逼紫光師伯就範，還說得過去，可是林鳳仙生下屈彩鳳，自幼把她養在巫山派裡，不可能把她放出江湖，你又是憑什麼能威脅得了特立獨行的林鳳仙？」

楊慎道：「**這靠的就是太祖錦囊了**，我騙林鳳仙，說持此錦囊可以起兵造反，鳳仙信了我的話，入大內，在我爹的配合下取到這個太祖錦囊，然後以保護我去雲南為名義，一路跟我逃到雲南，後面的事，你都知道了。

「後來我和林鳳仙感情破裂之後，又遇上沐元慶，他已經培養出一條金蠶蠱，我前面跟你說的試探之法，除了古書上的一些記錄外，就是這下蠱之法。當時我恨極了林鳳仙，但還沒有下定決心趕他走，本來按我的打算，是想利用她一下，讓她在巫山派招兵買馬，起兵作亂，然後各地官軍進剿不力，皇帝無法控制局勢，就只能靠我們父子重新穩定天下。

「可是我看到金蠶蠱後，卻生出了另外的想法。林鳳仙的武功當時獨步天下，即使身為女子，也可排到前三，如果我把蠱下在她的身上，以她那時對我的感情，一定不會防備和懷疑的。所以一開始我就打定了主意，在和她同房的時候，趁其不備給她下了蠱，然後故意挑破她以前跟過別的男人的事，把她氣走，之後就坐等她體內的蠱蟲成形了。

「可是人算不如天算，沒料到這一路上，我和林鳳仙有了孩子，半年後，她孤身來找我，說是已經有了我的骨血，想要和我言歸於好，還說願意解散巫山派，從此只做我的夫人，甚至妾室亦無妨。我一開始還有些感動，其實那半年，我的心裡也一直在猶豫和掙扎，想找出能讓林鳳仙排出蠱蟲的辦法。

「可是無意中，我發現她身上還留著達克林送她的東西，這讓我火冒三丈，譏諷說她肚子裡的孩子誰知道是不是我的，再次把她給氣跑，這樣一來，也算是對我有利，因為林鳳仙在懷著孩子的同時，體內蠱蟲的變化讓她根本無法察覺。等到她生下彩鳳以後，也以為自己是產後的恢復不適，氣血兩虛，才會總覺得頭暈腦脹，萬萬沒有想到是我在她的身上下了蠱的原因。」

李滄行恨恨地說道：「你這禽獸，連自己的老婆和女兒都不放過，真是枉披人皮，這麼說，彩鳳時不時地練功會走火入魔，也可能是受了你那邪蠱的影響了！」

楊慎嘆了口氣：「也許吧，具體的原因我也不知道，後來我一心修道，也顧不得她們娘兒倆的死活了，一直到二十年後，也就是落月峽大戰的前夜，林鳳仙不知道從哪裡知道了這件事，跑來這裡質問我，是不是當年對她做了手腳。我知道她體內的蠱蟲已經完全成形，即將到要破體而出的時候，於是便按照多年來策劃的計畫，當面承認了此事。」

李滄行冷笑道：「以林前輩的脾氣，若是知道你這個畜生做了這些事情，還不當場取你性命？」

楊慎點點頭：「不錯，狂怒之下的林鳳仙確實向我全力出手，就像剛才我在狂暴狀態下打你那樣，只是她中蠱多年，體內的精元給蠱蟲已經吸取了十之七八，身手變得只不過是一般的高手了，而我這些年來精於道法仙術，一邊在暗中修煉古書上記載的血手魔掌，另一邊靠著服食無數靈丹妙藥增進功力，功力已經在當時的林鳳仙之上。她殺不了我，反而被我出手點了穴道，成為我的階下之囚。

「我告訴她，她在一年內必死無疑，而太祖錦囊是我騙她的，此物根本不可能造反成功，那次嚴世蕃跟我在一起，在我們對話的時候出現，對林鳳仙說，皇帝無法再容忍巫山派持有太祖錦囊的事，屢次要他加以剿滅，而他留著林鳳仙母女性命的理由，就是要取她體內的蠱蟲，所以她唯一的辦法就是跟我們合作，讓我們順利地取到蠱蟲作為回報，我們就留巫山派和屈彩鳳一條生路。」

李滄行厲聲道：「一派胡言，你們兩個狼子野心的東西作出的承諾又如何讓林前輩相信？我若是林前輩，拼了自己的命不要，也不會讓你們得償所願的！」

楊慎搖搖頭：「天狼，你可要知道，巫山派也是我們可以對抗皇帝的一張牌，他們是綠林身分，又手握太祖錦囊，這讓皇帝不敢輕舉妄動，既不能隨便剿滅，又要設法取回太祖錦囊，所以只有像嚴世蕃和我這樣的絕代謀臣，才能幫他解除這個煩惱。只要巫山派存在，那嚴氏父子的地位就是穩固的。不然要是換了夏言、曾銑這樣忠於國事，不考慮私利的大臣，只怕早就把他們給消滅了。但為了金蠶蠱，我們是不惜毀掉這個護身符的，這個道理，我們跟林鳳仙說得清清楚楚，所以她考慮了半天，最終只能不得已跟我們合作！」

李滄行長嘆一聲：「你們的心，真的是鐵石和毒蛇做的，若非如此，怎麼能想出這些毒招來！只可惜林前輩一世英雄，到頭來卻受制於你們這些惡魔，還以自身為你們培養出金蠶蠱蟲，實在是可悲可嘆！」

楊慎咬牙切齒道：「林鳳仙後來就是被陸炳約出，當時我和嚴世蕃已經做好取出蠱蟲的準備了，但也怕對方先下手為強，所以不約而同地到了巫山派附近，陸炳和達克林走後，我和嚴世蕃便現身，林鳳仙也知大限已到，甚至可能是因為她早已受夠了那蠱蟲噬心啃骨之痛，我們最後取出蠱蟲的同時也結束了她的性命，也許對她來說，反而是一種解脫！」

李滄行的嘴角勾了勾：「可是我看到林前輩的屍體，屍體外部是完好的，只有一些肉眼難及的劍傷，乃是神兵利器配合峨嵋派的幻影無形劍所傷，嚴世蕃和你都沒有這麼強的劍術，而且你們的武功走的是偏門的魔功一路，不會留下這樣的劍傷，**當時在場的，一定還有第三人！這人是誰？還有，你們是如何取出那蠱蟲的？**屍體上根本看不出有任何痕跡！」

楊慎回想道：「那天嚴世蕃帶了一個穿著黑袍的人，此人武功極高，從頭到尾沒有說一句話，可是他的眼神和劍術，卻讓人不寒而慄，他身上帶著一柄神劍，在林鳳仙閉目等死的時候，用那柄神劍，以快得讓人應接不暇的速度，在林鳳仙身上割出無數個小孔，甚至連血液都被封在傷口內，無法流出。

「這時候林鳳仙還沒有完全斃命，因為這是取金蠶蠱蟲的重要一步，只有讓她大量地受傷，體內真氣受到擾動，才能讓金蠶蠱蟲感受到威脅，想要破體而出，我和嚴世蕃同時出手，他用終極魔功，我用血手神掌，擊在她前胸後背兩處要穴之上，她體內的蠱蟲從她的嘴裡飛出。我在她的前方早有準備，以萬寶葫蘆把蠱蟲給接住，天狼，你知道那時我有多高興嗎！」

李滄行冷冷地說道：「你有多高興，嚴世藩就有多憤怒，這東西可以修仙得道，按說是要拼了命去搶的，你們事先也沒說這東西歸誰，事後他居然沒向你出手？當時的情況，他身邊還有個那麼厲害的幫手，以二對一，你絕無勝算！」

楊慎的臉上突然閃過一片紅潤，然後又變得一片慘白，腦袋一歪，人幾乎昏死過去。這是**典型的迴光返照**，李滄行知道他已經接近油盡燈枯了，但是為了讓他說完所有的秘密，他仍然忍著要取這個惡魔性命的衝動，坐了下來，把掌心貼在楊慎背後的大椎穴上，以天狼戰氣為其續命。

真氣一入體，李滄行的眉頭就是一皺，楊慎體內的狀況比他想的還要糟糕，不僅經脈盡毀，就連五臟六腑和周身穴道也一片糜爛。剛才還能說這些話，簡直是個奇蹟了。

他的心肺之處，似乎有什麼東西在悄悄地蠕動著，李滄行心中一凜，只怕這就是被楊慎以邪法吞進體內的金蠶蠱，看樣子這邪物反噬到他的自身了。

受到天狼戰氣的作用，楊慎緩緩地睜開了眼睛，苦笑道：「這是上天給我的懲罰，我當年用金蠶邪蠱害了林鳳仙，現在反受其害，這才是天道昭彰，報應不爽吧。我這一輩子做著長生修仙的美夢，到頭來只是害人害己，有此下場，也是活該！」

李滄行嘆了口氣：「人之將死，其言也善，楊慎，你死前能悔悟到這些，也算是一樁功德了，要不要我現在送你回家？你還可以見家人最後一面。」

楊慎搖搖頭：「我現在這副模樣，還是別讓他們見了。天狼，我的時間不多，你聽我說完。當年嚴世蕃看到我捉到金蠶蠱後，確實是想要聯合他的那個幫手上前搶奪，我就威脅他們，如果想動粗，我就把手中的金蠶蠱給毀掉，讓他們什麼也得不到，要是他不跟我爭的話，紫光身上的第二隻蠱蟲，我可以讓給他，嚴世蕃考慮了半天，才氣鼓鼓地帶著那個黑袍劍客一起離開。」

李滄行聽了說道：「那個黑袍劍客，是不是個子又高又瘦，一直用黑巾蒙面？」

楊慎訝異地道：「你怎麼知道？莫非你認識此人？」

原來**以絕世劍法擊殺林鳳仙的，就是黑袍！**只是黑袍從來沒有提過此事，**是他有所隱瞞，還是另有其人？**看來在黑袍身上，仍有不少疑點值得探究。

眼見楊慎越來越虛弱，李滄行趕忙問及重點：「**你可知道第三隻金蠶蠱被下到何人身上了？**」

楊慎眼中的光芒漸漸黯淡，心臟的跳動也越來越微弱，吃力地說道：「沐元慶曾和我說過，那蠱下在一個關鍵之人的身上，可他從未告訴我那人是誰，只說時機成熟，其蠱自現。天狼，我懷疑林鳳仙身上的蠱也是假的，很可能**金蠶蠱從頭到尾就是個騙局**。你一定要當面問清楚沐元慶！」

楊慎強撐著說完，臉上的肌肉突然一陣劇烈的抖動，大聲咳嗽起來，他的心口處似乎有什麼東西在向外鼓突，李滄行心中一凜，感覺到他心臟裡那個神秘的東西變得異常活躍起來，很可能是要破體而出了。

李滄行連忙鬆開手，身子彈起，斬龍刀抄在手上。

楊慎這時候已經說不出話來，看向李滄行的眼神裡充滿了哀求的神色，左手緊緊地壓著自己的心口，右手則指著李滄行手中的斬龍刀，那意思再明白不過，是要李滄行給他個痛快，並且消滅那隻準備破體而出的邪蟲。

李滄行點點頭，他聽到楊慎肋骨碎裂的聲音，楊慎朝天噴出一蓬血雨，李滄行暴起紅色的天狼戰氣，左手呈爪狀，將源源不斷產生的天狼勁強行注入到斬龍刀身，大喝一聲，一刀飛過，楊慎的脖子上出現一道肉眼難辨的刀痕，兩隻眼睛立即停止不轉了，臉上卻帶著微笑，顯然這一刀對他來說，是一種解脫。

就在這時，聽到一聲皮開骨裂的聲音，楊慎胸前的衣服裂了開來，一隻黑色的蟲頭探頭探腦地鑽了出來，牠頭上的眼睛，如同兩隻鮮血淋漓的魔眼，四處張望著，似乎在觀察這個不安的世界，背上四隻翅膀不停地撲騰著，抖落了一地的血花。

李滄行心裡泛起一陣噁心，這東西已經連吃了兩個絕頂高手了，絕不能讓牠再留在世間害人。

李滄行心隨意動，體內的天狼戰氣加速流轉，刀身也變得如同烙鐵一樣，發出灼熱的氣浪，那金蠶邪蠱已經通靈，立即感知到沖天的殺氣，雙翅一震，以不可思議的速度騰空而起。

李滄行大喝一聲，斬龍刀劃出一刀「**天狼半月斬**」，緊隨金蠶蠱蟲的尾巴而去，可是這東西卻邪門得緊，在空中振翅一轉，向上一個急速拉起，威猛無匹的「**天狼半月斬**」堪堪地從牠的身下掠過，牠尾巴上一根金色的尾刺，被刀氣所斬，從身體上脫落，瞬間就被蒸發地無影無蹤。

金蠶蠱蟲負痛之下，迅速飛去，轉眼就飛出了三四丈的距離，李滄行緊跟著金蠶蠱蟲，在廢屋中不停地追逐起來。

金蠶蠱蟲使出渾身解數，忽而直飛，忽而轉向，忽而懸停空中，甚至有幾次直接轉過頭來，眼中殺氣暴射，似乎是想反過來攻擊李滄行，卻又突然向一邊閃躲過去，小半個時辰下來，李滄行連攻幾百刀，卻未能再傷到這邪物分毫，每次刀氣甫一出手，這東西似乎就能預判空氣的振動，知道刀氣走勢的方向，在千鈞一髮的時刻提前躲過去，端著實神奇。

李滄行額頭沁出了汗水，這東西已經通靈，現在之所以無法加速飛出，是因為自己的每一刀不求一刀斃命，但務必封住金蠶蠱蟲的各條退路，即使不能殺了牠，也不能讓牠飛走。

金蠶蠱蟲屢次試圖虛張聲勢，先向一側飛行，突然轉向加速，向另一邊衝刺，都被這些刀氣擋了回來，就這樣你追我趕的，又過了小半個時辰，雙方仍然僵持不下。

突然，李滄行眼角餘光看到在外面的廢墟處，一頭霜雪般白髮的屈彩鳳，正持著雙刀，全神貫注地盯著這金蠶邪蠱，雙眼幾乎要噴出火來，心中一驚，看屈彩鳳的架勢，很可能她聽到了自己和楊慎的對話。

李滄行思緒波動，身形稍稍一滯，本來準備攻出的一刀劈到一半，刀氣居然沒來得及發出，那金蠶邪蠱頓感如山的壓力為之一鬆，振翅向屈彩鳳的方向飛去。

屈彩鳳杏眼圓睜，厲聲喝道：「受死吧，邪物！」

她的鑌鐵雪花刀瞬間變得火紅一片，雙眼一片碧綠，左手刀封住左邊金蠶蠱的轉向，右手刀則是一招「天狼嘯月」，三道狼形刀氣怒斬而出，如長江大浪滔滔不絕，呼嘯著就要把金蠶邪蠱淹沒。

李滄行心中一動，一招「**天狼破軍斬**」，洶湧的刀氣從刀尖逸出，配合著屈彩鳳，有七成的把握可以將這蠱蟲一擊斃命。

就在李滄行的身形要離地的一瞬間，清厲的劍嘯之聲響起，七星劍的寒光照亮了陰暗的廢墟，沐蘭湘從屈彩鳳身後凌空躍起，兩儀劍法在她的劍尖畫出三個光圈，脫穎而出，向正在上飛的金蠶蠱蟲圈去。

金蠶蠱蟲就是反應再快，動作再靈敏，也不可能在這種急速拉升的情形下再動作了，牠發出一聲恐怖的悲鳴，瞬間被三道光圈纏住，凌厲的劍氣一陣激蕩，金蠶蠱蟲就像被捲入大海漩渦的一隻小船，無力地掙扎幾下，就被捲到兩儀劍圈的正中，也是旋轉之力最強的地方，很快就是一陣黑色的汁漿四射，牠的身體也被絞成三段。

李滄行、屈彩鳳和沐蘭湘三人收起兵刃，那極具腐蝕性的黑血被三人的兵刃劍氣隔開，偶爾一滴汁液噴出，從刀光劍氣的間隙飛過沐蘭湘的耳側，她耳朵上掛著的一隻純銀鈴鐺耳環被毒血濺到，銀色鈴鐺立即被腐蝕了一半，嘶嘶地冒著可怕的熱氣。

李滄行心中一急，顧不得毒血還在飛濺，腳下一踏九宮八卦步，身若游龍一般，閃到沐蘭湘的身邊，右手持斬龍刀凌空一揮，把那隻銀鈴鐺給削了下來，落到地上時，只聽「啪」地一聲，鈴鐺從中間炸了開來，可見其毒血的厲害！

沐蘭湘眼中露出感激之色，緊接著噙滿了淚水，撲進了李滄行的懷裡，泣不成聲，看來楊慎的話，她也聽見了。

屈彩鳳平時裡若是看到李滄行和沐蘭湘這樣的親熱動作，會頭也不回地離開，可是今天她卻完全沒有心思放在這上面，地上斷成三截的金蠶蠱的屍體還在微微地抽搐著，她銀牙一咬，勢若瘋狂，兩隻鑌鐵雪花刀幻起陣陣刀影，向著地上的蠱蟲屍體就劈了過去。

金蠶蠱的三截屍體爛成了一堆蟲泥，由於剛才的空中暴血，已經把金蠶蠱幾乎所有的血液全給灑光了，所以地上這堆蟲體，已經不會因為屈彩鳳的揮刀猛斬，再暴出那種可怕的毒血出來，屈彩鳳的動作越來越大，淚水橫飛，眼見這個殺師邪物就在自己的眼前，又怎麼不能讓她銀牙咬碎，肝腸寸斷呢？

李滄行輕撫著沐蘭湘的背，沐蘭湘身子不停地發著抖，哭得如梨花帶雨，李滄行感覺到自己的胸前已經被她的眼淚濕了一大片，這時候再如何安慰也是無濟於事，只有這樣靜靜地抱著沐蘭湘，把自己的胸膛和肩膀給她依靠，是他唯一能做的事。

屈彩鳳一頭霜雪般的白髮早已零亂不堪，她同樣是泣不成聲，嘴裡不停喊著：「師父，徒兒給您老人家報仇了，你在天之靈看徒兒給你報仇了！」

她突然把兩把雪花刀一扔，衝上前去，對著地上的蟲泥一陣猛踩，那張絕美的容顏也變得肌肉扭曲，如惡狼一般。

李滄行看到屈彩鳳剛剛抬起的右腳的鞋底破了個大洞，那金蠶邪蟲雖然噴不出血了，但其肉泥仍是極具腐蝕性，屈彩鳳穿的厚底快靴的底子一下子就給通了個大洞，甚至連她的襪子也開始裂開，腳底板也隱隱有血跡出現，而她卻渾然不覺，高高抬起右腳，又準備再踩下去。

李滄行心中一急，這一下說不定屈彩鳳的右腳都要爛掉，有殘廢之險，他顧不得抱在懷中的沐蘭湘，鬆開小師妹，身形如電，直撲屈彩鳳，就在她的玉足即將踏到那蟲泥的一瞬間，把她整個人撲到一丈之外，兩人抱著倒在廢墟之中。

屈彩鳳本能地一爪擊出，正中李滄行的胸腹交界之處，這一下李滄行根本來不及運氣護體，甚至來不及以十三太保橫練的功夫把表皮變得堅硬如鐵，給打了個結結實實。

他悶哼一聲，張嘴一口鮮血噴在屈彩鳳的頭髮上，如霜雪般的白髮變得殷紅一片，李滄行痛苦地鬆開環抱著屈彩鳳的手，整個人跌落在地上，再也站不起身。

沐蘭湘悲呼一聲「師兄」，顧不得一個人哭泣，撲上前去，把李滄行從地上拉了起來。

屈彩鳳驚得張大了嘴，亦是飛撲過去，幾乎和沐蘭湘同時搶到李滄行的身邊，探下身子想看看李滄行傷得怎麼樣，沐蘭湘狠狠地一把將她推開，吼道：

「你要殺就殺我好了，打我師兄做什麼！」

屈彩鳳眼淚一串串地向下流著，哭道：「我真的不是故意的，我只是……」

李滄行臉色變得如紙一般，氣若游絲地道：「我，我沒事，你們，不要吵了！」

他還想再說話，卻是一陣劇烈的咳嗽，嘴裡一陣洶湧的鮮血噴出，眼前一黑，再也不省人事。

不知過了多久，李滄行才幽幽地醒來，他只覺得自己像是漂浮在雲端，一點力氣也沒有，靈魂像是出竅似的。

上一次因為走火入魔，在雪地裡，屈彩鳳以氣渡己，這一回，同樣是屈彩鳳那溫暖柔和的天狼真氣，正在自己體內慢慢地遊走，沖散自己胸腹那幾處要穴殘留著的淤血。

李滄行心中一驚，他的感覺還未恢復，不知道屈彩鳳是以何種方式救自己，現在不同於上次的冰天雪地，沒有外人，小師妹可是就在身邊，若是屈彩鳳再次以那種親密接觸的方式救治自己，這可如何是好？

他心中慌亂，幾乎要叫出聲來，體內的真氣因而一陣紊亂。

沐蘭湘的聲音清楚地傳進了李滄行的耳中：「師兄，千萬不要亂運氣，屈姐姐正在全力救你，你傷得太重，我們兩個功力只能輪流為你推血過宮，另一個留守護法，今天已經是第二天了，現在正是關鍵時刻，你一定要排除雜念，抱元守一，不管做什麼，先把傷治好再說。」

屈彩鳳的聲音也響了起來：「滄行，我一時情急，打傷你是我的錯，我一定會盡力彌補的，但我和沐家的仇，早晚都得算，到時候你若是想出手護你的未來岳父，也別對我手下留情。」

李滄行心中一急，幾乎又要咳出聲來，連忙從丹田開始運氣，與屈彩鳳的真氣相匯合，中和出一股暖流，如是行功兩個周天，那種強烈的痛意和淤血塞於胸腹間的情況才稍微好了一點。

他慢慢地睜開眼睛，看了眼與自己相對而坐的屈彩鳳，只見她絕美的容顏上，眼睛緊閉著，額頭上盡是汗水，神情也是疲憊異常，可見她為了救自己，消耗了多少的真氣。

沐蘭湘見李滄行睜開眼睛，心疼地從懷裡掏出一塊繡帕，輕輕擦拭著李滄行額頭上的汗水，關心地問道：「大師兄，現在感覺怎麼樣了？」

如果要是換在平時，兩個如天仙般的美女這樣盡力地服侍著自己，李滄行做夢都會笑醒，可是現在，他的頭卻是漲得有兩個大，這會兒只是因為要給自己治傷，屈彩鳳暫時顧不上找沐蘭湘算賬，等自己一脫離險境，沒準這對昨天還情同姐妹的美女就會拔刀相向，不死不休了。

李滄行搖搖頭，對屈彩鳳道：「彩鳳，辛苦了，我基本上已無大礙，你收功休息一下吧。」

屈彩鳳冷冷地回道：「又逞英雄了，你胸腹間的淤血還沒完全化開，我自然要負責到底，是我傷了你，起碼得把你治好才是。我屈彩鳳恩怨分明，自己惹的禍，一定會負責到底的！」

說到這裡，屈彩鳳睜開眼，看著沐蘭湘的目光中幾乎要噴出火來：「同樣的，我屈彩鳳有仇必報！更不用說是殺師滅派之仇了！無論是誰，想要阻止我，我都會跟她拼個你死我活的！沐蘭湘，**你若是想護著你爹，最好趁現在就取我的性命，這也許是你最後的機會了！**」

沐蘭湘急得眼淚都要掉出來了：「屈姐姐，你，你為什麼這樣看我？這樣看我爹？現在一切都還沒有搞清楚，就這麼急著認定我爹是仇人嗎？」

屈彩鳳冷笑道：「我的好妹子，**你見過有人會拿自己的性命只是為了撒個謊嗎？**剛才楊慎身體裡飛出的那個金蠶蠱蟲，我們三人都親眼所見，事到如今，你還抱什麼僥倖心理？當然，我知道這事跟你沒有關係，是你爹做的孽，所以老娘復仇只找沐元慶一人，但你若是想要阻止，那就別怪姐姐我翻臉不認人了。」

沐蘭湘眼眶裡淚水漣漣，眼睛布滿了紅絲，腫得彷彿是個水蜜桃，可見這一兩天裡她沒有停止過哭泣。

李滄行心中也是一團亂麻，明知師妹受到這樣的煎熬，卻無力勸阻，只能搖搖頭，說道：「師妹，別哭，我們說過，有什麼事情都要一起面對。楊慎的話也只是他的一面之詞，**只有見到你爹，見到陸炳之後，才能確認事情的真相。**」

屈彩鳳聞言，臉色一變，柳眉倒豎道：「滄行，你這是什麼意思？要是沐元慶繼續裝死裝癱，你能問到什麼話？他若是來個抵死不認，這事就這麼算了嗎？」

屈彩鳳一時激動，手下的力道重了三分，輸進李滄行體內的真氣也變得灼熱起來，燙得李滄行五內如焚，忍不住呻吟起來，屈彩鳳這才發現不對，趕忙把力道減輕。

「彩鳳，我並沒有偏袒師妹的意思，但畢竟這是楊慎的一面之辭。即使如楊慎所說的，給你師父，或者說給你娘下蠱的是楊慎本人，也並非是沐元慶，所以你要報仇的話，冤有頭，債有主，也應該找楊慎才是。」

屈彩鳳怒道：「滄行，雖說你要偏心自己的小師妹，可是這也太過分了吧！楊慎已經死了，若不是因為他生了我，老娘早就把他碎屍萬段了，但即使如此，老娘也絕不會認這個惡魔為自己的父親。再說了，若不是沐元慶給他這個金蠶蠱，他又怎麼能害得了我的師父?!你不用再說什麼，這筆賬我絕不會就這麼算了的！」又狠狠地瞪了沐蘭湘一眼：「你就去照顧你的大師兄吧，現在老娘沒時間跟你們在這裡浪費時間，陸炳已經走了幾天了，老娘要是動作太慢，這仇也不能親手報了！」眼中寒芒一閃，大紅衣袂凌空飄舞，身形一躍飛出了幾丈之外。

李滄行掙扎著想從地上起來，可是胸腹間卻是一陣劇痛，完全無法發力，張嘴噴出一口黑血，沐蘭湘急得連忙扶著他的身子，纖纖玉掌則按上李滄行的後心，一股清涼冰潤的真氣緩緩地進入李滄行的體內，讓他如火焚般的內臟立即舒服許多。

李滄行有些奇怪，密語道：「師妹，這種以氣入體的辦法，你又是怎麼學會的？」

沐蘭湘道：「這兩天我和屈姐姐輪流給你輸入真氣，她把運氣的法門教給我了。師兄，雖然我不會天狼刀法，沒法跟你的真氣完全合一，但是武當的純陽無極真氣你也是熟悉的，現在你也運起我們道家正宗的玄門真氣，早點排淤化血才好。」

李滄行點點頭，他知道著急也沒用，屈彩鳳這回是真的負氣而去，一時半會兒也無法勸她，為今之計，只有先把傷給治好了，然後想辦法趕在屈彩鳳的前面回武當。

一想到落月峽之戰從頭到尾都是萬蠱門主和嚴世蕃的陰謀，而自己師父明面上死於魔教之手，實際上真正的仇家卻有可能是沐元慶，他的心就無法平靜下來。

沐蘭湘察覺到李滄行體內真氣的異動，幽幽地道：「師兄，你也相信楊慎所說的話嗎？」

李滄行搖搖頭：「我不想相信，但是彩鳳說得有理，不會有人拿自己的命開玩笑，只是為了說個謊的，尤其是那金蠶邪蠱是我們親眼所見，只怕這些都是事實。師妹，你答應我，一定要堅強才行！」

沐蘭湘清秀的臉上，兩行淚水從她緊閉的雙眼流下：「大師兄，我現在真的不知道該怎麼辦，我爹，我爹他……」說到這裡，沐蘭湘泣不成聲，連運行於李滄行體內的真氣都是一陣紊亂。

李滄行動了動，把沐蘭湘貼在自己背上的手給滑了開來，伸出左臂，緊緊地摟著沐蘭湘，小師妹的腦袋深深地埋在他的胸膛上，不住地啜泣著，她的髮絲則在李滄行的鼻子上廝磨著，高高的道姑髻上，一支翠玉步搖釵不停地晃動著，一如她瀕臨崩潰的心情。

李滄行安慰道：「師妹，是福不是禍，是禍躲不過，事情發生了，我們也只有面對才是。當然，沒見到你爹之前，不能隨便下結論，但不管怎麼說，楊慎的話和他的死，至少證明了你爹的嫌疑很大。我有些話想要問你，你一定要跟我說實話才行。」

沐蘭湘嬌軀微微一顫，點了點頭。

「自從那年的落月峽之戰後，你爹就一直沒有再下過床嗎？平時是哪些人伺候他的飲食起居的？」

沐蘭湘沉吟道：「我雖是女兒，但畢竟男女有別，這些年在山上，都是各位師弟們輪流服侍我爹的起居，每三天為他擦洗全身，至於大小解，也是大家輪流，我只負責爹的一日三餐。一開始我爹的神智是清醒的，每天和我說話，但是後來就經常陷入沉睡狀態，醒來的時間也越來越短，直到……那年紫光師伯出事之後，我爹徹底陷入長眠之中，這十幾年來就再沒有醒過。」

李滄行表情變得越發嚴肅起來：「你每天伺候你爹的時候，有沒有檢查過他的經脈？這些年來，你們沒有想辦法要醫治他嗎？」

沐蘭湘搖搖頭：「沒有，紫光師伯檢查後說，爹爹他這輩子只能這樣躺在床上了，那向老魔的手法極其凶殘邪惡，我爹的經脈完全被震碎，若是要強行修復的話，只怕會有性命之虞，所以我們根本就對此事不抱希望，也沒想過醫治的事。」

李滄行眉頭一皺：「那你爹昏睡過去之後，你也沒有去查查他的經脈？他的四肢被生生打斷，也不想要接骨治好嗎？」

沐蘭湘長嘆一聲：「我也找過一些有名的跌打醫生來看過，都說我爹的四肢骨頭都成了粉了，完全無法治療，只能那樣躺著，後來，我爹又是那樣長眠不醒，我也漸漸地放棄了奇蹟出現的想法。其實，他這樣活著，真的和去了沒什麼兩樣！」

說到這裡，沐蘭湘悲從中來，又是一陣痛哭流涕，李滄行緊緊地摟著懷中這朵帶雨的梨花，腦中卻開始慢慢地思考起一些事情起來。

不知過了多久，沐蘭湘才停止抽泣，道：「師兄，你是不是也和屈姐姐一樣，認定我爹就是罪魁禍首？」

李滄行道：「還有一些疑點，但大部分的證據確實對你爹不利。我現在想要搞清楚的一件事就是，如果你爹真的參與了那麼多陰謀，那他不可能天天躺在床上，但你如果一天三餐都親自餵他的話，他也很難離開那張床，就算是易容，也不太可能把人弄成一個活死人的樣子，所以我覺得這裡面有什麼不對勁的地方。」

沐蘭湘振奮地道：「**這麼說，我爹可能不是凶手？**」

李滄行微微一笑，摸了摸沐蘭湘那粉白雪嫩的臉頰：「現在一切都是未知之數，你爹如果真的策劃了這麼大的陰謀，一定要親力親為，不可能永遠躺在床上，那麼問題來了，難道武當上下就沒有一個人發現他曾經離開過床，曾經移動過嗎？你作為女兒，每天要服侍他進食，又怎麼會看不出來他有沒有起身呢。」

沐蘭湘秀目流轉道：「這一點我可以確定，我爹確實是沒有動過，躺在床上的那個人，就是我爹。」

李滄行點點頭：「還有一種可能，就是你爹找了一個酷似自己的替身，讓他躺在床上，為自己做掩護。但我覺得這也不太可能，如果是個假貨，瞞個十天半個月也許還可以，但要十幾年都那麼躺著，裝得跟活死人一樣，誰受得了?!再說了，你爹如果真如楊慎所說，在紫光師伯身上下了蠱，就等著收穫了，為何又不去收那蠱蟲，反而讓陸炳先下了手呢？那樣他待在武當又有何意義？」

沐蘭湘興奮地說道：「對啊，這些我怎麼都沒想到呢。哎呀。師兄，還是你聰明，你看看我，只顧著著急，顧著哭，卻連這些細節都沒有注意。」

李滄行繼續說道：「還有一點，你爹如果真的是和嚴世蕃、冷天雄聯手策劃了落月峽之戰，又何必要自殘身體呢？若說想要騙過武當上下，尤其是紫光師伯，這有點說不過去。因為楊慎曾說過，你爹威脅過紫光師伯，如果要用自殘裝病的方式來騙紫光師伯的話，這不是多此一舉嗎？對我們這些後輩弟子來說，他更沒有裝成殘廢的必要。甚至他可以公開以紫光師伯決策失誤，沒有帶領武當在落月峽之戰中取勝，逼紫光師伯退位，自己接掌武當派，這不比在床上裝活死人要來得更方便嗎？」

沐蘭湘眼睛眨了眨，道：「他會不會是想要騙過楊慎和嚴世蕃，暗中籌畫一些別的事呢？」

李滄行微微一笑：「師妹聰明，這大概是唯一的解釋了，就算你爹真的裝殘廢，也不可能是要騙紫光師伯，**他真正要騙的，是他的兩個合作夥伴**。聯想到楊慎死前說自己上當受騙了，而林鳳仙在死的時候，你爹並未到場，這個可能性就越來越大了。」

屈彩鳳的聲音突然響起：「李滄行，你這樣故意說給我聽，是想讓老娘打消報仇的想法嗎？」

李滄行笑著扭頭看向幾十步外一棵大樹上紅衣如火的屈彩鳳，道：「大家一起集思廣益嘛，這不比被仇恨蒙住了雙眼，被衝動扭曲了心靈要來得更好嗎？」

屈彩鳳嘴角勾了勾，道：「就你話多，一套一套的，有這本事為啥不去考個狀元呢。」

她嘴上雖然這麼說，腳尖卻是在樹梢上一點，輕盈的身體畫出一道美麗的曲線，如鳳凰掠過枝頭，凌空飛出二十多步，落到兩人的身邊。

沐蘭湘擦掉眼角的淚水，起身去拉住屈彩鳳的手，嬌聲道：「好姐姐，你可終於回來了，我們都擔心死你了呢。」

屈彩鳳冷冷地道：「擔心我？你擔心的是你爹吧。哼。」

李滄行盯著屈彩鳳的右腳，剛才屈彩鳳施展輕功時，他看出屈彩鳳的右腳很少發力，從樹上跳下的那一下，也是左腳點樹，看來她的右腳傷得不輕，開口道：「彩鳳，你腳底的傷怎麼樣了？」

屈彩鳳臉上飛過一道紅暈，下意識地把腳向後縮了縮：「哼，又在東拉西扯這些沒用的，老娘的腳關你什麼事，爛了最好，這樣去不了武當，不是正合你們的心意麼！」

沐蘭湘急得跺腳道：「哎呀，姐姐，都什麼時候了，還要逞強，快讓我看看，那邪物的毒厲害得很，萬一錯過了救治的時間，可就麻煩了。」

屈彩鳳看了眼李滄行，欲言又止，李滄行哈哈一笑：「彩鳳，你和師妹好好把傷給治了，我到一旁四處走走，看看還有什麼發現。」

李滄行深知屈彩鳳雖然是女中豪傑，不拘小節，可是在這個時代裡，婦人的腳就跟身體一樣，除了自己的丈夫外，是不能隨便讓別的男人看到的，世風如此，即使是一向特立獨行的屈彩鳳也不能免俗。

屈彩鳳哼了聲道：「你最好換個地方打坐，把傷給徹底治好了，雖說你皮糙肉厚，但畢竟那是內傷，別留下什麼隱患的好。」

李滄行笑著點點頭，走到一邊的小樹林，找了棵大樹坐下，開始功行全身，漸漸地進入物我兩忘的狀態。

第四章

當局者迷

沐朝弼嘴角勾了勾：

「楊慎的失敗之處，就在於他太聰明了，

聰明到自信地過了頭，一切都以為在他的掌握之中，

所以才會輸得這麼慘，嘿嘿，這麼簡單的道理，

連你李大俠都清楚，他卻從來沒有意識到，

可謂當局者迷，旁觀者清啊！」

等李滄行再次睜開眼時，只覺得一股熱浪撲來，緊接著是濃濃的烤肉香味鑽進他的鼻子裡。就見面前生了一個火堆，上面架著一隻油光滿身的野兔，肉香四溢，身上的油水劈哩啪啦地響著，表皮金黃一片，屈彩鳳的右腳已經裹了一層厚厚的紗布，坐在地上，沐蘭湘則一邊輕拭著額頭上沁出的汗珠，一邊在轉動著穿過野兔的木叉。

屈彩鳳發現李滄行睜開了眼睛，粉面微微一紅，轉過頭去，沐蘭湘聽到動靜，衝著李滄行微微一笑：「師兄，你醒了啊。」

李滄行拍了拍自己的肚子：「正好餓了，有東西吃，真是太好了。」

沐蘭湘嗔道：「才不是給你吃的呢，屈姐姐傷了腳，又剜了一塊肉，需要補補，你嘛，還是繼續吃肉包子好了。」說著，把一邊的包袱打了開來，一股肉包子的香氣撲面而來。

李滄行抓過一個肉包子就啃了起來：「有肉包子吃，烤野兔也可以不要了。對了，彩鳳，你的腳怎麼樣，能走路嗎？」

屈彩鳳沒好氣地回道：「老娘要是在你腳底板也挖塊肉，你是不是也能走路？他奶奶的，本來就夠倒楣的了，你還來氣我。」

李滄行嘻皮笑臉地說道：「這就是衝動的結果，誰讓你那樣踩那蟲子！我明明要救你，你還打我，要不是我皮糙肉厚，要是被你那一下打死了，你怎麼賠我？」

屈彩鳳的臉微微一紅，向地上啐了一口：「那等老娘報完了仇以後，在你墳前自刎好了，就當賠你一命。」

李滄行嘆了口氣：「我都死了，你再賠這條命又有什麼用？讓活著的人能過得更好，才是真的，你說對嗎？」

屈彩鳳冰雪聰明，怎麼會聽不出李滄行話中的意思，她粉面一寒，道：「滄行，你是不是又想勸我放棄報仇了？哼，殺師之仇，不共戴天，任你說破了嘴，我也不會放棄的，這事你不用再提了，再提我可要翻臉了啊。」

李滄行搖搖頭：「彩鳳，有仇的可不止你一個人，難道我就不要報仇了嗎？我師父、紫光師伯的大仇，我一樣要報的，但至少我們要搞清楚復仇的對象再下手，對不對？」

屈彩鳳咬咬牙道：「滄行，你還有什麼想法，一併說出來吧，我屈彩鳳並不是不講道理的人，你只要說得有理，我也會聽的。」

李滄行點點頭，剛才他運功自療的時候，把思路整理了一遍，笑道：「好，那我就從頭說，楊慎的話裡疑點還是很多，聽我慢慢分析。

「第一條，就是沐傑的身分。按楊慎的說法，沐傑化名何師古，進點蒼派學藝，因為紀秋萍的原因，跟陸大為爭風吃醋，暴露了武功，被趕出師門。陸炳就是陸大為，這一點已經很清楚了，可是沐傑是何師古的事，只是楊慎的一面之詞。要知道楊慎到雲南的時候，何師古已經被逐出師門了，按他的說法，沐傑只是一個沐王府的隨從罷了，或者說是因為臥底失敗，回到沐王府領命，這就牽涉到一個問題，**這個沐傑究竟要做什麼？他進點蒼派是為什麼？**」

屈彩鳳朱脣輕啟：「沐朝弼不是說了嘛，他就是要學習點蒼派的劍法，以後好混進武當派，實現他的下蠱計畫！」

李滄行道：「好，既然如此，沐傑已經學到點蒼派的至高武功天南劍法了，足以進入中原，混進各派了，**他為什麼又要回到沐王府？**」

屈彩鳳一時語塞，過了一會兒才道：「也許是要向沐朝弼彙報多年來的臥底行動，也許是要沐朝弼幫他想辦法找關係進中原大派吧。」

李滄行搖搖頭：「不，我不這樣看，沐朝弼本身就是世代在雲南，跟中原武林沒什麼來往，更不會跟武當這樣的大派扯上什麼關係，沐傑若是真的要他推薦進武當，就不必費事去點蒼派學藝，再走帶藝投師這條路了。對不對？」

沐蘭湘道：「他會不會是因為家人在沐朝弼的手裡，或者是身上被沐朝弼下了毒，需要解藥，才回去找沐朝弼的呢？」

李滄行拿起一個肉包子，嚼了兩口吞下去，道：「不會的，師妹，你注意一點，沐朝弼說給沐傑下毒是他娶了老婆，生了一對女兒之後的事，當時沐傑剛剛被逐出點蒼派，紀秋萍還沒下山呢，既然沒有家人，又何來全家下毒一說？沐傑好不容易可以有機會擺脫沐朝弼的控制，又何必回去自投羅網呢？」

屈彩鳳眼睛裡光芒閃閃：「也許是因為他的金蠶蠱和基地在沐朝弼的手裡，讓他必須要回去覆命，不然，以沐朝弼之精明，哪這麼容易把沐傑放出去，脫離自己的控制呢？」

李滄行道：「確有可能，那麼問題就來了，**沐朝弼沒有和我說在沐傑進點蒼派到他進中原的這段時間裡，他是如何控制沐傑的**，難道就只是掌握了沐傑的那些蠱蟲和養蠱的基地嗎？那**沐傑不在的時候，又是什麼人幫他照顧那些金蠶蠱？他就不怕這些蠱給餓死嗎？**」

屈彩鳳猛的一拍右腿：「對啊，我怎麼沒想到這個呢。」

沐蘭湘道：「大師兄，你既然想到了這個問題，應該也有初步的答案了吧。」

李滄行道：「如果沐傑對楊慎所說的，還有沐朝弼跟我說的話沒有假，那麼真相就只有一個，**萬蠱門另有他人，而且是很重要的人，在沐傑不在的時候幫**

他打理這金蠶蠱，這個人應該是沐朝弼所知道的，但他對我有所隱瞞。我不知道他為什麼要隱瞞此事，但這說明沐朝弼也不簡單，就像楊慎故意透露消息，讓我們來找沐朝弼算賬一樣，沐朝弼只怕也是同樣的心思，猜到我們會查到楊慎的身上，所以才會這樣做。」

屈彩鳳罵道：「想不到這傢伙也是個花花腸子，老娘還真低估了他。」

李滄行道：「沐王府能在雲南立足百餘年，成為天下幾乎唯一的異姓王，自有過人之處。我第一次聽到山中老人和沐王府關係的時候，就有些奇怪，為什麼沐王府只憑嚴嵩的一封信就會對楊慎如此恭順，現在看來，**沐王府似乎是有意要楊慎做些他們不方便做的事，而這事，我想一定是和金蠶蠱有關的。**」

沐蘭湘急問道：「大師兄，這又是什麼意思？沐王府也想要這金蠶蠱修仙？」

李滄行笑道：「修仙者目前出現了三個，楊慎，嚴世蕃，沐傑，哪個不是心機深沉之人？聰明絕頂，名滿天下的楊慎，因為自己的貪婪而著了道兒，成為第一個出局者。**這場遊戲的殘酷之處，便在於出局的人要交出的代價，是自己的性命。**」

屈彩鳳聽了道：「滄行，修仙者哪只三個？依我看來，沐朝弼，還有那個殺我師父的神秘黑衣人，也看上了金蠶邪蠱，打起長生不老的主意呢。那個黑袍劍客，你覺得他就是黑袍嗎？」

李滄行劍眉一挑：「我乍一聽到時，也以為這個人就是黑袍，但是後來仔細一想，只怕又未必是。黑袍的武功我們兩個都見過，他以前並沒有用劍法對抗過我們，而那幻影無形劍的速度極快，他的武功走的卻是陰柔詭異的路子，所以我想這個人不能確定是不是黑袍，剛才我在療傷的時候思考此事，發現另一個人更有可能！」

「什麼人？」屈彩鳳和沐蘭湘異口同聲地道。

李滄行緩緩說道：「你們還記得曾經**一手促成滅魔大戰的華山派前輩雲飛揚**嗎？此人可謂落月峽之戰的策劃者，卻在那戰之後就消失不見，此事難道不詭異嗎？」

屈彩鳳眼波流轉：「這麼一說，倒是極有可能。這個雲飛揚以前在江湖上名氣極大，也來過我們巫山派，此人劍術通神，華山派司馬鴻的劍法也是此人所傳，聽說與魔教的關係非同一般。滄行，這是條重要的線索，只可惜此人多年未現身江湖，想要查他，並非易事啊。」

李滄行道：「我還想到另外一件事，就是洞庭幫的李沉香，她那把上古名劍『青釭』，就是一個神秘的用劍高手所贈，而且還傳給她以氣御劍之術。你師父據說是被倚天劍所傷，楊慎也說傷你師父的是一柄絕世的快劍。而倚天劍早已斷裂，能做到以假亂真，達到倚天劍效果的，也只有青釭劍了。」

李滄行自己說著，猛的一拍自己的大腿：「對啊，我怎麼忘了這層。當年李沉香藝成下山後，是這個神秘的用劍高手現身與她比劍，那高手用的就是倚天劍，被李沉香手中的青釭劍削斷，李沉香過意不去，才聽從那人的安排，到洞庭幫當了護法。這麼說來，**那個見過李沉香的神秘用劍高手，很可能就是以倚天劍殺你師父的凶手了！而且這個人，極有可能就是雲飛揚！**」

屈彩鳳咬牙切齒地道：「那是不是找到李沉香，就能查到此人的下落了？」

李滄行沉聲道：「不，李沉香多半也是被他利用的一個棋子罷了，就跟楊慎利用馬三立一樣，一旦發現可能會危及到自己的時候，就會果斷地拋棄，中斷與她的一切聯繫，甚至殺人滅口，要查出他的身分，只能暗中進行，切不可打草驚蛇。」

屈彩鳳恨聲道：「那現在怎麼辦，黑袍劍客不能去找，我們的線索就是兩條，一條是沐朝弼，可以質問他為何要隱瞞事實，另一條嘛……」她看了一眼沐蘭湘，沒有說話。

李滄行趕忙又道：「再就是**沐傑找楊慎的時機**了，據楊慎說，沐傑是從沐王府開始，一路跟蹤楊慎到康巴城的，然後在你師父在場的情況下，跟楊慎說起了金蠶蠱之事，甚至還指導楊慎在你師父身上下了蠱，你覺得這會不會太離奇了點？」

沐蘭湘思索道：「我也覺得有些不太對勁，楊慎跟林前輩那時候已經成了夫妻，難道聽一個來歷不明的傢伙的話，就在自己的結髮妻子身上下蠱？」

屈彩鳳冷冷說道：「我倒不覺得有什麼不合理的地方，我師父的脾氣，我最清楚，實是喜怒無常，楊慎是個書呆子，我師父一時傾慕他的才學以身相許，可是楊慎卻發現我師父以前跟過別的男人，大失所望，估計為這事也沒少跟我師父吵過架，這種時候讓沐傑以金蠶邪蠱趁機而入，不是不可能的事。這人為了長生，已經腦子不太正常了，你看，他自己都把那東西生吞了下去，這麼可怕，這麼噁心的東西，我看到就想吐，你們說，正常人會把牠吃下肚子裡嗎？」

李滄行點點頭：「彩鳳說得有道理，這是楊慎將死前親口所說，我想他沒有理由騙我，姑且信之吧。接下來的第三個問題是，**嚴世蕃這樣狡猾奸詐的傢伙，實力又比楊慎強上許多，他又怎麼可能讓楊慎在這輪合作裡占盡便宜呢？**尤其是第一隻蠱蟲出來的時候，說什麼也要搶到手上的，按楊慎的理論，修仙者不僅要自己成仙，也要阻止別人成仙。哪可能讓楊慎先得到修仙的機會？他寧願毀了這蟲子，也不能讓牠落在別人的手裡的！」

屈彩鳳道：「對啊，我得不到的，誰也別想得到，這才符合那個猥瑣胖子的心理。我心裡也一直在奇怪，嚴世蕃怎麼會這麼輕易地讓步，除非……」

沐蘭湘搶話道：「**除非嚴世蕃早就知道這金蠶蠱是假的**，根本無法修仙，只能害人，這才有意相讓！」

李滄行笑道：「不錯，只有這種可能！不僅嚴世蕃清楚這點，那個神秘的黑袍劍手也知道這點。這證明了一件事，楊慎從一開始就是被利用的工具，甚至嚴世蕃給楊慎寫介紹信，讓他投靠沐王府，也是個局罷了，**真正在一開始就聯手的，不是楊慎和嚴世蕃，而是嚴世蕃和沐朝弼**。」

屈彩鳳和沐蘭湘對視一眼，疑惑不解地道：「大師兄，我越來越聽不懂了，你有什麼證據能證明嚴世蕃和沐王府早就勾結在一起了？」

李滄行分析道：「嚴世蕃跟著嚴嵩經歷了這麼多官場的沉浮，在尋找外援，保自己後路這一點上，是絕不含糊的。連外族的蒙古人和倭寇的主意他都打過，那麼沒有任何理由不跟鎮守一方，而且早被歷代皇帝所猜忌的沐王府聯手。只是那時候他爹還不是首輔，嚴黨在朝中根基尚淺，他不敢公然地與沐王府接頭，但是可以通過楊慎作引子，向沐王府示好，建立某種方式的聯繫，我想沐傑偷養金蠶蠱，以及萬蠱門的事，也許嚴世蕃早就知道了，讓楊慎來雲南，就是要楊慎能方便地為兩人穿針引線，為他和沐王府的聯繫暗中牽線搭橋罷了。」

屈彩鳳搖搖頭：「如果是這樣的話，那嚴世蕃直接去找沐王府就是了，用得著通過楊慎拐個彎嗎？」

李滄行微微一笑：「彩鳳，這就是你不懂朝中之事了，嚴世蕃和楊慎交好，天下皆知，而且士大夫間有些書信來往，甚至是對政治鬥爭失敗後，被流放異地的官員伸出援手，保持某種交情，並非是大的罪過，皇帝也會想，一個翻臉無情，出賣朋友的傢伙，對自己又能有多少忠誠度可言呢，所以如果嚴世蕃只是跟楊慎保持一些私人的書信往來，只要不涉及朝政，是沒有關係的。

「當然，這些書信也會被錦衣衛嚴密監視，但嚴世蕃和楊慎都是絕頂聰明的人，跟沐王府還有萬蠱門主的聯繫絕不會在書信上表現出來的。可要是嚴世蕃繞過楊慎，直接去私下聯繫沐王府，那性質就完全不同了，這就是朝中近臣與掌邊的邊將之間串聯，是皇帝的大忌，如果你不明白這點，想想夏言和曾銑是怎麼死的就知道了。」

沐蘭湘恍然大悟道：「原來是這麼回事，師兄一解釋，我就明白了，這麼說，**沐王府可能早就和嚴世蕃勾結在一起了，楊慎也不過是他們聯繫的一個道**

具，對嗎？」

李滄行道：「很有可能，嚴世蕃未必一開始就知道萬蠱門的事，但是跟同樣需要給自己留條後路的沐王府建立盟友的關係卻是必須的，沐傑到了中原之後，除了臥底武當外，更重要的一個作用，就是成為嚴世蕃和沐王府之間的秘密連絡人，**以沐朝弼的老謀深算，絕不會這麼輕易地把沐傑完全放出去不管，只有加上嚴世蕃在中原幫他監控沐傑的一舉一動，他才能徹底放心！**」

屈彩鳳眉頭仍然緊皺著，疑道：「沐朝弼就是再大方，也不可能與嚴世蕃一起分享那可以修仙飛升的金蠶邪蠱，這其中一定還有什麼我們沒有想到的。」

李滄行道：「就是**魔教**！試想楊慎一個文人，沒有入過江湖，他哪知道什麼魔教？可是他一到雲南，去沐王府之前，就先去了魔教，而魔教教主陰步雲，對他則是前倨後恭，我想這不是給楊慎面子，而是嚴世蕃給魔教開出了什麼無法拒絕的條件。比如像陸炳給你們開過的那種條件，放棄對魔教的通緝和追殺，允許他們以合法的武林門派的身分進行擴張等等。事後魔教在雲南的迅速發展也證明了這一點，雖說伏魔盟各派無力攻擊黑木崖本舵，但是如果沐王府像以前那樣對魔教加以限制與圍剿的話，縱使陰布雲和冷天雄能力超群，也不可能得到這麼快的發展。」

屈彩鳳冷笑道：「那就一定是了！陸炳能給我們開出的條件，嚴世蕃父子當年也能對魔教開，皇帝哪會管一個雲南的門派呢？怪不得冷天雄甘心當嚴黨這麼多年的走狗，看來這合作正是從這裡開始的。」

李滄行道：「落月峽之戰，是嚴世蕃用來打擊夏言勢力的一次決定性戰役，現在曉得落月峽之戰是由雲天揚出面策劃，四處奔走的，雲天揚跟嚴世蕃的交情一定極深，他促成了四派組建聯軍的舉動，而整個行軍作戰的計畫、路線，以及途中的種種應變，則是由嚴世蕃潛伏在各派中的奸細和內鬼，很可能就是沐傑向他彙報，那次大戰，魔教其實在事先就已經爭取到了巫山派的暗中相助，加上對聯軍的一舉一動盡在掌握，所以勝負早就是註定的事了。」

說到這裡，李滄行想到當年師父的戰死，不由得淚光閃閃，聲音也變得哽咽起來。

屈彩鳳長出一口氣，道：「這麼說，楊慎也是被嚴世蕃和那個黑袍雲飛揚給騙了。滄行，你說那個不是金蠶蠱，有何依據？」

李滄行眼中閃出一道寒芒：「依據？楊慎用自己的命證明了這一點！如果真的是書上所傳的金蠶蠱，楊慎的吞食消化之法也一定是按著古書來的，怎麼會弄得吸收金蠶蠱不成，反被其吞噬？他以為自己像吹泡泡一樣變得又肥又大是功力增長，錯！那只不過是蠱蟲在他體內生長的時候放出的毒素罷了，如果是真的金蠶蠱，會出現這種情況嗎？」

沐蘭湘附和道：「不錯，可是這麼厲害的蠱蟲，居然能騙過楊慎的眼睛，又會是什麼呢？」

李滄行慢慢地站起身，冷冷地對著遠處一片幽暗的樹林喝道：「我想這個問題，就由我們的小閣老和沐王爺，還有冷教主來對我們做最後的解釋，好不好？」

一陣沙啞而陰沉的怪笑聲響起，遠處的密林裡，一下子舉起了數百支松油火把，幾百個人影像是從地裡鑽出來似的，影影綽綽，為首的一人，身形明顯比別人寬大了一圈，活像個矮冬瓜。月光和火光的混合照耀下，那張肥臉上，一副血玉瑪瑙製成的眼罩閃閃發光，可是那股滲透到骨子裡的邪惡與猥瑣，即使隔了上百步的距離，仍然遠遠地傳了過來，正是嚴世蕃！

他的身後跟著兩百多名一襲黑衣的嚴府高手，人人高舉著火把，照得這片夜空一片敞亮。

在嚴世蕃的左邊，沐朝弼神色自如，手裡拿著一把摺扇，一頭花白相間的頭髮梳得整整齊齊，他身後的四大護衛，各持兵刃，統領著一百多名藍衣短袖打扮的沐王府護衛，刀光劍影在月光的照耀下閃出森森寒芒，殺氣騰騰。

嚴世蕃的右邊，高大冷峻的冷天雄，面沉如水，額間的那道篆文符咒若隱若現，東方亮、上官武和司徒嬌三人各持兵器。

東方亮換了一把通體碧綠的長劍，藍芒時不時地閃現，顯然是餵了劇毒。上官武倒提著半人高的斬馬巨刀，刀柄的鐵鍊纏在他虯肉橫結的胳膊上，氣勢十足；司徒嬌那張雪白而妖媚的臉上，前額處垂下的一縷髮絲中，已經帶了幾根白髮，而她左手的金蛇劍和右手的靈蛇鞭頭，卻如毒蛇吐信般高高地昂著，直指著十餘步外的屈彩鳳。

在他們身後，上百名魔教總壇衛隊，白衣飄飄，胸前畫著熊熊的烈焰，眼中殺氣畢露。

屈彩鳳臉色微變，右腳一抖，套上靴子，與沐蘭湘擺開架式，對著一干邪魔外道怒目而視。

嚴世蕃那雙色眼，滴溜溜地盯著屈彩鳳的天足，就差流下口水了。

屈彩鳳怒道：「不要臉的臭流氓，再看，老娘把你眼珠子給挖出來。」

嚴世蕃哈哈一笑，目光在屈彩鳳和沐蘭湘的胸部遊走，他伸出舌頭，舔了舔嘴唇，身邊的傅見智一臉壞笑地湊了上來：「小閣老，這兩個娘們兒夠勁，要不要小的過去把她們捉了來，送到您的床上？」

嚴世蕃搖搖頭：「小傅啊，這兩娘們兒可是帶刺的玫瑰，別說你了，就是本座過去，也未必能討得了好啊。再說了……」

他的眼光從兩位美女身上移開，落到兩位嬌娃前面，如山嶽般雄壯的李滄行身上，眼中陰冷的寒芒一閃而沒，「還有這討厭的傢伙擋在前面呢，小傅，你胸口不疼了吧。」

傅見智曾經被李滄行以鴛鴦腿法一腳蹬在心口，差點送命，一看到李滄行，不自覺地便會縮上幾分，可是今天他自忖穩操勝券，奸笑道：

「小閣老，不用擔心，這蠻子雖然有幾分力氣，但今天咱們這麼多人，就是累，也把他活活累死了。他一直跟小閣老做對，今天有這麼好的機會，可千萬別放過他。」

嚴世蕃笑而不語，一邊的沐朝弼道：「李大俠，別來無恙嗎？你大概沒有想到我們會在這種情況下見面吧。」

李滄行抱著斬龍刀，神色自若地說道：「沐王爺，看來我猜得沒錯，你早就和嚴世蕃勾結了，可惜啊，楊慎就是到死的時候，也沒意識到自己只不過是你們兩家之間傳信的棋子。」

沐朝弼嘴角勾了勾：「**楊慎的失敗之處，就在於他太聰明了**，聰明到自信地過了頭，一切都以為在他的掌握之中，以為全世界都要圍著他轉，所以他們父子才會在大禮議事件上輸得這麼慘，而他沒有記取教訓，還以為他一個在野的犯官可以控制小閣老和本王，嘿嘿，這麼簡單的道理，連你李大俠都清楚，他卻從來沒有意識到，可謂當局者迷，旁觀者清啊！」

屈彩鳳恨恨地向地上吐了口唾沫，罵道：「你這奸惡狡猾的傢伙，太能裝了，直到現在你才暴露出你的本來面目，沐朝弼，這樣戴著面具演戲，你活得累不累？還有，嚴世蕃，冷天雄，你們就這麼信任這個翻臉比翻書還快的傢伙嗎？」

冷天雄冷冷地道：「屈彩鳳，你就很有誠信嗎？本座好意以天山冰蠶救你一命，幫你大成了天狼刀法，還借你錢讓你重振巫山派，你就是這樣回報本座對你的恩情嗎？你說沐王爺翻臉如翻書，嘿嘿，其實沐王爺早就跟我們是盟友了，當時不過是演戲騙你們罷了，真正翻臉如翻書的，是你屈彩鳳吧！」

屈彩鳳銀牙一咬，厲聲道：「冷天雄，你休得顛倒黑白，滅我巫山派總舵，就是你們魔教出力最多，此仇此恨，你以為對我略施小恩小惠就可以彌補了嗎?!告訴你，老娘在天山肯答應跟你合作，不過是虛與委蛇，就是要找機會向你報仇的！」

冷天雄揚聲道：「這個世上從沒有人能騙得了本座，屈彩鳳，你會為此付出代價的。還有你，李滄行！」

李滄行聳了聳肩：「冷天雄，我騙你什麼了？」

冷天雄咬牙切齒地道：「你這廝在台州城跟我約定三年內各守本界，互不攻伐，可你是怎麼做的？殺我兄弟吳平在先，毀我神教廣東分舵，現在又直接把手伸到雲南這裡，我可沒派人去你的福建和浙江惹事吧，你還說你不是背信棄義？」

李滄行反問道：「這麼說，冷教主是承認吳平是你們魔教的屬下了？」

冷天雄臉色一變，身後的東方亮馬上叫道：「李滄行，吳平早已離開神教，不是我神教中人了，但他畢竟跟我們兄弟多年，所以神尊才說他是我們的兄弟，這話有問題嗎？」

李滄行目光卻一直盯著冷天雄的雙眼：「那好，冷教主，請你對天發誓，吳平離開你們魔教之後，就再也不遵你的號令，也沒有接受你的指示做任何事，如果你撒謊，就是背信棄義的小人，死後永墜地獄的火焰之中不得超生，怎麼樣，你敢發嗎？」

上官武罵道：「他奶奶的，你李滄行算是什麼東西，敢逼我們神尊發毒誓！也不撒泡尿照照自己！」

司徒嬌也冷冷地說道：「李滄行，我勸你這年輕人不要太過狂妄，一會兒把你拿下的時候，我看你還笑不笑得出來。」

李滄行臉上全無懼色，仰天笑道：「你們若真的不怕損失，早就一湧而上取我性命了，還用得著跟我廢話這麼多？不就是怕損失太大嗎？冷天雄，你如果不敢發誓也沒關係，反正吳平的事，咱們心知肚明。」

冷天雄白眉一揚，沉聲道：「不錯，是本座請吳兄弟帶他的弟兄們突擊過南少林，但那只是針對伏魔盟的行動，你李滄行當時又沒有控制福建，那裡可不是你的地盤，我在福建跟伏魔盟作戰，又關你什麼事了？」

李滄行哈哈一笑：「冷教主果然爽快，直接就認了，可是你當初發過的誓，可是說你們魔教三年內不得進入浙江和福建二省，並沒有說只有我黑龍會控制這二省後才要退出的吧。不管你們是對付誰，都不得在這二省動手。若不是你存心想要滑使壞，用得著先趕吳平出教，再秘密讓他連絡倭寇，搞這些把戲呢？」

冷天雄被李滄行搶白地臉一陣青一陣白，卻無法反駁，只能不住地冷笑。嚴世蕃陰森森地說道：「李滄行，上次在福建，讓你逃得一劫，沒弄死你，是本座的失誤，這回本座不會再給你任何機會了，任你說破了天，今天也別想活命，你若是識相，就自我了斷，本座會放走屈彩鳳和沐蘭湘，絕不食言。」

沐朝弼跟著說道：「而且這兩個女的得發下毒誓，這裡的事，不得向外透露半個字，不然我們就鏟平巫山派餘黨，再踏平武當！」

沐蘭湘杏眼圓睜，怒道：「你們別做夢了，今天就是死，我們也會死在一起，絕不會讓你們的奸計得逞的！」

屈彩鳳突然用傳音入密的方法道：「滄行，沐妹妹，你們走，我在這裡擋住他們。」

李滄行心中一陣感動，生死關頭，兩位佳人都願意對同伴捨生忘死，對自己的一片真情，更是明白無誤，欣慰之餘，回道：

「不，我們一起來的，就會一起離開，現在還沒到絕望的時候，他們知道我們的厲害，雖然人多，也不敢隨便動手的。」

屈彩鳳皺眉道：「滄行，這不是逞英雄的時候，實力相差太大了，我們只有三個人，這幫狗賊卻這麼多，硬打下去，我們一個都逃不掉，嚴世蕃的目標是你，只要你逃出去了，我就是落到他們手上，他們也不敢要我的性命的，你還可以回來救我。」

沐蘭湘秀眉一蹙：「不，師兄，我們絕不能把屈姐姐留在這裡，要走一起走，要是走不掉的話，就一起死在這裡吧！」

屈彩鳳急道：「傻妹子，現在不是意氣用事的時候，我的腳受了傷，跑也不可能跑掉，留在這裡拖著他們是唯一的辦法了！你們有兩儀劍法，靠著這本事殺出去，我在這裡掩護你們，爭取時間，不要多說了，就按我說的來！」

李滄行堅決地道：「彩鳳，無論什麼時候，我都不會把你給扔下的，以前不會，現在不會，永遠也不會！」

屈彩鳳心裡一陣暖意，臉上閃過幸福的笑意，轉而又變得嚴肅起來：「滄行，他們不敢拿我怎麼樣的。留得青山在，不怕沒柴燒啊。」

李滄行笑著密語道：**「你們也不想想為什麼我早知道嚴世蕃他們隱身於附近，卻一點也不著急呢？」**

屈彩鳳和沐蘭湘聞言，眉頭同時舒展開來，李滄行臉上自信的微笑，給了她們無限的信心，尤其是屈彩鳳，每次只要見他露出這樣的笑容，就知道他必定胸有成竹，早有對策了。

嚴世蕃見三人在那裡互相張望，神色一變再變，胸腹和喉結不停的震動，忍不住向冷天雄低聲問道：「冷兄，你看他們這是在做什麼啊？」

冷天雄道：「聽說錦衣衛的陸炳極擅各種竊聽、追蹤的秘術，可能李滄行在錦衣衛裡待久了，也學會了什麼以氣傳聲的秘法，看他們這樣子，應該是在秘密商量著什麼呢，只怕是想要留下一個人拖延時間，好讓其他兩個逃出去。」

沐朝弼點頭道：「不錯，我看那屈彩鳳的表情變化最多，似乎是想要留下來斷後，咱們可千萬別上了她的當，目標是李滄行一人，這兩個女的，抓不到也沒什麼關係。」

嚴世蕃「嘿嘿」一笑：「我倒是不這麼看，李滄行是不會扔下兩個女人自己跑走的，所以只要我們能抓住屈彩鳳和沐蘭湘，哪怕只抓住一個，他就會回來自投羅網。哎，自命大俠有什麼好處，害人害己。就算武功蓋世，智謀過人，也只能被那點道義和女人所拖累，最後賠上自己的一條性命罷了。」

冷天雄問：「小閣老，現在就發動攻擊，取李滄行的性命嗎？」

嚴世蕃搖搖頭：「不，我還有些東西要從他身上得到，一會兒再打。冷教主，帶著你的人撤到林外，我和沐王爺先跟他們談判。」

冷天雄眉頭微皺：「小閣老，現在我們是穩操勝券，可要是留下您單獨面對李滄行，只怕會生出變數啊！」

嚴世蕃老神在在地道：「不怕，本座自信有辦法從他手下脫身的，再說有沐王爺相助呢，我們占了絕對優勢，他們跑不了的，神尊只需要把住風即可！」

冷天雄只能點點頭，一揮手，身後的教眾一下子便消失在後面的密林裡，嚴世蕃身後的家丁護衛，以及沐王府的親衛們，也都在四大護衛等人的率領下各自退去，剛才人滿為患的樹林中央，這會兒只剩下李滄行三人和嚴世蕃、沐朝弼這五人，月光如水，把五道長長的影子映在空地中央，三兩交錯，顯得別有一番奇異的滋味。

李滄行道：「嚴世蕃，你這時候撤走冷天雄，只怕是不想讓他知道金蠶蠱的事吧，只是你這樣太明顯了點，就不怕冷天雄心生疑慮嗎？」

嚴世蕃那碩大的腦袋搖了搖，「非也非也，冷天雄只不過是想要守住他雲南這裡的勢力範圍罷了，萬蠱門的事，從頭到尾他都不知道，今天我和沐王爺都在這裡，他更是不敢有所異議，只要能把你們趕出雲南，他就會很高興，並不會在意我們之間有什麼約定的。」

李滄行不屑地道：「嚴世蕃，你以為冷天雄會這麼老實地受你控制，聽你的命令？你若真的把冷天雄當成一條自己家的狗，只能證明你蠢！」

嚴世蕃面不改色，笑道：「冷天雄當然並非池中之物，但以他現在的實力，還沒辦法跟我公開翻臉，如果我想要制約他，只需要和沐王爺說一聲，讓他大力清剿魔教即可。要知道魔教自從被太祖爺下令取締以來，這條追殺令現在還有效呢。若不是我們父子幫他們蒙混過關，他們哪會有今天的聲勢！」

李滄行想到當年在東南沿海時冷天雄與自己的一番對話中，就隱隱透露出欲擺脫嚴氏父子自立的想法，這些梟雄個個心懷鬼胎，絕不肯屈於人下，暫時的合作也不過是利益交換罷了，嚴世蕃肯在這種情況下直面自己，想必又想開條件拉攏自己了，不妨將計就計，從他的嘴裡再探出些情報出來，於是冷笑道：

「我說這次我重出江湖，壞了你小閣老在東南的好事，斷了你的財路，你居然還能一直忍到現在，原來是早就把心思轉向萬蠱門了。只是我有一事不明，那金蠶蠱蟲，你就算想要，也應該跟楊慎去要，為何要找上我，跟我做什麼交易？」

嚴世蕃獨眼冷芒一閃：「楊慎？嘿嘿，你對楊慎的事知道多少？他死前告訴你什麼了？」

李滄行反問道：「小閣老，你要交易，就得先說些我想知道的情報才是，如果你以為自己占了優勢，想要硬打的話，不妨叫回冷天雄和你的手下，並肩一起上，想從我嘴裡白得情報，那是做夢！」

嚴世蕃咂巴了一會兒嘴巴，道：「李滄行，你我之間，其實是你更對不起我一些，作為男人，我連奪妻之恨也忍了，我以前是算計過你，但你師父的死，還有紫光的死跟我沒關係，你壞我計畫，搶我老婆，甚至現在斷我財路，我都可以跟你一筆勾銷，反正以後我成了仙人，這人世間的事，我也懶得計較了，對你自然也可以網開一面。」

李滄行笑了起來：「你放過我？嚴世蕃，能不能別搞笑了？你是有意想放我一條生路嗎？是你力所未及，或者是計謀給我說破罷了。你若是真成了仙人，有了神仙的力量，第一件事恐怕就是取我性命吧。」

嚴世蕃跟著哈哈一笑：「不會的，我現在就可以取你性命，可我仍然留你一命，就算是你我紅塵有緣，相識一場吧。**只要你說出楊慎最後告訴你的金蠶蠱的秘密，我們就可以化敵為友**，以後你帶著你的這兩位如花美眷，無論是退隱江湖，還是造反自立，都不關我的事。」

李滄行反問道：「你怎麼知道楊慎一定會告訴我什麼金蠶蠱的秘密呢？他跟你可是幾十年的朋友了，要有秘密也是告訴你才對，我跟他可是仇人，這回來就是要找他報仇的。剛才的一場惡戰，把這裡打成這樣，你也應該看得到。」

嚴世蕃搖搖頭：「李滄行，我太瞭解楊慎了，一個人在發現受了欺騙的時候，是很願意向身邊的人發洩自己的憤怒的，而你也不可能上來二話不說就找他報仇。老實說，自你來雲南後，我跟蹤你這麼久，換成了我是你，好不容易找到了這個多年的仇家，不問明白了來龍去脈，又怎麼會出手呢！」

李滄行劍眉一挑：「這麼說，引我找到楊慎的，也一直是你所為了？」

嚴世蕃收起那邪惡的笑容，承認道：「不錯，若不是萬蠱門主在南少林大會上自作聰明地暴露了自己，把你引向雲南，我也想不到利用你來查這金蠶蠱蟲真相的點子，跟他們，我算是合作者和同盟，不能來硬的，可是你就不同了。「李滄行，我從不懷疑你的能力，更不懷疑你全力追查真相的動機，你果然沒有讓我失望。本來我還怕你的線索不夠多，還想讓沐王爺再給你點提示，好讓你找到楊慎呢，看來也不需要了。」

李滄行眼中精光閃閃：「你想要知道什麼？楊慎體內的金蠶蠱蟲是不是被他完美地消化和吸收了嗎？這點你自己不能試？」

嚴世蕃道：「那只是萬蠱門主培養出來的一個極其類似金蠶蠱的新品種而已，此物可以吸取高手的功力，但是能不能被人所吞食，起增進功力的作用，尚不得而知。正是因為這個原因，所以我才讓楊慎先得到此物，就是想看看他是不是能靠這個成仙。」

李滄行諷刺道：「怪不得小閣老肯這麼大方，把成仙的機會先讓給楊慎，原來裡面有巨大的風險啊。看來萬蠱門主跟你的關係比較好，把其中內情告訴了你，而不是楊慎，不然他也不會貿然把這東西吞下了。」

嚴世蕃咬牙道：「其實萬蠱門主話也沒有說死，如果服食之法得當，也許可以吸收也不一定，但是他不能保證那方法奏效，所以本座就讓楊慎幫我先試啦。果然不行！」

李滄行道：「當年楊慎在林鳳仙身上所下的蠱蟲，也並非這金蠶蠱了，對嗎？」

嚴世蕃點點頭：「不錯，李滄行，我不妨再告訴你一個秘密，**包括在紫光身上，和林鳳仙身上的，都是類似金蠶蠱的金線蠱蟲罷了**，如果運氣好，能消化，可以助人得幾十年的內力，但想靠此修仙得道，是不可能的！」

沐蘭湘奇道：「不是每五十年能培養出三條金蠶蠱嗎？怎麼只剩一條了？」

沐朝弼「嘿嘿」一笑：「因為這次的金蠶蠱是經過特製的，沐女俠，想必你也知道蠱蟲是怎麼來的吧！」

沐蘭湘道：「蠱物來源之法，世人皆知，以天地間至毒的數百種毒蟲，放到一起，任其互相蠶食，最後剩下的就是這蠱蟲，沐朝弼，你是不是以為我沐蘭湘連這點常識都沒有啊？」

沐朝弼連聲道：「豈敢，本王只是想說，這次萬蠱門主配的金蠶蠱，是獨一無二的，他把三隻金蠶蠱卵放到一起，任其互相吞噬，最後只剩下一隻，而這隻蠱卵，他放進了一個體質接近半神的人體內，隨之一起成長，等到時機成熟的時候取出蠱蟲，就能真正地實現飛升成仙的功能了！」

李滄行聞言道：「這麼說，**真正的金蠶蠱只有一隻了？**」

嚴世蕃正色道：「不錯，這隻金蠶蠱世間獨一無二，就像牠的宿主也是世間獨一無二的一樣，得到此物，只需要吃掉一小半，就可以助常人飛升成仙了。李滄行，你想想，那金線蠶都有如此功力，能讓楊慎有這麼一身絕世的武功比牠強上百倍的金蠶蠱，那又有多大的力量！」

李滄行忽然大笑起來：「小閣老，沐王爺，你們想好了這隻金蠶蠱，你們二人怎麼分了嗎？」

嚴世蕃和沐朝弼同時臉色一變，沐朝弼笑了笑：「李滄行，你這是想要挑撥我們兩人間的關係嗎？沒有用的！我和小閣老早就有約在先，到時候蠱蟲取出之後，我們二人各服食一半，雙雙羽化飛仙！」

嚴世蕃點了點頭：「正是如此，李滄行，我跟沐王爺可是幾十年的交情了，你不用懷疑我們之間的信任！」

第五章

幕後首腦

「楊慎和沐元慶都是被嚴世蕃許了空頭承諾的利用者，
沐元慶完全是被控制著做事的，
但真正重要的場合，他卻無法在場，
神秘的黑衣劍客從來沒有出現過，卻可以掌控沐元慶，
這個人不是真正的幕後首腦，又是什麼？」

李滄行冷笑道：「小閣老，放著這麼好可以成仙的東西，你不去給你爹分享，卻要跟沐王爺這麼一個外人分而食之，這話你自己信嗎？」

嚴世蕃臉色微微一變，沐朝弼也不再說話，李滄行一看二人的表情，就知道自己說到他們心裡去了。

楊慎說得不錯，修仙者最大的對手，最需要防備的不是別人，而是跟自己一起修仙，知根知底的同伴，如果只有一隻蠱蟲的話，他們絕不會拿出來與人分享，而是會殺掉每一個跟自己競爭仙人名額的同夥，就連親生的父母也不可能放過！

李滄行譏刺道：「小閣老，我想你們還是先解決一下金蠶蠱蟲到手之後如何分配的問題才好，不要說沐王爺了，只怕就是那冷天雄，還有萬蠱門主，也不會眼睜睜地看著你們修仙得道的，尤其是那個萬蠱門主，他既然可以黑了楊慎，自然也不可能對你小閣老付出真心，對吧。」

嚴世蕃臉上的肥肉跳了跳道：「好了，李滄行，我也不想跟你太多廢話了，只想問你一句，楊慎死時，體內的那隻蠱蟲有沒有被他消化？還是他反過來被那蠱蟲控制和吞噬了？」

李滄行一下子反應過來，嚴世蕃之所以要和自己聊上這麼久，**根本原因便是**

想知道那金線蠱是否被楊慎消化掉，好決定他們以後煉製和吞食金蠶蠱的辦法。

李滄行賣著關子道：「我為什麼要告訴你這件事？你能給我什麼好處嗎？小閣老？」

嚴世蕃咬牙道：「本座剛才說過，可以跟你化敵為友，今天的情況你也看到了，本座可以放你離開。我想這個條件對你來說，應該足夠了吧。」

李滄行微微一笑：「要是我不想說，而是想要殺出重圍，或者先把你小閣老拿下，扣為人質呢？」

嚴世蕃勃然變色，周身騰起一陣淡淡的黑氣：「李滄行，我覺得你是個聰明人，才會跟你談判的，你不會真的以為你可以在冷天雄和我的手下到來之前把我抓住吧。」

李滄行眼中神芒一閃，周身紅氣一現，雄獅般的頭髮無風自飄：「小閣老，我還真想試試呢！」

嚴世蕃和沐朝弼不由得後退了半步，沐朝弼手按劍柄，威喝道：「李滄行，你可別亂來，驚擾到了冷天雄，對你對我們都沒什麼好處！」

李滄行「嘿嘿」一笑：「只怕這會兒冷天雄也在豎直了耳朵想聽我們談話的內容呢。也許我還可以把這金蠶蠱的事跟這位魔教教主說說，我想他對此一定很感興趣的。」

嚴世蕃額頭沁出汗珠：「李滄行，別做損人不利己的事，咱們老相識了，凡事好商量嘛！」

李滄行站住腳步，周身的紅氣也隨之退去：「小閣老這話我愛聽，所以咱們最好還是互相交換一些情報，這樣你我都不吃虧，如何？」

嚴世蕃咬牙道：「交換情報？你想知道什麼？」

李滄行道：「首先，你告訴我，**萬蠱門主，也就是沐傑，是不是就是武當派的黑石長老？**」

沐蘭湘編貝般的玉齒緊咬著下唇，手也微微地發著抖，緊張地不敢聽下去。

嚴世蕃看了眼沐蘭湘，嘴角勾了勾：「李滄行，你確定要知道嗎？就不怕你的小師妹受不了？」

李滄行冷冷地道：「這就不勞你費心了！我師妹遠比你想像的要堅強，無論是什麼結果，她都能承受得了，只是，如果你說的有半句虛言，嚴世蕃，我會讓你付出代價的！」

嚴世蕃摸了摸自己的鼻子，沉聲道：「好吧，想必你也從楊慎那裡聽到了什麼，想從我這裡得到證實，也罷，此事也沒什麼必要瞞著你，不錯，**沐傑正是沐**

元慶，也就是黑石道人，嘿嘿，沐女俠，你可千萬要挺住啊！」

沐蘭湘兩眼一黑，身子搖了搖，一邊的屈彩鳳趕忙扶住她的胳膊，沐蘭湘臉色慘白，勉強擠出一絲笑容：「屈姐姐，我沒事！」

李滄行面沉如水，說道：「當年落月峽一戰，乃至在紫光師伯和林鳳仙林前輩身上下金線蠱，也都是沐傑所為嗎？」

嚴世蕃點點頭：「紫光身上的蠱是沐元慶偷偷下的，他不敢給武當的前輩高人下蠱，所以就下在自己同輩的紫光身上，一養幾十年。至於林鳳仙身上的蠱蟲嘛，是楊慎下的，不過下蠱辦法是沐元慶告訴他的，要算也可以算在沐元慶身上。」

李滄行繼續問道：「既然如此，那落月峽之戰，沐元慶又怎麼可能被向天行打得全身骨斷筋折？難道他為了隱瞞自己的身分，就要把自己徹底弄成殘廢嗎？」

沐朝弼哈哈一笑：「李滄行，你太低估了你這位未來的岳父了吧，他的武功其實不在當年的向天行之下，又怎麼可能被向天行打成廢人呢？萬蠱門有一種蠱藥，服下之後，可以暫時堵住自身的經脈，甚至扭曲骨骼，作出經脈盡斷的樣子，即使是高人檢查，也看不出什麼端倪，而只要服下解藥，蠱蟲自退，就可以恢復正常，這些年來，沐元慶正是靠了這蠱蟲，一直在床上裝病，連他的親生女兒沐女俠也被蒙在鼓裡！」

沐蘭湘臉上兩行淚水不住地落下，不停地搖著頭，無法接受這個殘酷的事實。

李滄行嘆了口氣，密道：「師妹，這只是他們的說詞，真相還是要等到我們親眼查探過才知道，你現在不要太難過，亂了分寸。」

沐蘭湘抹了抹眼淚，點點頭：「師兄，我知道，我沒事，你不用擔心我，師妹知道應該怎麼做。」

李滄行衝著沐蘭湘微微一笑，又對嚴世蕃道：「嚴世蕃，武當內部是不是還有沐元慶的同夥，能幫著吃了蠱蟲，裝成癱瘓的他服食解藥？還有，他若真的是在床上裝殘廢，時不時地還會出來跟你們接頭，這時候他就要一個替身在床上，對不對？」

嚴世蕃微微一笑：「我想差不多如此吧。」

李滄行眉頭一皺：「什麼叫差不多？你想？你難道不知道嗎？」

嚴世蕃兩手一攤：「這些是沐元慶自己的安排，我跟他只不過是個合作的關係，哪會知道具體的操作。你若想尋根究底，去問沐元慶本人就是了。」

李滄行點點頭：「我當然會去問，只是在問他之前，我還想你告訴我，**那金**

蠶蠱下在了誰的身上，何時可以取出？還有，沐元慶並非傻瓜，你們有什麼手段能控制得住他，確保他不會自己獨吞那金蠶蠱呢？」

嚴世蕃獨眼邪光一閃：「李滄行，你問的有點太多了吧，有些我可以回答你，但有些事，你還是不要知道的好，真想知道，就去問沐元慶本人吧。再說了，為了拿出點誠意，你是不是也應該回答我剛才的問題了呢？」

李滄行點點頭：「好，我回答你剛才的問題，楊慎沒有吸收和消化那隻金線蠱，而是被那隻蠱蟲反噬了，就如紫光道長和林前輩一樣，蠱蟲覺醒後控制了他，雖然讓他獲得了巨大的力量，但根本無法自如地使用，最後被蠱蟲吞食掉五臟六腑，暴體而亡。」

嚴世蕃與沐朝弼皆是臉色大變，嚴世蕃還是有些不甘心，追問道：「楊慎真的是被那蠱蟲弄死的嗎？不是死在你的刀下？」

李滄行哈哈一笑：「若是我可以手刃此人，自然是很爽的事情，又何必向你隱瞞呢！所以我才有些問題要問你，就是因為楊慎死於蠱蟲之口，我還有些疑問沒來得及問清楚呢。」

嚴世蕃道：「那麼楊慎還說了些什麼？有沒有說有克制蠱蟲反噬自身的辦法？」

李滄行冷笑道：「弄了半天，小閣老原來是想知道服食金蠶蠱之法啊，但我覺得你可能打錯了算盤，你想想，楊慎自己都控制不了那蠱蟲，又怎麼可能知道控制金蠶蠱的辦法？」

嚴世蕃的臉上表情陰晴不定，一隻獨眼滴溜溜地轉著，沐朝弼也是沉默不語，可以看出兩人都很失望。

李滄行心下雪亮，楊慎博學多才，學貫古今，嚴世蕃和沐朝弼自己沒有吞食蠱蟲後可以安然無恙的把握，所以想從楊慎身上找到答案，之所以一直離得這麼遠，不是因為怕自己察覺到他們，而是怕楊慎真的掌握了強大的力量，無法對付，所以乾脆讓自己當試金石，去測試一下楊慎的武功有多強，沒想到楊慎根本就沒有消化蠱蟲，反而被吞噬，在慶幸除掉了一個修仙對手之餘，也想套出一些楊慎食蠱的細節，好為自己將來吞食金蠶蠱提供一些參考，至少能少走一些彎路。

想到這裡，李滄行道：「怪不得兩位不自己去問楊慎，大概是怕楊慎的功力大增，你們不是對手，是吧。」

嚴世蕃臉微微一紅，嘴硬道：「我早就知道他無法控制那金線蠱，要不然也不會把這金線蠱讓給他了。李滄行，我還要問你一個問題，那就是楊慎身上的蠱蟲現在在哪裡？」

「嚴世蕃，老規矩，你先回答我的問題，我再告訴你，如何？」李滄行冷冷地看著嚴世蕃。

嚴世蕃咬牙道：「好，你有什麼想問的，就說吧。」

「那年跟你一起現身巫山派大寨外，以絕快的劍法殺掉林前輩，取出蠱蟲的黑袍人是誰？是不是你的好師父黑袍？」

嚴世蕃眼中瞳孔猛的收縮了一下，表情也是一變：「你問這個做什麼？」

李滄行還沒來得及開口，身後的屈彩鳳雙刀一錯，厲聲道：「殺師之仇不共戴天，嚴世蕃，識相的話，趕快說出此人的姓名，老娘還可以饒你一命！」

嚴世蕃搖搖頭，對李滄行道：「知道這個人對你沒什麼好處，李滄行，你鬥不過他，我也不是他的對手，別的事情我可以告訴你，但是這個人，我沒法向你透露。」

一邊的沐朝弼卻道：「嗨呀，小閣老，都說到這份上了，你還有什麼好隱瞞的呢？這人是誰，告訴李大俠就是，要尋仇就讓李大俠去尋仇罷了，反正又不關我們的事。」

嚴世蕃臉色陰沉下來，充滿了殺氣，讓沐朝弼不覺地收住了嘴。

只聽嚴世蕃冷冷地說道：「若是能說，我早就說了，不需要沐王爺特別提醒。」

沐朝弼勾了勾嘴角：「是我失言，小閣老請勿多心，一切由你決定。」

嚴世蕃轉過來看著李滄行：「你最好換個問題，這個我沒法告訴你，但我可以告訴你一件事，這個人不是黑袍，他遠比我那個只想著復國的師父要邪惡可怕得多，你最好不要與他為敵，不然對你絕無好處！」

李滄行哈哈一笑：「想不到天下至惡的小閣老嘴裡，還能說出邪惡、可怕這樣的字眼。沒想到這世上還有讓你這麼害怕的人存在。也罷，你說他不是黑袍，我就信你一回！那你能不能告訴我，他的幻影無形劍術是哪裡學到的呢？」

嚴世蕃沉聲道：「李滄行，不用試圖套我的話，這個人的武功在我之上，也在你之上，非常可怕，此人的事，我不會再洩露一個字，你最好還是換個問題吧。」

李滄行疑心大起，嚴世蕃越是這樣遮遮掩掩，他對此人的興趣越濃厚，反問道：「嚴世蕃，你跟這人交過手嗎？你怎麼知道他的武功是不是在你之上？」

嚴世蕃道：「行家一出手，就知有沒有，此人武功之強，當屬舉世無雙，這點自知之明，本座還是有的。」

李滄行哈哈一笑：「此人就是那華山劍聖雲飛揚吧。嚴世蕃，你貴為小閣老，手下高手如雲，怎麼怕一個江湖武人怕成這樣？」

嚴世蕃那隻獨眼眨了眨：「你為什麼說他就是雲飛揚？」

李滄行冷笑道：「若論武功劍法，這世上能超過你的鳳毛麟角，而峨嵋派的幻影無形劍是不傳之秘，非劍術宗師不可學到，除了雲飛揚的年齡和劍法有這火候，這天下還會有誰呢？」

嚴世蕃笑道：「這回還真是你猜錯了，真正的高手未必要行走江湖的，就好比這楊慎，江湖上誰知道這位名滿天下的才子會武功呢？所謂大隱於市，小隱於野，天底下不知名的高手太多了，又豈是你這個江湖武夫所知道的？」

李滄行搖搖頭：「不，嚴世蕃，江湖中人多年辛苦，練得一身絕學，只是為了揚名立萬，正派人士通過斬妖除魔，邪魔外道可以通過欺凌弱小，**真有那種絕世的武功，又有誰會甘於寂寞？**楊慎和你只不過是因為有官員的身分，不在江湖道上行走罷了，不然以你們的功夫，一定是天下盡人皆知。**難不成你所說的這個黑袍劍客，也跟你一樣，是官場中人嗎？**」

嚴世蕃那隻獨眼裡，瞳孔收縮了一下，沉聲道：「李滄行，你不用再亂加揣測了，我也不會再透露半個字。你如果想要知道這個人是誰，就自己去找吧，茫茫人海，我相信你能找得到的！」

李滄行微微一笑：「那這樣吧，我也退一步，不問此人的身分，只問另一件事，這人知道金蠶蠱的事吧，那他的武功既然在你之上，為何那天不出手搶奪金線蠱，卻讓楊慎得了便宜？難道說他武功蓋世，對修仙得道沒有半點興趣嗎？」

嚴世蕃「哼」了聲：「此事與你無關，你不用多管。」

李滄行看著一臉問號的沐朝弼，笑道：「也許這事與我無關，可是沐王爺看起來是第一次聽說這個黑衣劍客的存在，怎麼，小閣老，這麼重要的事，你不跟沐王爺好好解釋一下嗎？到時候萬一多出一個人來分這個金蠶蠱，你怎麼辦呢？你能保證這個黑袍劍客只分你那份，不動沐王爺的嗎？」

嚴世蕃胖臉上兩堆肥肉一陣抖動，氣急敗壞地道：「李滄行，你今天是存心想要挑撥我們關係的，是嗎？」

沐朝弼終於忍不住出聲道：「小閣老，李大俠的話是有那麼一點道理，本王也想知道，這個你從來沒提過的黑袍劍客，到底是什麼來路？若是他也加入到對金蠶蠱的搶奪之中，你我多年的約定是否還作數了？」

嚴世蕃的臉陰晴不定，低聲道：「老沐，你這是怎麼了，這廝分明是挑撥離間，想要找機會抽身逃跑，你我可不能上了他的當啊。」

沐朝弼也壓低了聲音：「小閣老，不是我姓沐的信不過你，只是茲事體大，那金蠶蠱你連你爹都不願意分享，這會兒卻突然冒出一個黑袍劍客，他要是真有這麼大的本事，你我還怎麼從他手上分到？你確實有必要給我一個說法才是。」

嚴世蕃氣得跺腳道：「我要真的是找人來搶這東西，早就搶了，還用得著等到現在嘛？老沐，你用點腦子好嗎，這黑袍劍客這麼厲害，我若是幫他對付你，我自己還會有活路嗎？」

沐朝弼眼中仍是充滿了狐疑，上下打量著嚴世蕃，沉默不語。

李滄行趁這兩個傢伙互相猜忌的當口，對沐蘭湘和屈彩鳳密語道：「看來這個黑袍劍客比我們想像的還要厲害，嚴世蕃怕這個人居然怕成這樣，連名字都不敢提，也許我們確實不是他的對手。」

沐蘭湘聞言道：「大師兄，你還記得鳳舞臨死前說過的話嗎，她要我們千萬不要報仇，說我們面對的敵人太可怕，說實在的，就算萬蠱門主真的是我爹，雖然感情上很難下手，但還不至於可怕到那種程度，而這個黑袍劍客，不知道是什麼來路，這世上真有這麼厲害的人嗎？」

屈彩鳳銀牙一咬：「哼，不管他有通天的本事，老娘只知道，這廝是親手殺我師父的直接凶手，當然，嚴世蕃和沐傑我也絕不會放過，可是首惡元凶聽起來正是此人。就算豁出一條性命，老娘也要跟他拼了，不然九泉之下如何見我師父！」

李滄行勸慰道：「彩鳳，我們的心情跟你一樣，你不要衝動，事情還得查明了真相以後再進行。」

屈彩鳳看著沐蘭湘，道：「妹子，不是姐姐我有意與你過不去，但是所有的線索都證明，你爹就是那萬蠱門主，也是挑起整件事情的元凶之一，你們武當不是一直說要大義滅親，除惡揚善的嗎？你會不會因為他是你的爹，就下不去手？」

沐蘭湘眼中一下子盈滿了淚水，緊咬著嘴脣：「屈姐姐，你別說了，我現在心裡好亂，簡直就像是做了一場惡夢，為什麼事情會變成這樣？我真的不知道自己應該怎麼辦，求你別再逼我了，好嗎？」

李滄行上前緊緊地握住沐蘭湘的手，柔聲道：「師妹，不管發生什麼事，我都會和你站在一起的，我想我們一定能查明真相，找到一個最合適的解決辦法。就算你爹真的是萬蠱門主，他的所作所為也已經讓自己失去了妻子和女兒，老天已經在懲罰他了，我們要做的，就是讓他再也不能為害人間。」

屈彩鳳柳眉一豎：「滄行，你這是什麼意思，你也想要放過沐元慶嗎？」

李滄行搖搖頭：「不是放過的問題，彩鳳，你還沒聽出來嗎，就算沐元慶真的是萬蠱門主，從現在浮出的陰謀來看，他也不過是個走卒罷了，連分吃金蠶蠱的資格都沒有，**真正掌握一切，策劃所有陰謀的人，是那個讓嚴世蕃都感覺到恐懼的黑袍劍客！**」

屈彩鳳嘴角勾了勾：「何以見得？」

李滄行看著十幾步外爭得面紅耳赤的嚴世蕃和沐傑二人，道：

「事情已經很清楚了，從頭到尾，就是那個黑袍劍客指使嚴世蕃做的，嚴世蕃利用楊慎跟魔教，跟沐王府搭上關係，目的不過是把沐傑從沐王府的掌控下解放出來，把他從雲南弄到中原，以方便自己的監控罷了。這些年沐傑在中原能做的，不過就是幫他們養蠱，尤其是追蹤監控那個被下了真正金蠶蠱的宿主，但他自己也是個棋子，連分一口金蠶蠱的資格也沒有。

「像楊慎和沐元慶，都是被嚴世蕃許了一些空頭承諾、虛假好處的利用者，沐元慶完全是被控制著做事的，雖然也有反擊陸炳、策劃下蠱的動作，但真正重要的場合，如金線蠱出世這種事，他卻無法在場，那個神秘的黑衣劍客幾乎從來沒有出現過，卻可以牢牢地掌控沐元慶，這個人不是真正的幕後首腦，又是什麼？」

屈彩鳳慢慢冷靜下來，點點頭道：「滄行，你分析得很有道理，是我太衝動了，眼裡只剩下仇恨，影響了我的判斷，那嚴世蕃死活不肯透露這個黑衣劍客的身分，我們要不要想辦法把他拿下，嚴刑拷問出真相？」

李滄行卻道：「我想這個黑衣劍客已經來了，一開始我以為嚴世蕃敢如此托大，是因為冷天雄和他的手下在後面，但現在看來，這個神秘的黑衣劍客只怕已經潛入他的手下之中，如果這人真這麼厲害，那麼我們根本沒有擒下嚴世蕃的機會。」

沐蘭湘驚道：「師兄，那現在怎麼辦，趁他們不注意，逃嗎？」

李滄行搖搖頭：「師妹莫急，我自有計較。」

李滄行轉過頭，對嚴世蕃朗聲道：「嚴世蕃，你們二人的私事，還是回去之後再慢慢討論吧，我就不奉陪了，告辭。」

嚴世蕃和沐朝弼不約而同地收住了嘴，不可置信地看著李滄行。

嚴世蕃沉聲道：「李滄行，你什麼意思，我的話還沒問完，你就要走了？」

李滄行笑道：「我的話已經問完了呀，為什麼不能走？」

嚴世蕃怒道：「臭小子，你要我是不是！」

李滄行面不改色地說道：「要你又怎麼樣？嚴世蕃，你這輩子耍的人害的人還少了麼？若不是看在你今天說話還算有誠意的份上，我早就取你性命了，你這會兒還能站著和我說話，你應該感覺到慶幸才是！」

嚴世蕃眼中凶光畢露：「李滄行，你是不是頭暈了？冷天雄和我的手下們可就在後面等著呢，我們這麼多人，打你們三個不成問題吧，你就是天神下凡，也耐不住我們這些人車輪戰的！」

李滄行哈哈一笑：「**誰告訴你我們只有三個人了？**」

嚴世蕃臉色大變：「你還有伏兵？不可能！我明明已經搜過附近了，方圓十里之內，連一隻鳥都沒有，你黑龍會的人，這會兒也全在台州附近駐守著，我天天派人監視他們，就算你可以讓柳生雄霸暫時假扮成你，也不可能把裴文安、錢胖子、歐陽可他們這些人全找人代替，更不可能秘密地轉移幾百上千的部眾來這裡幫你的忙！」

李滄行不禁說道：「看來小閣老真是把我的底細摸得一清二楚啊，我的兄弟們都被你嚴密監視了，這會兒也不可能從浙江飛過來幫忙。而你卻是近水樓臺有魔教和沐王府的幫助，自是大占上風。」

嚴世蕃洋洋得意地道：「至於你的武當徐師弟，還有那位峨嵋的林掌門，我也一直盯得死死的，他們這會兒正忙著滅魔盟組建的事在整合內部呢，也不會幫得上你，除非天上掉下奇兵來，不然你這回可就是無路可退了！」

李滄行微微一笑：「是真的麼？小閣老。你真的做到了算無遺策？」

嚴世蕃陰沉地道：「李滄行，鑒於你一而再，再而三地從我手上脫逃，破壞我的計畫，所以本著料敵以寬的思路，我已經充分地估算到所有的可能，這次我動用了所有能運用的力量，就是不給你留下任何的機會。你最好打消掉所有的幻想，乖乖地和我合作，看在你人才難得的情況下，我會給你留條生路的。」

李滄行聽了不禁好笑：「合作？真有意思，小閣老居然還要跟我合作，你倒是說說，這個合作的條件是什麼呢？」

嚴世蕃「嘿嘿」地道：「我可以放你走，讓你找沐元慶問清楚所有的事，只不過沐女俠和屈姑娘要留下來，我知道你李大俠最重情義不過，只要兩位姑娘在我們嚴府作客，你一定會做完我交代你的事，回來覆命的，到時候二美原樣奉還，一根毛也不會少。」

屈彩鳳和沐蘭湘雙雙柳眉倒豎，粉面含霜，屈彩鳳啐了一口：「呸，你這死豬，老娘就是死也不會跟你走的，滄行，別理他，跟他拼了！」

李滄行擺了擺手：「那麼，小閣老想要我做什麼事呢？」

嚴世蕃哈哈一笑：「李大俠果然是識時務的俊傑，沒那麼死板教條，很好，本座的條件嘛，很簡單，就是麻煩你去找到沐元慶，向他問到那服食金蠶蠱的辦法，還有，金蠶蠱下在誰的身上，如何取出，也請你一併問清楚！」

李滄行看向站在一邊沉吟不語的沐朝弼：「沐王爺，你還有什麼要補充的嗎？」

沐朝弼眼中精芒閃閃，說道：「這樣吧，李大俠，你這二位女伴，本王和小閣老各帶走一人，勞煩沐女俠到我黔寧王府裡小住幾日，等到你打聽到這些消息後，本王和小閣老同時會把二位女俠帶來，你看如何？」

李滄行哈哈一笑：「沐王爺可真是精明啊，明明已經和小閣老有了芥蒂，怕成仙的重要步驟被小閣老一人所得，於是就想把我師妹和彩鳳分開來帶走，你知小閣老好色，於是又裝成好人，要帶走我師妹，這是要我感激你幫我師妹逃過一劫嗎？」

屈彩鳳罵道：「好個不知羞恥的老狗，算盤打得倒是滿精的，滄行，千萬別上了他的當。」

沐朝弼臉上一陣青一陣紅，沉聲道：「李大俠多心了，沐傑也算是我沐王府的同宗，受了我們沐家的賜姓，所以沐女俠嚴格來說也算是和我們一家人，你去找沐元慶，只怕到時候會起衝突，沐女俠夾在中間也不好做人，所以本王才想代為照顧沐女俠幾天，等你問明白了一切，再把你心愛的小師妹奉還，這不是兩全其美嗎？」

沐蘭湘雙眼圓睜道：「夠了，沐朝弼，你這無恥之徒不要再找什麼藉口了，我這輩子是不會離開師兄半步的，你若是想打，就放馬過來吧，不必在那裡惺惺作態！還有，我沐蘭湘是武當的人，跟你沐王府沒有半點關係！也不想跟你這樣的奸惡之人做什麼一家人！」

李滄行做出莫可奈何的表情，對沐朝弼道：「看來我的師妹不願意跟沐王爺走了，這可麻煩了。不過我還是有點好奇，小閣老人應該在京城才對，怎麼會偷偷摸摸地跑到雲南來了呢？難道你不怕皇帝查你了嗎？」

嚴世蕃冷笑道：「陸炳自己都跑來雲南了，皇上又能讓誰來找我？李滄行，你是不是以為我沒有做好萬全的準備，會這樣貿失地就跑出來呢？」

李滄行反問道：「嚴世蕃，你是不是欺負沐王爺在這裡山高皇帝遠，不知朝中的現況呢？」

嚴世蕃臉色黯沉下來，厲聲道：「你又想要挑撥離間什麼？」

沐朝弼狐疑地看了眼嚴世蕃，道：「李滄行，你這話什麼意思，朝中政局有什麼變化嗎？」

李滄行道：「這半年來，朝中局勢的確變化不少，第一嘛，就是我們小閣老的母親，嚴閣老的正室夫人，歐陽氏在三個月前病故了，依本朝律法，小閣老必須要回家守孝三年，小閣老，你現在應該披著孝服，人在江西分宜才對吧？」

嚴世蕃鎮定地說道：「活人的事比死人更重要，我娘已經不在了，我們嚴家的事還得抓緊辦，所以我在分宜留了替身，我則到雲南處理楊慎的事，這樣有什麼問題？我嚴世蕃出京也不是一兩次了，上次在浙江不是和你李大俠打過不少交道麼？」

李滄行緩緩說道：「以前你爹的身體還行，加上身邊還有鄢冒卿這樣的狗頭軍師給他出主意，幫他寫青詞，所以即使你不在，也能應付一陣子，可是現在你爹已經年過八十，老昏眼花了，不要說寫青詞，就是站在朝堂上兩個時辰，人都會昏昏欲睡，聽說最近的內閣裡，沒了你的幫襯，你爹完全鬥不過徐階高拱張居正他們，給連連擺了幾道，寫青詞時更是幾次弄錯了皇帝的意思，搞得龍顏大怒，所以連著修書幾封要你想辦法，對不對？」

嚴世蕃咬了咬牙：「這些事，你是怎麼知道的？」

李滄行道：「我怎麼知道的並不重要，**重要的是你嚴家已經逐漸失勢**，東南一帶，自從一年前我把你們嚴黨的勢力驅逐之後，財政稅賦已經走上了正軌，今年給朝廷提供了兩千萬兩銀子的收入，頂得上你們以前十年在浙江的總和，因為我不像你和你的黨羽那樣貪汙腐敗，無所不為，所以這讓皇帝知道，要想安心修仙，也並不是非你嚴黨不可。」

嚴世蕃冷笑道：「東南本就是朝廷稅賦的主要來源，以前是因為倭寇橫行，海上的貿易中斷，加上要支出巨額的平倭軍費，這才沒有錢，去年托皇上的洪福，加上我們父子所舉薦的浙直總督胡宗憲指揮得力，經過多年的苦戰，終於把毛海峰為首的倭寇殘餘勢力一舉蕩平。正是因為這樣，東南的賦稅才會有了大幅度的增加，那個清流派的新任浙江巡撫譚綸，只不過是撿了個現在便宜罷了，皇上聖明，已經瞭解實情，在我離開京師前，還特意對我父子加以撫慰，讓我們不要為此事惶恐呢。」

李滄行笑道：「哦，真的是這樣嗎？小閣老，你說東南平倭是胡宗憲胡總督的功勞？小閣老，難道你沒把胡總督的近況告訴沐王爺？」

嚴世蕃咬咬牙道：「我這幾個月身在江西為母守喪，朝中之事，一無所知。」

李滄行看著笑容僵在臉上的沐朝弼，質詢道：「沐王爺，小閣老說他人在江西，不知朝中之事，你信嗎？」

沐朝弼沒有說話，一雙眼睛卻開始上下打量起嚴世蕃，眼中寫滿了懷疑，顯然他也不相信嚴世蕃真的會不知京師動向。

嚴世蕃心一橫，厲聲道：「知道又如何？不錯，胡宗憲回朝後，就被清流派的言官彈劾，說他私通倭寇，養寇自重，還擁兵自重，圖謀不軌。李滄行，你以為胡宗憲倒楣了，你就會安然無事嗎？去雙嶼島見汪直、徐海的事情，你可是全程參與，根本跑不掉的，只要你一回浙江，馬上就會有錦衣衛帶你去見皇上，你若是識相，早點跟我合作，我還可以想辦法在朝中為你周旋一二，保你無事！」

李滄行仰天大笑，聲音震得林中飛鳥一陣驚起。

嚴世蕃獨眼盯著李滄行的臉，等李滄行笑完後，冷冷地說道：「有什麼可笑的？難道我說的不是事實嗎？」

李滄行眉頭一挑，道：「小閣老顛倒黑白，指鹿為馬的本事，在下實在是佩服，只是你就是說出花兒來，也改變不了嚴黨已經在朝中失勢的事實。雖然說胡宗憲是你們當年舉薦的，但他在浙江這些年，並不肯與你同流合汙，尤其是招降汪直以安東南的計策，與你那勾結倭寇以圖自立的卑鄙打算是風馬牛不相及的，所以胡總督在浙江這些年，就是被你小閣老拼命地拖後腿，使絆子，每每功虧一簣，就是當年誘降了汪直後，你仍然指使御史上書彈劾，逼胡宗憲殺汪直徐海以自證清白，由此使得本已平息的東南倭亂再起，直到年前才被我和戚將軍合力施計撲滅。」

嚴世蕃狡辯道：「那是胡宗憲不識時務，一味用強，要按本座的意思，先跟倭寇假意和好，探明他們所有底細之後，再一網打盡，這才是治標治本的辦法。可是你和胡宗憲卻是貪功求利，想著靠招安倭寇就可以向上面有個交代，對自己還能留個兵不血刃平定東南的美名，只是自欺欺人罷了。前幾年本座派鄭必昌主持東南的時候，雖然錢用了點，但是東南太平，也查明了倭寇的實力，若非如此，哪有你能全殲倭寇的結果呢？」

李滄行冷冷說道：「嚴世蕃，你勾結倭寇的鐵證如山，絕不是你說的什麼假意與之交往，你通過上泉信之，也就是你的狗頭軍師羅龍文，與日本九州津家相勾結，還想引倭兵入侵我大明，這些都是不可改變的事實，你還要抵賴？」

沐朝弼看著嚴世蕃的眼神中也多了一絲鄙夷。

嚴世蕃氣急敗壞地罵道：「姓李的，你這是汙蔑！上泉信之早就死了，你根本沒有人證，現在人嘴兩張皮，反正沒人跟你對質，是吧！」

李滄行嘴角浮起一陣笑意：「嚴世蕃，你千算萬算，就是沒算到上泉信之沒有死，一直在我手裡吧。」

嚴世蕃瞪大了眼睛：「不可能，你騙我，你一定是騙我！上泉信之在台州之戰的時候被你親手所殺，很多人都看到了！」

李滄行笑道：「死掉的那個只不過是上泉信之的一個影武者罷了，也就是替身，而他本人在化妝出逃的時候，被我的好兄弟柳生雄霸當場拿下。本來我們是想把他交給皇帝的，但那時候時機還不成熟，皇帝還不知道天下並不是非你嚴黨不可，所以我就忍了幾個月，等到現在東南的稅賦已經運轉良好，恢復正常的時候，我再把上泉信之交給皇帝，你覺得他會怎麼想呢？」

嚴世蕃的那隻獨眼已經一片血紅，本想怒吼，但還是忍了下來，換上了一副笑臉道：「李大俠啊，這倭寇的話哪能全信呢？上泉信之確實化名羅龍文，跟我有過來往，只是他當時說願意將功贖罪，帶我們去消滅倭寇，所以我才將計就計，跟他交涉。上次台州之戰，他就給鄭必昌提供了許多情報，若非這些情報，你李滄行又怎麼可能掌握敵軍的動向?!」

李滄行笑道：「按小閣老這麼說，上泉信之還真是對我大明夠忠心的，把幾萬手下都白白地分成幾隊，讓我軍各個擊破，最後把自己也給賠上了，可謂東南平倭的第一功臣啊，小閣老有如此忠心的內應，只要我把他向皇帝那裡一交，想必一定可以飛黃騰達，前程似錦了吧。」

嚴世蕃聞言臉色一變，轉而又掛起笑容：「嘿嘿，這個嘛，還是別讓皇上知道比較好，有些平倭的手段是不能走尋常路的，皇上愛恨分明，這些俗事沒必要擾了他老人家的清修，再說了，現在倭寇不是已經平定了嘛，還說這個做什麼？」

李滄行冷笑道：「看來小閣老也清楚，這事一捅出去，你的官位不僅不保，就連腦袋只怕也要和那胡宗憲一樣搬家了吧。」

沐朝弼睜大了眼睛：「什麼？胡總督死了？這是怎麼回事？」

李滄行看著沉默不語的嚴世蕃，笑道：「小閣老，你應該早就知道這事了吧，如果我記得不錯的話，這事是你在背後搞鬼，指使言官御史去彈劾胡宗憲，害他下了獄，以此來發洩東南基業被我破壞的憤怒，對不對？」

嚴世蕃脖子一梗，猖狂地說道：「是老子做的，又怎麼樣？本座只是想讓胡宗憲吃點苦頭，讓別人看看背叛我的下場罷了，沒想到皇上真動了怒，把他打入詔獄，姓胡的又過於剛直，居然在獄裡自盡！娘的，這詔獄的守衛都是幹什麼吃的，還讓他自盡成功了！」

李滄行臉上的笑容慢慢收了起來，眼中騰起一陣怒火：「胡宗憲有功於國，尚且被你出賣，最後落得個身敗名裂的下場，而你，勾結外賊，搜刮百姓，為禍朝政幾十年，卻還能站在這裡大言不慚，蒼天還有眼嗎?!」

嚴世蕃有恃無恐地道：「那是因為皇上離不開我們父子，這些年來，有多少人跟我們做對，沒一個能活下來的，李滄行，你也一樣。現在在你面前只有兩條路，要麼就是跟我合作，要麼，嘿嘿……」

嚴世蕃有意無意地看了眼沐朝弼，話中透出一股冰冷的殺意，「胡宗憲就是你的下場！」

李滄行毫不懼怕地道：「小閣老，你的末日近在眼前了，還在這裡裝腔作勢嗎？若不是你聽到風聲不對，嚴黨各地的黨羽惶惶不可終日，甚至很多人主動地接觸清流派官員給自己找後路了，你會這樣孤注一擲，離開守孝的老家來雲南嗎？你就是害怕人間的富貴再也享受不到了，所以才熱烈追求那虛無縹緲的修仙之事吧！」

嚴世蕃厲聲道：「放你娘的狗臭屁，誰說我們嚴黨要完了？我嚴世蕃仍然牢牢地把握著大明的權柄，即使是沐王爺這樣的重臣，也是我的合作夥伴，皇上更離不開我們嚴家父子，你以為你平了倭寇，就能澄清天下，造福萬民了？呸！沒了我們提拔起來的官員們，大明一天也別想運轉！」

李滄行回道：「被你們提拔的官員，會這麼忠心地陪你們一條路走到黑？且不說朝中還有半數以上的勢力是清流派和其他中立的官員，就說嚴黨，能保證手下個個都不會反水，不會出賣你嗎？除了鄢冒卿、趙文華少數幾個人外，還有誰會傻不愣登地跟你們一起去死?!」

嚴世蕃平復了一下情緒，突然笑了起來：「李滄行，你是想激怒我嗎？我不會上你的當。不錯，現在不少王八蛋確實是看我們的勢力不如以前，蠢蠢欲動了，我也不否認有些吃裡扒外的東西在暗中給自己找後路，但是我們嚴家父子這三十多年來，整了多少人，鬥了多少人?!夏言，曾銑，楊繼盛，沈煉這些就是活生生的例子，這些就是跟我們作對的下場！現在又多了個胡宗憲。你以為徐階、高拱、張居正這些人敢在這個時候公然跳出來跟我們正面作對嗎?!」

沐朝弼也附和道：「就是，至少在我們地方的督撫一級的位置上，無人敢公然和閣老還有小閣老您正面為敵的。李滄行，你莫要危言聳聽！」

李滄行哈哈一笑：「是麼？小閣老？上個月初八，那個一直給皇帝作法扶乩的道士藍道行，說今年以來各地的災荒是因為朝中有妖孽，涉及大臣，這是怎麼回事？」

嚴世蕃肥胖的身子抖了抖，勉強擠出一絲笑容：「一個妖道的胡言亂語也能作數？那藍道行早被大理寺下獄，嚴刑拷打，追問其幕後的主使了！李滄行，你信不信？很快就會讓藍道行開口，說是徐階他們指使他說這話的！」

李滄行吐嘈道：「藍道行的本事，我想小閣老你最熟悉不過，當年在京師的街頭鬧事，此人就是以闍吊千斤、道法幻術入的宮，後來長年為皇帝調製房事所需藥丸，可以說深得皇帝的信任。他獨處深宮，幾乎不與外界往來，又有誰能指使得了他？而那些尋常的酷刑，又怎麼能破得了他的妖法，讓他屈打成招呢?!嚴世蕃，你若真的能收拾得了藍道行，只怕早就潛回京城，親自主審了吧。」

嚴世蕃被駁得啞口無言。

第六章

末日來臨

「皇上已經洞悉你的奸謀，知道幾十年來你所隱瞞的罪行，
龍顏大怒，尤其是對你居然違背人倫，
趁著回家守孝的機會行逆謀的舉動痛心疾首，
這才下令讓我把你速速帶回京師訊問！
嚴世蕃，你們嚴黨是真的末日來臨啦！」

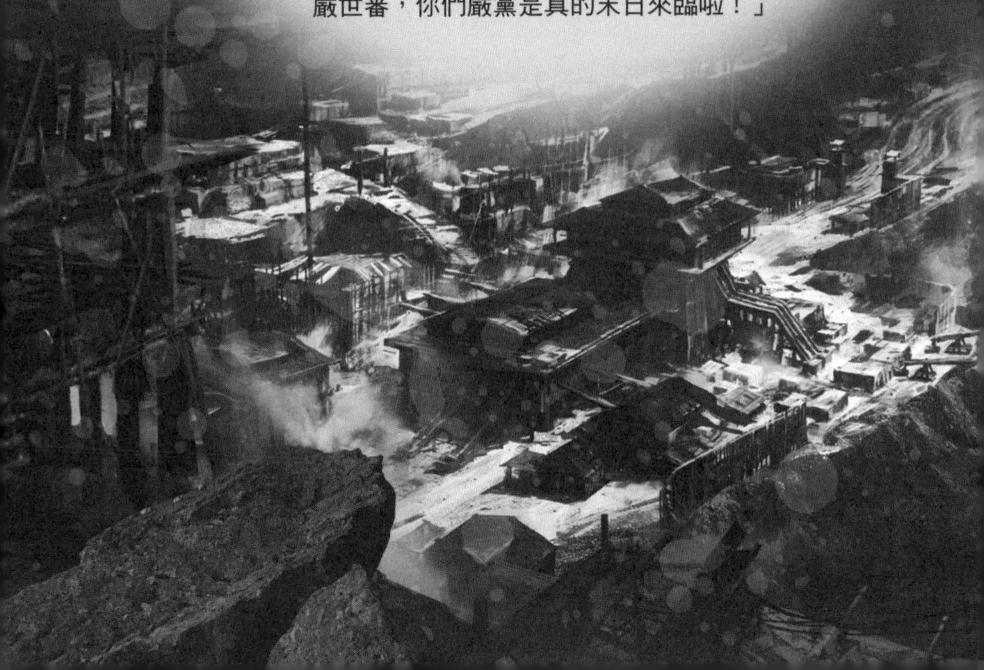

李滄行不屑地道：「徐階的學生，御史鄒應龍，正好在藍道行進言的那天在宮內當值，皇帝這次不像以前那樣，直接殺了彈劾你們父子的人，而只是把藍道行交給大理寺處理，這就是已經不再信任你們嚴黨的信號，鄒御史看出來了，回去後就寫了摺子，彈劾你們父子，這恐怕才是你嚴世蕃跑到雲南的根本原因吧。」

嚴世蕃突然仰天大笑，那粗渾沙啞的聲音難聽之極，屈彩鳳和沐蘭湘不禁秀眉微蹙。

嚴世蕃笑完，指著李滄行，臉上做出不屑一顧的神色：「江湖中人就是江湖中人，哪知朝堂之事？鄒應龍算什麼東西？寫個摺子就想彈劾老子了？他比起楊繼盛又如何？」

李滄行冷冷說道：「楊繼盛楊大人，還有沈煉沈經歷，他們都有一顆拳拳報國的赤子之心，明知必死，還是會彈劾你們父子，正是因為他們的忠義剛直，才會中了你們這對賊父子的奸計。因為你們父子控制朝政幾十年，所有重大方針決策，全是報了皇帝同意的，**彈劾你們，就是彈劾那個愛面子勝過一切的皇帝陛下，這就是他們無法扳倒你們嚴黨，還要賠上自己一條命的原因！**尤其是楊大人，摺子裡還提到了景、裕二王，這讓皇帝懷疑是不是自己的兒子想要搶班奪權！嚴世蕃，你以為這回鄒應龍還會犯這種錯誤嗎！」

嚴世蕃這回笑不出來了，肥臉上，汗水匯成一道小河，順著鬢角流下，他勾了勾嘴角，裝著輕描淡寫地說道：「哦，他又有什麼本事，能動得了我呢？」

李滄行微微一笑：「小閣老，你可願意聽我講個故事呢？」

嚴世蕃冷笑道：「你說就是了，我看你還能說出花兒來不成。」

李滄行潤了潤嗓子，負手於背後，慢慢踱起步來：「那鄒應龍在知道了藍道行冒死彈劾你們嚴家父子之後，就一直在打聽藍道行最後會受到何種處罰，以前這些方士道人們不是沒有這樣進過言，暗示朝中有奸臣，但無一例外地就被直接杖斃，但這個藍道行卻沒有被打死，而是被皇帝下令，關進大理寺審理，甚至連詔獄都沒有進，這個信號，小閣老應該看得出來吧。」

嚴世蕃輕輕地「哼」了一聲：「皇上是想查出指使藍道行的人罷了，沒別的原因。」

李滄行笑道：「可是鄒應龍不這麼想，多年以來，這是皇帝第一次沒有庇護你們嚴家父子，於是他回家就開始奮筆疾書，列出你嚴世蕃父子多年來欺君罔上，專權禍國，貪汙腐敗，結黨營私的種種罪狀，準備像當年的楊繼盛一樣彈劾你們。只是為了保險起見，他沒有馬上上書，而是去找了他的老師，內閣次輔徐階。」

嚴世蕃面沉如水，嘴巴緊閉著，兩隻手已經握成了拳頭，死死盯著李滄行，彷彿他是鄒應龍似的。

李滄行向前走了兩步，繼續說道：「徐閣老看到這封奏摺之後，說道，當年無論是楊繼盛，還是沈煉，不能扳倒嚴嵩父子，就是因為嚴嵩父子所有的行動，都是徵得了皇帝的同意，反嚴嵩就是反皇帝，因為那些事情並沒有瞞著他，只有另起爐灶，找到嚴黨最致命的弱點打擊，才能一擊斃命！」

說到這裡，李滄行停了下來，看著咬牙切齒的嚴世蕃，笑道：「小閣老還想把這個故事聽完嗎？」

嚴世蕃低吼道：「說，把你知道的所有事情都說出來！」

李滄行點點頭，繼續說道：

「鄒應龍當時就問，嚴黨最致命的弱點是什麼？徐階回道，**皇帝最猜忌嚴世蕃的，不是他結黨營私，也不是他貪汙腐敗，而是趁著皇帝修仙得道的時候，外結藩邦，內連軍隊，想要搶班奪權，造反自立，這是皇帝的底線**，夏言就是這樣給扳倒的，這回，輪到了你們嚴家。

「於是徐閣老拿出了早已經準備好的另一份奏摺，上面對你們嚴家歷年來的種種惡行幾乎一字未提，只提了兩條罪狀，**一是你嚴世蕃的門客羅龍文，現已查明，正是倭寇頭目，正宗的日本人上泉信之**，現在已經人贓俱獲，而羅龍文本人，也已經轉交錦衣衛，他的供狀裡說明了多年來受你嚴世蕃指使，與倭寇勾結，打劫沿海，牟取暴利，甚至還答應一旦天下有變之時，會幫你聯繫九州的倭賊島津氏，以為外援。」

嚴世蕃眼前一黑，幾乎要暈倒，要不是沐朝弼扶他一把，就要跌到地上，沐蘭湘和屈彩鳳看到他這副前倨後恭的樣子，不住地冷笑。

李滄行又道：「這第二**樁罪行，就是你嚴世蕃在老家分宜強搶民宅，而那塊宅院，也是你當年請藍道行看過，說是有王氣的地方**，這一點，藍道行也在大理寺中供認不諱了。小閣老，你覺得這份奏摺如何啊？」

嚴世蕃咬牙切齒地說道：「徐階老賊，恩將仇報！只怪我當年心慈手軟，沒有利用楊繼盛之案對他趕盡殺絕，以致養虎為患！時也，命也！」

李滄行嘲諷道：「是啊，你嚴黨把持朝政多年，對內結黨營私，陷害忠良，貪汙腐敗，對外勾結外敵，出賣國家，可謂罪惡滔天，到今天才能清算你們，已經是老天走了眼！嚴世蕃，以你手眼通天的本事，想必鄒應龍上書的事你早已知曉，只是對奏摺的內容還不得而知，但你也知道，**此摺一上，就是你跟徐階為首**

的清流派徹底攤牌決戰的時候，這一次，你毫無信心，所以乾脆趁陸炳不在京城的時候擅離老家，跑來雲南，想要從楊慎身上探知這金蠶蠱的秘密，這樣萬一朝中不利，做不了權臣，還可以做個仙人，對不對？」

嚴世蕃眼中殺機畢露，說道：「很好，李滄行，你既然猜中了我的全部心思，還有什麼好說的？現在你該知道，本座對這金蠶蠱是志在必得，剛才本座說過，只要你向沐元慶問出這金蠶蠱的食用之法，並取得蠱蟲，那本座就不為難你，我成了仙人，到時候你去行俠仗義，造福蒼生，皆與我無干了！」

沐朝弼接口道：「李大俠，咱們並不是敵人，金蠶蠱只要取出後，我們會殺了沐傑，以確保這邪惡的蠱術不再流傳下去害人，只是金蠶蠱是我沐家百餘年來一直追求的東西，先人的遺志，作為子孫斷不敢背棄，還請李大俠能幫我們這個忙！我沐朝弼就是成了仙人，也一定不會忘了你的好處的！」

李滄行突然放聲大笑起來：「兩位對這金蠶蠱還真的是志在必得啊！只是李某有一事不明，還望兩位能見告。你們為什麼自己不去向楊慎，或者沐元慶問這煉蠱服蠱之法呢？非要假手於我？你們就不怕我得了金蠶蠱後，自己把蠱給吃了嗎？成仙是多好的事，我也想啊！」

嚴世蕃聽了，臉色微變，沐朝弼則哈哈一笑，道：「李大俠是紅塵之人，心繫天下蒼生，怎麼會自己飛升成仙呢？而且……」他看了眼站在李滄行身後的二女，不懷好意地說道：「沐女俠和屈寨主要在本王和小閣老處稍稍作客幾天，有她們在，我想李大俠一定不會做出讓自己終生遺憾的事的。」

李滄行冷笑道：「沐王爺真不愧是好口才，明明一樁下三濫的綁票行動，還能說得這麼理直氣壯，真不愧是大明的王爺。」

沐朝弼老臉微微一紅，收住了嘴。

嚴世蕃再也沒有耐性地說道：「李滄行，今天我們已經跟你說了太多的話了，我沒心思再跟你閒扯，你就直說，行還是不行？如果行，那咱們不必動手，要是不行，那就手底下見真章吧，到時候你這兩位紅粉知己受了什麼傷，可別怪我手狠心黑了！」

李滄行道：「你還沒有回答我，為什麼你自己不去見沐元慶呢，非要我去才行？你只要回答了我這個問題，我就可以馬上給你一個答覆。」

嚴世蕃冷笑道：「也罷，反正話已經說到這個份上了，告訴你也無妨！沐元慶是那個黑袍劍客一直親自盯著的，他有辦法查到我的一舉一動，如果是我出手，那他一定會知道，到時候我只能前功盡棄了，所以我只能找一個熟知此事，又能逼沐元慶開口，且又不至於引起此人懷疑的人過去問沐元慶，普天之下，沒有比你更合適的了！」

李滄行目光一沉：「這麼說來，這個黑袍劍客，人就在武當，對嗎？」

嚴世蕃含糊地說道：「我不知道，但他總有辦法知道沐元慶的一舉一動，也可以知道我的動向，李滄行，天下之大，異能高人極多，遠非你在這個小小的武林裡可以想像得到的，就好比楊慎的那個千里傳煙之法，你覺得是可以用你的這些武學知識解釋的嗎？」

李滄行點點頭：「很好，嚴世蕃，謝謝你在和我最後一次談話中能說真話。現在，你還有點時間，去懺悔這麼多年來做的惡事！」

嚴世蕃臉色一下子變得通紅，吼道：「李滄行，你是在耍我嗎？我看你是不見棺材不落淚！本座對你好話說盡，你還不識抬舉，看來我只有動手了！老沐，抄傢伙！」

嚴世蕃話音未落，全身上下騰起一陣濃密的黑氣，兩支帶著鋸齒，非金非銀的日月雙輪已經抄在手中。

李滄行以前和嚴世蕃交手多次，還沒見過他用兵刃，這對日月雙輪，一看即知是歹毒凶殘的外門兵器，齒輪可用來鎖住刀劍，而兩根細小肉眼難辨的鎖鏈，則纏在嚴世蕃的手腕上，以方便把兩支雙輪脫手擲出攻擊敵人。

沐元慶也緩緩地抽出背上的長劍，如日月光華一般，耀眼奪目，讓同為使劍大師的李滄行、屈彩鳳和沐蘭湘眼前均是為之一亮。

嚴世蕃得意洋洋地說道：「臭小子，沒見過吧，這乃是開國時洪武皇帝御賜沐家先人，大將軍沐英的寶劍，名叫**鎮南**！沐英就是憑此劍一路過關斬將，攻取雲南，若非碰到大敵，歷代沐王爺可是不會拿出來的，你也算是運氣，今天沐王爺肯為你動用此劍，你就是死了，也該含笑九泉啦！」

李滄行感慨道：「開國大將的名劍卻落到不肖子孫的手上，你不思報效國家，造福百姓，卻想著與邪魔外道為伍，追逐那飛升成仙的幻夢，實在是可悲可嘆。沐朝弼，你祖宗知道你現在拿劍做什麼嗎？」

沐朝弼臉色一變，沉聲道：「嘿嘿，飛升成仙，從此不受人間君王的束縛，是我沐家祖傳的夢想，我不過是繼承前人的遺志罷了，我當然知道自己在做什麼！本王現在最後問你一次，你跟不跟我們合作？」

李滄行咧嘴一笑：「嚴世蕃，沐朝弼，你們以為只靠你們兩個人，就對付得了我們嗎？」

嚴世蕃哈哈一笑，抬手向天一指，一支花炮騰空而起，在他的頭頂炸開一朵炫爛的煙花，在他們身後那片黑暗的密林裡，數不清的人頭攢動，一片刀劍上散發出的白色光芒，大批剛才潛伏不動的魔教，沐王府和嚴府的手下紛紛搶前而出，結成一個個戰鬥小組，刀劍合璧，槍棍掩護，慢慢地壓向空地上的五人，阻斷了李滄行三人的所有退路。

屈彩鳳急得香汗淋漓，跺腳密語道：「該死，這下突圍不出去了，滄行，你是不是計畫出錯了？怎麼看我們也沒有機會啊。要是剛才我們一輪搶攻，或許還可以由我擋住那兩個賊子，讓你和妹子逃掉，現在可沒戲了！」

沐蘭湘也是神情嚴肅：「師兄，現在怎麼辦？我是死也不會跟著這些賊人走的，不如跟他們拼了！」

李滄行轉頭看了看，在他們身後十餘丈處，司徒嬌、東方亮和上官武這三人，已經帶了數百手下，封住了所有突圍的空間，前方更是不下千餘高手，在樹林上方有大批弓箭手藏身，即使是運起絕頂輕功一飛沖天，也會馬上被射成刺蝟。

冷天雄那高大的身影從眾人頭頂飛過，落在嚴世蕃的身邊，面無表情地說道：「小閣老，事情談得如何了？」

嚴世蕃哼了聲道：「這傢伙不識抬舉，堅持不跟我們合作，神尊，只怕要辛苦你了，先把這三人拿下，我再想辦法逼他們就範。」

冷天雄眉頭一皺：「小閣老，可是這對我們神教又有什麼好處呢？我原以為你是幫我驅逐黑龍會伸進雲南的勢力，可沒想到你居然是要繞開我們，跟這李滄行合作！還不許我們取他性命！若是你在我這個位置上，請問你作何感想？」

嚴世蕃趕忙安撫道：「神尊息怒，剛才我不是有意要躲著你跟這李滄行達成什麼協議，只是此事涉及朝中之事，這李滄行也算是個官身，所以才讓神尊暫時移步，本想給這小子在朝中謀個前程，畢竟他混了這麼多年，有個官身也不容易，可沒想到這傢伙是糞坑裡的石頭，又臭又硬，那就怪不得我嚴世蕃心狠手辣了！」

冷天雄疑心道：「可是小閣老仍然不想取這李滄行的性命啊，剛才你是說把他擒下，再逼他就範，是吧？」

嚴世蕃臉色一變，轉而又換上一副笑容：「這個嘛，神尊，李滄行這小子雖然不上道，但他現在對我們還有用，當然，我們肯定不會讓他的黑龍會再對你的神教構成任何威脅的，這點我嚴世蕃可以向你保證！」

冷天雄突然哈哈大笑起來：「嚴世蕃，事到如今，你還是跟我沒有一句實話嗎？不就是金蠶蠱的那點破事，連伏魔盟的那些和尚尼姑道士都知道了，可偏偏要瞞著我冷天雄！這還是跟我合作幾十年的盟友所應為的嗎？」

嚴世蕃突然變臉道：「既然冷教主知道此事了，又何必多問？這事不是你們神教應該介入的，也不在你我的合作範圍之內！」

冷天雄額頭的金色符文一閃：「嚴世蕃，你是不是以為在這個世上，別人都是你的屬下，都是你的走狗，都得對你俯首貼耳，被你操縱，被你利用？就像我們神教，永遠只是你嚴府的一枚棋子而已，不能掌控自己的命運，對不對？」

嚴世蕃面沉如水，冷冷地道：「神尊，我跟你合作這麼多年，對你一直禮敬有加，從來沒把你當成你說的那種棋子，你我的合作，是基於共同利益上的互惠互利，難道這些年，我虧待你們神教了嗎？你可別忘了，若不是我還有沐王爺的關照，你們神教只怕在雲南發展都會很困難，哪可能有今天的地位呢？更不用說落月峽一戰，我設計讓你們大破正道聯軍，從此勢力進入中原，這可是你們神教歷代教主做夢都想不到的事啊。」

沐朝弼一看兩人越說越僵，連忙打圓場道：「就是啊，小閣老說得有道理，冷教主，你看這些年來，我們三家的合作不是好好的嗎？現在在這麼多部眾和李滄行這小子面前，我們自己人爭起來，這不是給外人看笑話嘛！有什麼事咱們以後再說，先把他們三個拿下，如何？」

冷天雄突然咧嘴一笑，露出了森森白牙：「小閣老，沐王爺，你們兩個人在這裡背著朝廷，背著皇上，商量這飛升成仙之事，這和謀反篡逆又有什麼區別呢？」

嚴世蕃給驚得倒退兩步，眼中凶光閃閃，喝道：「冷天雄，你這話是什麼意思？什麼時候輪到你過問我朝堂之事了？我看你是搞不清楚自己現在的身分和地位了吧！」

冷天雄哈哈一笑，聲音突然變得和剛才大不相同，原本那高亢激烈的高音變得鏗鏘起來，如金鐵相交，可是中氣卻是十足，震得這樹林中一陣枝搖葉落，靠得近的幾十名高手的衣袂都被吹起，聞者無不變色。

冷天雄伸手摸向自己的臉上，對著幾步之外微微發抖的嚴世蕃說道：「小閣老，你看看我是誰！」

火光照耀下，一張人皮面具應手而落，冷天雄那張陰沉的臉消失不見，取而代之的，是陸炳那張黑裡透紅，雙目炯炯的臉，頷下三縷及胸長鬚，一柄精光奪目的太皇東阿劍抄在手上，似笑非笑地看著嚴世蕃：「小閣老，別來無恙乎？」

隨著陸炳的這個動作，「東方亮」、「上官武」、「司徒嬌」也紛紛搖身一變，變成了達克林、慕容武和另一名中年美婦，而那幾百名「魔教總壇」衛隊，也紛紛震氣裂衣，外面穿著的魔教聖火勁裝撕裂而落，露出裡面繡著金線的紅黑相間的飛魚服。

嚴世蕃臉色一片蒼白，指著陸炳的手微微地發抖：「**陸，陸炳，怎麼，會是你？你，你怎麼會假扮冷天雄的？**」

他忽然想到了什麼，扭頭對沐朝弼厲聲道：「姓沐的，冷天雄不是你的人親自上黑木崖找的嗎？怎麼會成了陸炳？」

沐朝弼的腦門上也是冷汗涔涔，他一個大旋身，對著身後的劉伯仁和白所成吼道：「這究竟是怎麼回事？」

劉伯仁和白所成雙雙走出了隊列，對沐朝弼拱手道：「王爺，對不住了，我二人從祖上開始，就是錦衣衛安插在沐王府的眼線，一切只能遵照歷任錦衣衛總指揮使的命令列事。如果王爺安分守己，自然無事，可是王爺暗中庇護萬蠱門多年，現在又與朝中重臣勾結，圖謀不軌，這些事情屬下不得不告！」

沐朝弼臉上肌肉跳動著，咬牙切齒地道：「好，好，太好了！想不到我沐王府竟然養了兩隻白眼狼，枉我沐朝弼視你們為兄弟手足，最後還被你們背叛，哈哈哈哈，都怪我有眼無珠，方有此禍！」

蘇全和方大通拔出兵刃，指向劉伯仁和白所成二人。

蘇全的臉上早沒了平日的那種市儈氣，恨聲道：「姓劉的，姓白的，枉我們兄弟一場，想不到你們竟然是奸細，一直在暗害著王爺，今天老子跟你們割袍斷義！」說著，金刀一閃，一襲袍角應手而落。

方大通也跟著撕下一角衣袖，道：「我姓方的最不能容忍的就是兄弟的背叛，劉伯仁，白所成，今後我們誓不兩立，有你沒我！」

他矮小的身材如同一個吹滿了氣的皮球似的，斗大的腦袋上，兩隻眼睛如銅鈴一般，幾乎要崩出眼眶。

劉伯仁和白所成二人目光炯炯，看著沐朝弼，卻是說不出話來，兩人的臉上寫滿了愧疚。

白所成突然說道：「王爺，我們從小就一起長大，親如兄弟，為錦衣衛效命，監控王爺是我們家祖輩傳下來的使命，但我白所成卻視王爺如親生兄長，白某這就給王爺一個交代！」

他話音剛落，背上的銀龍劍「嗆」地一聲脫鞘而出，眾人還沒來反應過來，銀光一閃，脖子上現出一道深深的血痕，鮮血如噴泉般向外湧出，眼見是不能活了，只是身體仍然屹立不動，臉上也帶了一絲微笑，可謂含笑而終，那柄銀龍劍也掉到了地上。

劉伯仁在他的身邊大哭了起來，一邊扶著他的身子，一邊哭道：「老白，你怎麼一個人獨走了，扔下老哥我在這世上，可怎麼辦啊！」

蘇全和方大通兩人可傻了，他們沒有料到白所成竟然會在這時候自盡，剛才的沖天恨意一下子消失不見，幾十年來並肩作戰，出生入死的一幕幕情景歷歷在目，不約而同悲呼一聲「老白」，雙雙扔下兵器，撲上了白所成的身體，放聲大哭起來。

劉伯仁擦了擦淚水，站起身，轉向陸炳。

陸炳嘆了口氣：「劉護衛，讓你這麼多年受委屈了，今天之後，沐王府也將不復存在，你可以回歸錦衣衛啦。」

劉伯仁雙目盡赤，一張老臉涕淚橫流，大聲道：「陸總指揮，劉某的家，劉某的根，早已深深地紮在雲南，紮在了沐王府，為錦衣衛效力，是我祖先們做出的選擇，不知劉某還有劉某的先人們這麼多年來為錦衣衛做的，是否已經足夠了？」

陸炳嘴角勾了勾：「劉護衛一家人多年來公忠體國，歷任錦衣衛總指揮使，乃至歷代皇上，都深深體會劉護衛的忠誠，你回歸之後，一定可以加官晉爵，享盡榮華富貴，你的三位公子，也將成為錦衣衛的世襲千戶。」

李滄行臉色微微一變，想不到陸炳出手如此慷慨，居然給劉伯仁的三個兒子都封了千戶。

要知道戚繼光那種將門世家，又是幾代單傳，也不過是個世襲指揮罷了，看來陸炳是要以這種超規模的賞賜，以刺激人心，讓其他手下更加忠誠賣命。

果然，隨著他話一出，那些錦衣衛殺手們一個個都兩眼放光，發散著妒忌和羨慕，還有野心勃勃的光芒。

劉伯仁看了一眼倒在血泊中，已然氣絕的白所成，朗聲道：「陸總指揮，老白沒有子嗣，而我劉伯仁有三個兒子，希望陸總指揮能高抬貴手，讓我三個兒子恢復平民的身分，不要再當錦衣衛了！」

陸炳臉色微微一變：「為什麼？劉護衛，這是你為錦衣衛效力多年後應該得到的補償，天底下有多少人夢想著這個職位而求之不得呢，如果你覺得這個條件不滿意，我們還可以再商量！」

劉伯仁搖搖頭：「不，這不是劉某一時起意，而是經過深思熟慮後的決定。劉某和劉某的先祖們已經過夠了見不得光的密探日子，也不奢求那些榮華富貴，只希望能做回一個普通人，還請陸總指揮能成全。」

陸炳的臉色沉了下來，思慮了一下，道：「也罷，既然劉護衛心意已決，那本官也不再勉強，現在請你先回歸錦衣衛，等此間事了，本官自然會按你的意思辦。」

劉伯仁臉上現出悲戚之色，慨然道：「陸總指揮，我和老白多年兄弟，又從先祖輩就為錦衣衛效力，當年我們兄弟結義的時候，曾發過誓要同生共死，現在老白已經去了，劉某又有何面目獨活於世！只請陸總指揮記得你的承諾，千萬不要食言！」

他的最後一個「言」字剛出口，右手的鷹爪一下子五指箕張，狠狠地擊在了自己的胸膛，一陣骨折碎裂的聲音響過，他的口鼻中鮮血橫流，身子向後一倒，竟然就這樣撒手人寰了！

蘇全和方大通兩人泣不成聲，雙雙上前扶住了劉伯仁。

蘇全看著陸炳的眼中，幾乎要噴出火來，怒道：「都是你們錦衣衛逼死了我的兩個兄弟！陸炳，你們好歹毒！」

陸炳臉上沒有任何表情，似乎劉伯仁的自盡早在他的意料之中，他搖搖頭道：「那是劉護衛和白護衛先祖的選擇，從他們第一代祖上起，就已經是錦衣衛的人了，本官並沒有對他們有任何逼迫，相反還對他們禮遇有加，事成之後也給足了他們榮華富貴，是他們不想要罷了，他們的死，是自己過不了心頭的坎兒，與本官無關。」

方大通慘然一笑，看了眼沐朝弼，道：「王爺，我們兄弟結義時立過誓言，斷不能獨活於世，一定要同生共死，今天兩位哥哥先去了，姓方的再無獨活之理，王爺對我們方家的大恩，只有來世再報了！」說著，手中的判官筆倒插，刺入自己的心臟，連哼都沒哼一聲，就此死去。

蘇全見狀，也拿起地上掉落的金刀，往自己的脖子上就是一抹，腦袋一歪也跟著死去。

四人的屍體倒在一起，讓周圍上千名殺手一個個看得默然無語，即使是李滄行也在心中感嘆這四大護衛有情有義，死得其所。

陸炳嘆道：「可惜四位義士明珠暗投，上了反賊的賊船，最終只能以死殉義，沐朝弼，他們可都是為你而死！」

沐朝弼臉上亦是老淚縱橫，抹了抹眼淚，忿忿說道：「陸炳，分明就是你設下毒計，逼死了我的四個好兄弟，若不是你們錦衣衛拿著老白和老劉的痛腳，他們又怎麼會背叛本王？你錦衣衛的手伸得也太長了吧！本王跟小閣老交個朋友，你們就要趕盡殺絕？」

陸炳冷冷道：「你跟嚴世蕃是交個朋友這麼簡單的事嗎？沐朝弼，多年來，你們沐家庇護朝廷的欽犯萬蠱門主，暗中追求修仙長生之道，甚至作為邊關守將，與身為朝中重臣的嚴世蕃相互勾結，妄想著食用金蠶蠱蟲，自己成仙。作為人臣，知道成仙之法，哪有不告訴皇上的道理？你說你這不是謀反是什麼？」

沐朝弼咬了咬牙，把心一橫，道：「欲加之罪，何患無詞！你們錦衣衛搞這種栽贓陷害，本就是拿手的事情，甚至在我王府的四大護衛裡，也放了內鬼多年監控，陸炳，你別忘了，現在這裡可是雲南地界，你是在本王的地盤上，就算別人怕你陸炳，本王可不怕！惹毛了本王，讓你見不到明天的太陽！」

陸炳不受威脅地道：「沐朝弼，你想要殺我？這你可要想清楚了，錦衣衛可是皇上用來監控臣子的組織，你在這裡殺我，那就無異於坐實了謀反之罪！」

嚴世蕃伸出手按住沐朝弼的肩頭，示意他先冷靜下來，向陸炳微微笑道：「陸炳，看來你已經跟蹤我很久了，想要求你放過我這回，也不太可能了，不過，咱們也算是老朋友了，以前聯手過那麼多次，你應該清楚，萬一我們嚴家真的倒了，對你也沒好處，最後還是會牽連到你這位錦衣衛總指揮使身上的！」

陸炳面無表情地道：「嚴世蕃，以前陸某一時糊塗，有過跟你同流合汙的行為，但那都是過去的事了，而且陸某跟你的合作，從來不曾涉及通敵叛國，或者是像沐朝弼這樣跟你一起修仙飛升的事，你嚴家勢大，把持朝政幾十年，不要說我陸炳主動攀附過你們，就是徐階、高拱、張居正他們，不也照樣跟你爹稱兄道弟嗎？

「實話告訴你吧，皇上已經洞悉了你的奸謀，知道了這幾十年來被你所隱瞞的罪行後，龍顏大怒，尤其是對你居然違背人倫，趁著回家守孝的機會行逆謀的舉動痛心疾首，這才下令讓我把你速速帶回京師訊問！嚴世蕃，你應該最瞭解皇上，一旦他下定決心，你們嚴黨是真的末日來臨啦！」

嚴世蕃頭上冷汗涔涔而下，強顏說道：「陸炳，真的沒有轉圜的餘地了嗎？你今天若是放我一馬，他日世蕃必有重謝。再說了，哼，我和沐王爺若是聯手，足以與你一戰！弄成魚死網破的局面，對你未必有好處！」

李滄行突然對在一邊臉色陰晴不定，眼珠子直轉的沐朝弼說道：「王爺，你是怎麼想的呢？現在的情況你很清楚了，要陪嚴世蕃一條路走到底嗎？這一戰你們就是打勝了，嚴世蕃到時候逃出生天，可你沐王爺也要跟著這個亂臣賊子一起逃嗎？你沐家的家業可都在雲南，又能逃到哪裡去？」

沐朝弼正待開口，嚴世蕃急道：「沐兄，別聽這廝信口開河！陸炳已經跟皇帝說得很清楚，你這是謀逆之舉，我太瞭解皇帝了，他一心修仙問道，在他看來，我們背著他自己成仙，就是最大的背叛，你就是現在投降了，也絕不會有好下場的！」

李滄行冷笑一聲道：「是，現在投降未必能有好下場，至少你這個王爺，只怕八成是幹不下去了，但你沐家上下幾百口人還有個活命的機會，沒準皇帝心情一好，還能讓你的兒子繼續當這個黔寧王，可是你要是執迷不悟，跟嚴世蕃一條路走到黑，呵呵，那就別怪我沒提醒過你了！哦，對了，事到如今，你的手下們只怕也開始各謀出路了，你覺得就是你想打，他們也會死跟到底嗎？」

沐朝弼環視四周，只見藍衣的王府護衛們一個個眼珠子直轉，不少人開始悄悄地向後退，顯然是不打算和自己一起了，他一跺腳，大聲說道：

「王府護衛聽著，拿下亂臣賊子嚴世蕃，不得有誤！」

沐朝弼剛說完這句話，只覺一陣陰風拂體，急忙向一旁急躍，只聽「砰」地一聲，剛才站立的地方，已經被擊出一個深達半尺的大坑，一陣黑氣瀰漫，嚴世蕃那肥胖的身軀從陰影中閃電般地鑽出，手中日月雙輪舞得水泄不通，直襲沐朝弼周身要害。

沐朝弼的武功本來就略遜於嚴世蕃，這一下又被他偷襲，失了先機，一陣手忙腳亂，連連後退，儘管鎮南劍配合著沐家世傳的武英劍法，招式精妙，如滔滔江水連綿不絕，但這會兒已經完全無法進行反擊，只能靠著凌虛微步的頂級步法，左躲右閃，抵擋著嚴世蕃狂暴的攻擊！

李滄行的劍眉一挑，冷冷地說道：「嚴世蕃，你找死！」

李滄行虎目變得一片血紅，連眼眶處也是紅通通地一片。右手的斬龍刀一下子變成四尺長度，抄在右手，一陣爆烈的紅氣從他身上的每個毛孔裡向外狂野地溢出，頓時把他整個人包裹在一尺有餘的天狼戰氣內，站在他身後的沐屈二女只感覺到一陣撲面的熱浪襲來，不由得向後退了半步。

李滄行大喝一聲，手中的斬龍刀如流星一般脫手而出，直奔正在追擊沐朝弼的嚴世蕃後心而去。

這會兒嚴世蕃的身子已經橫在了半空之中，被濃郁的黑色陰氣籠罩著，一身寬大的黑袍無風自飄，脹得就像個大型氣囊，獨眼中殺機盡顯，右手的日輪在手中飛速地旋轉著，把他那森寒陰冷的終極魔氣排山倒海般地向著對面的沐朝弼壓去。

沐朝弼的身形被壓迫立在原地，腳下的泥土變得如沼澤一般鬆散，他的腳踝沒入泥地裡，右手持劍，左手則伸出駢指，死死地頂在劍尖，劍身橫在自己面前，周身上下閃著淡黃色的戰氣，硬頂著嚴世蕃的攻勢。

這柄本來筆直挺拔的鎮南寶劍，漸漸地向著他身體的方向彎進去了半寸，陰寒的黑氣仍然一陣陣地如怒濤拍岸般地向他襲來，只這一會兒，劍身上開始凝結起一陣薄薄的黑冰，慢慢地，這層黑冰也開始向著沐朝弼持劍的右手，順著手腕、小臂，向他的身體蔓延。

李滄行看得真切，嚴世蕃的終極魔功果然非同小可，一旦跟他這樣正面鬥氣，而內力又不足的話，就會被他這森寒的內力反逼入體，魔氣在體內隨著自身內息的流轉而凍結自己的五臟六腑。

這種滋味，多年前他在蒙古大營裡曾經親身領教過，今天的嚴世蕃武功比起當年，又精進了不少，沐朝弼的劍法雖妙，可內力不足，只片刻之間，就呈現魔氣入體，難以為繼的徵兆，李滄行只能趁勢出手，以救沐朝弼一命。

嚴世蕃何等功力，李滄行一暴氣時，就感覺到情況不妙，身後彷彿騰起一個太陽，熱浪炙得他後背一陣滾燙。

他和李滄行交手雖然不多，但深知此人功力的可怕，嚴世蕃這種惜命怕死之人，眼見敗局已定，更是膽戰心驚，此時也顧不得擊倒沐朝弼了，左手月輪脫手而出，直襲奔向自己的斬龍刀。

沐朝弼只感覺到面前如山的壓力，那一浪疊一浪的陰寒邪氣一下子消失大半，本來凍得打戰的牙齒，終於可以活動自如了。

他緊緊地一咬被凍得幾乎不能轉動的舌頭，一股熱血直沖腦門，渾身上下被黑氣壓迫地幾乎消失不見的淡金色戰氣一陣狂暴，把緊緊貼在身上兩寸左右的黑氣給震出了一尺左右，嚴世蕃也被這一下暴擊撞得從空中直飛了出去，身子在空中搖搖晃晃地向右邊跌去。

沐朝弼一擊得手，信心百倍，大吼道：「納命來！」

武英劍法中的大殺招「**武英破陣烈**」，劍尖幻出十三朵劍花，十二朵劍影如花瓣一般，緊緊地圍繞著正中心那支高速自旋的真劍影，向嚴世蕃向左飄逸的身形就要追擊過去。

正在此時，沐朝弼的眼前一亮，嚴世蕃的身子突然向左邊急速一扭，黑氣盡散，而在黑氣之外，一團如太陽般的烈焰在沐朝弼的眼前爆炸，火熱的刀氣撲面而來，通體赤紅的斬龍刀急速地向自已襲來！勢如流星，捲起滿地的塵土碎屑，把所過之處的一切都要無情地摧毀！

沐朝弼大叫一聲，右手的「武英破陣烈」顧不得再去追殺嚴世蕃，劍鋒一轉，以全部的氣勁硬頂這如流星一般來襲的斬龍刀。

「**天狼嘯月**」這一招本就是天狼刀法中威力極大的殺招，李滄行救人心切，這一招用上了全力，卻沒有想到嚴世蕃的終極魔功功力已至化境，竟然可以在拼內力的時候借力打力，靠著沐朝弼的反擊之力脫離接觸，向左邊飄移，而沐朝弼又是全力反擊追殺之下，直攻了過來，迎面撞上這一招「天狼嘯月」，避無可避。

武英劍法雖然也是當年沐英所創的精絕劍招，但並非以氣勢過人而取勝，而是講究戰場上尋覓對手的空檔，突然一擊，平時是以綿長不絕的防守型招數為主，不求有功，但求無過，論氣勢上自是遠不及可以毀天滅地，吞噬一切的天狼刀法，這一下更是臨時改變了攻擊的對象與方向，能使出的防禦功力不足原來的六成，碰上全力施為的李滄行，結果自是毫無懸念。

紅色的斬龍刀帶著一隻巨大的狼頭，張牙舞爪地撲向沐朝弼，李滄行這一下用的是以氣御刀，眼看瞬間失去了嚴世蕃的蹤跡，擋在自己面前的，卻是驚慌失措的沐朝弼，心中暗道不好，可是已經來不及收力了，斬龍刀與鎮南神劍正面相交，發出一聲震天動地的巨響。

這柄由天外隕石百煉成鋼的鎮南神劍雖非凡品，但比起上古神兵的斬龍寶刀，終歸還是遜了一籌，這柄鎮南寶劍從劍尖開始，出現了一道肉眼難見的細紋，緊接著，光芒閃閃的劍身上出現了密密麻麻的碎痕。

「叮」地一聲，寶劍碎地四分五烈，而指甲片大小的碎劍片，一半以上在空中焚化為鐵水，灑了一地，其他的碎片則被激蕩的真氣震得向沐朝弼一方飆射而出，把他護體的淡金色戰氣打得千瘡百孔，前胸與腹部的要害之處頓時被十幾塊碎鐵片擊中，嵌進了皮肉之中。

第七章

世道蒼茫

屈彩鳳厲聲道：「陸炳，你用不著這樣假惺惺，
老娘無罪，有罪的是這個黑暗的世道，
老娘也不需要你們的赦免，只要人間還有不公平和正義在，
我們這些替天行道的綠林豪傑就永遠不怕沒有人跟隨，
陸炳，咱們走著瞧。」

沐朝弼一聲慘叫，仰天噴出一蓬血雨，說時遲那時快，斬龍刀在擊破了鎮南神劍之後，去勢仍然未盡，徑直地衝向了沐朝弼，狠狠地劃過他的右肩頭。

沐朝弼只覺得右肩像是被烙鐵燙過了一樣，再一看，自己整條右臂已經被燒得皮肉不存，那截森森的白骨上，正燃燒著熊熊的火焰，一個狼頭般的紅色氣旋重重地啃在他的右肩上，那一截臂骨應氣而落，除了一陣火焰般的灼熱外，居然沒有讓沐朝弼感覺到更多的疼痛，就連斷臂處的血管，也被這極致的高溫瞬間烙上，連血都不再流出了。

沐朝弼狂叫道：「我的手，我的手！」

他兩眼一黑，只覺胸口的真氣倒流，如被山嶽重擊，這口護著心脈的戰氣一鬆，再也無法支撐，身子直挺挺地就向後倒去。

幾個忠誠的王府護衛，以張三立為首，齊齊叫道：「王爺！」全部衝了上來，扶著暈過去的沐朝弼身體，向後面的一棵大樹下奔去。

斬龍刀在擊破鎮南劍，斷了沐朝弼一臂之後，在空中又帶起一陣熱浪，飛回到李滄行的手裡，李滄行對剛剛在左側飛出三四丈，落地後正稍作調息的嚴世蕃吼道：「嚴賊！納命來！」

話音未落，他一提氣，左手的別離劍「嗆」地一聲從他的袖底翻出，抄在手中，頭也不回，向腦後一畫，手腕一抖，瞬間拉出三個急速的光圈，正好圈中悄無聲息，在紅氣之中繞了一大圈後，企圖從腦後偷襲他的那支月輪。

月輪的黑氣一陣散亂，本來在空中無聲無息，卻又極速旋轉著的輪身幾乎是被三道光圈生生地打停，又向著反方向急速地旋轉起來，很快，輪身上帶了一陣灼熱的紅氣，「嗚」地一聲，反過來向著兩丈之外的嚴世蕃飛去。

嚴世蕃臉色一變，這一下月輪的突襲，他用上了八成的暗勁，本指望即使不能直接傷得了李滄行，至少也能打得他一時無力追擊，給自己調息運氣創造時機。

剛才與沐朝弼的那一下鬥氣，雖然時間極短，但是為了迅速地擊倒沐朝弼，他用上了十二成的功力，加上被李滄行從後夾擊，不得已用上移花接木的邪功，雖然僥倖躲過這一下攻擊，還讓李滄行一招廢掉了沐朝弼，但自身也是內力損耗巨大，落地後面如白紙，周身黑氣幾乎消失不見，只想有片刻喘息之機，好重振旗鼓，大戰李滄行。

可是嚴世蕃沒有想到，李滄行在手中沒有斬龍刀的情況下，居然左手還有劍，也沒見他怎麼換氣，直接以天狼戰氣摧動「兩儀劍法」，輕而易舉地破了自己的月輪突襲，甚至以其人之道還治其人之身，凶猛的月輪帶著火焰般的天狼戰氣，直向自己這裡撲來。

高手一出手，就知有沒有，只這一下，嚴世蕃就知道李滄行現在的內力運轉速度已經在自己之上了，他沒有時間去驚疑為何李滄行的武功能進步到這種地步，因為那如同火流星般的月輪已經近在眼前。

他來不及提氣，肥胖的身軀只能一下子撲倒在地，一個懶驢打滾，急速地向右邊橫滾三圈，只覺得一個太陽貼著自己的頭皮飛了過去，他的頭髮幾乎要著起火來。

那灼熱的感覺終於離嚴世蕃的腦門而出，他一個鷂子翻身，從地上蹦了起來。

這位原本打扮得雍容華貴，一身貴氣的公子哥，這會兒可謂狼狽不堪，那支血玉髮簪已經斷成三截，金線纏著的頭髮也散亂開來，臉上一半的鬍鬚被燒掉，原本白嫩的臉變得如同黑炭一般，倒是獨眼裡的眼白，成了他這張臉上唯一的亮色。

李滄行也沒有追擊，右手斬龍刀，左手別離劍，劍向前指，墨綠色的劍身上，符文一閃一閃，他的眼中隱隱地含著淚光，喝道：「嚴賊，你可認識此劍？」

嚴世蕃已知自己是窮途末路，乾脆仰天長笑起來：「哈哈哈哈，老子當然認得，這不就是鳳舞的那把破劍嗎？李滄行，你就算殺了我，又能怎麼樣？你的女人早給老子玩膩了！她就是到死，你碰過她嗎？鳳舞這輩子唯一的男人，是我嚴世蕃，不是你李滄行，哈哈哈哈哈！」

李滄行厲聲狂吼：「狗賊，**今天我就要為鳳舞向你討個公道！**」

他把斬龍刀向地上一擲，刀身直插入地，直至沒柄，他那偉岸健碩的身材，突然一下子變得如同一條泥鰍似的，身形如穿花蝴蝶一般，腳下反踏九宮八卦的步法，直奔嚴世蕃而去。

嚴世蕃周身黑氣一震，喝道：「想為鳳舞報仇，看你有沒有這本事了！」

他左手腕上的細鏈一收，落在後面地上的月輪一下子抄在了手裡，兩隻日月精輪幻起滔天的黑浪，與裹在一團紫光之中的李滄行殺成了一團。

嚴世蕃手下的嚴府護衛們，這時候都扔下了手中的兵器，跪倒在地。

這些人本就是嚴世蕃重金聘請的江湖各派高手，只為求財，這會兒看嚴世蕃大勢已去，沒有人願意與他共存亡，紛紛向陸炳痛哭求饒。

陸炳也懶得看這些人，擺了擺手，錦衣衛們紛紛上前，把這些人押往後面，而那些沐王府的護衛們也都放下了兵器，以示投誠，除了場中正裹在紫黑兩團真氣中，殺得天昏地暗的兩大高手外，所有人都退出了十丈之外，屏氣凝神，緊張地看著這難得一見的頂級龍爭虎鬥。

李滄行手中的別離劍，帶著紅色的烈焰，發出如小太陽般的灼熱氣浪，劍勢如走游龍，本該是大開大合，威風八面，可是他現在的紫劍劍法卻是遊走八方，幾乎不與那嚴世蕃的兩支日月精輪正面接觸，可是時不時攻出的一劍，卻如流星閃電，快得讓人目不暇接，而每一劍攻出時帶出的近二十個劍尖分身，更是屢屢直指嚴世蕃周身要穴，讓他滔滔大浪般的攻勢也為之一阻。

反觀嚴世蕃，左右手的日月雙輪，舞得如同天上的月亮似的，繞著他的身軀，萬變不離左右，即使是李滄行那帶著風雷，幾乎可以毀滅一切的瞬間突刺，也無法突破他周身被日月雙輪旋轉帶出的三層黑氣屏障。

隨著他的聲聲暴喝，他手中的兩支飛輪總是有一支飛出在外，如同有生命的活物一般，從各個不可思議的角度，去追擊身形快得難以捕捉，如一團紅雲般在他兩丈範圍外的黑氣角落時隱時現的李滄行。

這場**龍爭虎鬥**，讓圍觀的眾人看得如癡如醉。

屈彩鳳看得心急，想跟沐蘭湘說些什麼，一轉頭，卻發現沐蘭湘兩隻手不停地搓著，不時地掩口輕呼，可見她的一顆心早已全放在李滄行的身上，心情也隨著李滄行的每次出擊或者遇險而上下起伏。

屈彩鳳拉著沐蘭湘的手，只覺得掌心濕熱，沐蘭湘有些不好意思，粉面一紅，道：「屈姐姐，你怎麼也不打聲招呼呢。」

屈彩鳳笑道：「看你這麼投入，都叫了你好幾聲啦，你卻根本沒聽到，我只好直接握你的手啦，怎麼，緊張嗎？」

沐蘭湘嘴角勾了勾：「難道屈姐姐一點也不擔心？嚴世蕃這賊子的武功之高，我幾乎前所未見，師兄又不用拿手的天狼刀法，我真的有點害怕……」

屈彩鳳搖搖頭：「我倒是一點也不擔心。滄行雖然豪氣干雲，但他是個心思極為縝密的人，絕不會打無把握之仗，別看現在嚴世蕃的攻勢凌厲，但是滄行卻能預判他的攻擊招數與變化，每次都能輕鬆躲過，反過來，他的攻擊雖然不能一擊致命，卻是省力許多，這樣打下去，眼前看似被動，但打到三千招以上的時候，嚴世蕃勢必後繼無力，到時候滄行就可以扭轉形勢了。」

沐蘭湘眉頭仍然緊鎖著：「可是師兄連兩儀劍法也不用，峨嵋的紫劍適合女子輕盈靈動的步伐，師兄是個急性子的人，我總覺得他難以掌握這劍法的精髓，萬一一個不留神，給嚴賊抓住了空檔，想要扭轉可就難了！」

正說話間，別離劍與嚴世蕃脫手而出的日輪在空中相遇，碰撞出一串火花，李滄行的紅色真氣隨著每一下的撞擊都要淡上一分，他的人也退出兩步，二妹停止了說話，目不轉睛地看著場中的情況。

屈彩鳳的手也不自覺地用了幾分力，跟沐蘭湘一樣，幾乎握成了兩隻小粉拳，骨節也是捏得格格作響，兩人卻渾然未覺。

十三下連擊過後，李滄行被生生地擊退了四丈有餘，臉上的火紅色戰氣褪去，稍顯蒼白，他的步法也顯得有些散亂，別離劍的劍身上，紅光不再，一層淡淡的黑冰凝結在劍身上，那些發著綠光的符文卻是再也看不出來了。

任何人都能看出剛才這一連串正面相擊，是嚴世蕃占了上風，這時嚴世蕃哈哈一陣狂笑，言語中盡顯得意：「哈哈，李滄行，看起來你的劍術也不過如此嘛。讓你如此托大，連兩儀劍法也不用！你以為就你在峨嵋學的那些軟綿綿的女人劍法，就能跟我對抗了？這是你自尋死路！」

李滄行的呼吸有些急促，趁著嚴世蕃說話的當口，緩了緩，終於臉色重新變得紅潤起來，沉聲道：「嚴世蕃，休得逞口舌之利，你還沒贏我，對付你，用峨嵋的劍法已經足夠了，再來！」

他的話音剛落，周身又騰起一陣火紅色的戰氣，雙目盡赤，別離劍也變得如同一根通紅的烙鐵條，再次直衝嚴世蕃而去。

嚴世蕃哈哈一笑，身邊的黑氣一陣暴漲，十丈之外的人都能感覺到這股寒意，縱身飛上的李滄行似乎被這刺骨的寒意所阻，身形微微一滯，不復剛才那陣迅速與凶猛。

沐蘭湘掌心已盡是汗水，額頭也沁出細密的汗珠，急道：「姐姐，這可如何是好！嚴世蕃這個奸賊看起來還隱瞞了實力，我擔心師兄再這樣打下去，會被完全壓制住！」

屈彩鳳也是眉頭深鎖，一頭白髮被兩人鼓蕩碰撞的真氣所激，在空中飛拂著，她輕聲道：「不知道滄行是怎麼想的，他若是用上斬龍刀，靠著一往無前的氣勢斷不至此，現在，我也不知道如何是好啦。」

嚴世蕃一聲怪吼，左手的月輪脫手擲出，李滄行虎腰一扭，堪堪地躲過這一擊，可是腰間的衣服卻是「嘶」地一聲，給擊出一道裂口，早已汗濕的腰部皮膚上，一道血痕乍現，沐蘭湘心中大急，右手按上背上的劍柄，說道：「不行，我要去幫師兄！」

屈彩鳳緊緊拉住沐蘭湘，制止道：「不，妹妹，我們要相信滄行，他是那麼驕傲的人，我們出手相助，會比殺了他還要難受的，這一戰他寧可不用兩儀劍法和天狼刀法，也要用這峨嵋的劍法，我想，他就是打定了主意要以這樣的方式為鳳舞復仇，我們不要妨礙他了。」

沐蘭湘不甘心地收起了劍，嘆了口氣，小嘴不覺地嘟了起來。

嚴世蕃一陣怪笑，右手的日輪連攻三招，左手的月輪卻是脫手而出，李滄行一招凌空飛刺，撞上了嚴世蕃的右手日輪，身形暴退，突然眉頭一皺，一低頭，腦後悄無聲息的月輪迴旋而至，勁風氣過，他頭上的束髮帶斷為兩截，一頭雄獅般的亂髮披散得滿頭都是。

嚴世蕃肥大的身軀突然一晃，周身的黑氣一陣暴漲，眼花繚亂間，黑霧中居然出現了三個嚴世蕃的影子，周圍的高手們看之無不色變，很多人開始揉起自己的眼睛來，這三個影子，手中拿著六支日月精輪，分左中右三個方向，對著李滄行攻去。

李滄行的一身紅氣已經淡了不少，他的身後是一棵大樹，剛才的一陣打鬥，把他逼到了角落，讓他無法再退，也正是因此，嚴世蕃才在這時候使出終極魔功裡的致命殺招——「**魔影三連殺**」！

三個殘影靠著不可思議的快速身法幻出，而他的真身不知道是哪一個，逼著李滄行硬碰硬地回擊，一旦打擊的目標有誤，那幾乎可以肯定是要完蛋了。

李滄行鋼牙一咬，周身紅氣一陣暴起，兩隻腳牢牢地立在原地，原本如女子般靈動的身形也就此收住不動，左手泛起一陣金光，向外畫出一個半弧，內收，再猛的擊出，一個金色的龍頭奔向嚴世蕃在三丈之外左邊的幻影，暴龍之悔，瞬間做出如此高爆發的打擊，當世不作第二人想！

嚴世蕃左邊那張獰笑著的肥臉，被金龍狠狠地啃上，瞬間被撕扯地灰飛煙滅，眾人長舒一口氣：原來是假的啊。

可是嚴世蕃中央和右邊的兩個影子，正在飛速地接近，離李滄行已經不到兩丈了，李滄行一聲低吼，右手別離劍一抖，十七道寒光脫穎而出，就在這一眨眼的時間，他一劍刺出十七道劍氣，「紫氣東來」，正是紫劍中的最後一招，瞬間就把右邊的嚴世蕃的影子籠罩在了一片劍影之中。

嚴世蕃的右邊影子就像水中的人影一樣，被這凌厲的劍氣刺得四分五裂，就在這道鬼影消散的同時，他那張肥臉上還掛著一絲嘲諷的微笑。

沐蘭湘猛的一拍手：「好樣的！中間才是真的！」

屈彩鳳面沉如水：「不到半丈了，滄行已經連續打出兩記暴擊，中間這個真身，他又如何能應對？」

李滄行眼中突然血紅一片，周身的紅氣一陣暴漲，他在原地突然迅速地左手畫過劍身，而剛剛打出「紫氣東來」，劍身變得一片黯淡的別離劍，一下子又變得紅得耀目，劍身上的暗綠色符文如同在鐵水中翻滾的活字模具，泛出一陣恐怖的光芒，似乎人們能聽到一個淒厲女人的呼嘯與咆哮。

中路的嚴世蕃，手中兩支日月精輪已經幻出無邊的黑氣，衝到了李滄行面前不足十步的地方，日月精輪在高速旋轉的過程中，輪邊上的鋸齒一閃一閃的寒光清晰可見，散發著陰冷死寂的光芒，這股刺骨的寒意，讓十丈外的眾多高手們牙關都打起了冷戰，所有人只有一個心思：這一下天崩地裂的撞擊會有怎麼樣的結果？

李滄行嘴角邊突然勾起一個自信的微笑，這讓緊張地說不出話，渾身在微微發抖的沐蘭湘心裡有了底，緊蹙的眉頭也鬆了開來，從小到大，每次大師兄浮現這種表情的時候，就意味著他要開始反擊了！

李滄行的別離劍開始運轉，火風劃過天際，一陣陣灼熱從他的劍身暴出，嚴世蕃那猙獰而邪惡的肥臉，配合著兩支黑氣瀰漫的日月精輪，在他的瞳孔裡變得越來越大，輪身上鋸齒的寒光，如惡虎嘴裡那森森的獠牙，即將把他整個人生吞活剝！

沐蘭湘急道：「師兄，快用『兩儀方圓』，左手頂住劍身，運氣暴頂，擊退嚴賊！」

屈彩鳳微微一笑：「他已經在這麼做了！」

果然，李滄行像是聽到了沐蘭湘的話，右腿向後滑出半步，呈弓步，左腿微屈，放低重心，左手的三根手指頂住劍身，這根通紅的灼熱火條，就成了橫在他和嚴世蕃之間一道不可逾越的屏障，配合著已經聚成火紅一團的真氣，勢要牢牢地擋住嚴世蕃這一招勢如雷霆般的攻擊！

嚴世蕃的那張幻臉開始扭曲，變形，邪惡的肥臉，連同他那臃腫的身軀，重重地撞上了別離劍，他的身體，臉，被燒得瞬間融化，他臉上那得意洋洋的壞笑，成了這個幻影在人世間最後留下的一點東西，留在每個觀戰者的記憶裡。

一道天崩地裂般的悶響從地底傳出，李滄行左右腳之間的地面上，兩道黑氣瀰漫的日月精輪破土而出，沐蘭湘和屈彩鳳閉上雙眼，不敢再看，即使是大羅金仙，也不可能擋住嚴世蕃這一下真身的全力暴擊。

嚴世蕃那肥大的身體從地裡，像根巨大的蘿蔔似地破土湧出，他的頭上頂著泥土，甚至還有兩隻蚯蚓，兩支日月精輪分頭斬向李滄行的左右雙腿。

嚴世蕃又肥又短的手指勾成了鷹爪狀，就在這一瞬間變換了二十七種頂尖的擒拿手法，目標直指李滄行的脖子，而左手連點，招招不離李滄行身上的要穴，他的用意已經非常明顯了：先斷腿，再點穴，最後擒拿，以李滄行的命，作為自己脫身的最後砝碼。

沐蘭湘悲嘶一聲「師兄」，嘴邊突然流出一抹鮮血，眼前一黑，身子向後倒去，耳邊只傳來嚴世蕃得意的獰笑聲：「受死吧！」

嚴世蕃眼中閃著興奮的光芒，這一刻，他信心十足，從每個毛孔裡散發著無邊的快感。

自從見到李滄行的第一眼起，他就從內心裡討厭這個人，自己從小熟讀經史子集，才高八斗，若論人間的正道，沒有人比他更清楚，可以他終究無法戰勝自己內心扭曲的欲望，淨走歪門邪道。

可是李滄行不一樣，即使他身在錦衣衛，是那個殺手天狼的時候，渾身上下仍然透出那種無法掩飾的凜然正氣，這種正氣不僅讓鳳舞心動，更讓嚴世蕃無地自容，不知多少個夜晚，嚴世蕃在夢中都會恨得咬牙切齒，然後又痛哭流涕，不是因為自己良心發現，而是因為李滄行的存在，更加放大了他的邪惡與醜陋，讓他覺得作為一個徹底的惡人，居然不一定能壓制這個單純的好人。

儘管嚴世蕃大權在手，富甲天下，卻始終戰勝不了李滄行，眼睜睜地看著自己經營多年的勢力被他一處處地摧毀，自己得到了鳳舞的人，卻得不到鳳舞的心，每次看著鳳舞充滿濃濃愛意看著李滄行的眼神，他就恨不得把李滄行生吞活剎，**那一刻，嚴世蕃終於明白，人心和愛是無法用金錢和權勢收買的。**

可是今天，這一刻，在自己失掉一切，大勢已去的時候，居然有這麼一個機會，能親手打敗這個命運中的宿敵，嚴世蕃忽然覺得一切都不重要了，不管是做權臣還是做仙人，比起把眼前這個在夢中折磨了自己十餘年的傢伙徹底地毀滅，都顯得是那麼地無足輕重！

嚴世蕃對自己的出手很有信心，兩支日月輪甩出，會飛速地斬斷李滄行的雙腿，然後左手會封閉李滄行從腹部到頸部的十九處要穴，最後右手的「分龍錯虎手」，會像拎小雞一樣地把雙足斷裂，周身要穴被制的李滄行提在手中，沒有比這更爽快的報復方式了。

接下來，他要看著沐蘭湘和屈彩鳳泣不成聲，淚臉滿面，跪在自己的面前求自己饒了李滄行一命，到時候自己甚至可以讓這兩個天仙般的美人在自己面前脫光衣服，想必她們也會毫不猶豫的。

一聲悶響傳來，不是日月精輪劃過肉體，切碎骨骼筋絡的那種聲音，而是精輪劃過空氣，高速旋轉的那種嗚嗚聲，嚴世蕃的心猛的一沉，戳出去的左指的速度也微微一緩。

以他的功力，本來點穴絕不可能偏上哪怕半寸，但這一下，他卻是向上抬高了一寸，把本來準備點曲骨的地方向上抬了半寸，戳中了關元穴。

但即使如此，嚴世蕃的手指也沒有感覺到任何人體的皮膚與血肉，這一指點出，如同點中了空氣，剛才那灼熱的烈風也消散不見，而對面的李滄行，臉上留著一絲淡淡的笑意，眼神中也帶著三分嘲諷，就這麼緊緊地盯著嚴世蕃。

嚴世蕃狂吼一聲「不可能！」他的右手五指箕張，也顧不得再變換手形了，閃電般地探出，直襲李滄行的咽喉，就像老鷹爪小雞一樣，緊緊地扼上了李滄行的喉嚨。

對面的李滄行臉上閃出一絲深深的鄙夷與嘲諷之色，甚至這張臉，這個幻影在消散之前，還搖了搖頭，嘴角輕輕地勾了勾，似乎是在嘲笑嚴世蕃的自以為是。

一道冰冷的劍光帶著青色的光芒，從右邊展現，只輕輕一閃，嚴世蕃本來扼著那李滄行幻影的脖子的右手就齊肘而斷，速度之快，甚至讓嚴世蕃沒有感覺到一絲一毫的疼痛。

李滄行的聲音響起：「**這一劍，為了楊大人。**」

李滄行的身軀伴隨著別離劍從嚴世蕃的眼前一閃而過，他看著嚴世蕃的雙眼中，就像看著一個已死之人的神情一樣，沒有一絲生的氣息。

嚴世蕃喉嚨「咕」地一聲，想要動一動，卻覺得左手一寒，眼光掃處，左手已經在半空中飛翔了，右手和左手手腕處帶起的日月精輪，這會兒帶著他那兩隻斷手向前疾飛，而兩隻手已經變得漆黑一片。

李滄行的劍法快得不可思議，直到這時，他才感覺到右手處的麻木與冰涼，手肘那裡似乎開始結起了冰，一股森寒的氣息，正從斷肘處行遍自己的奇經八脈，連生於丹田的終極魔氣也無法再驅使了。

李滄行冰冷地不帶一絲人性的聲音，清楚地傳到了嚴世蕃的耳朵裡：

「這一劍，為了沈經歷！」

嚴世蕃仰天狂吼道：「啊！李滄行，你殺了我吧！」

李滄行偉岸的身軀在嚴世蕃面前猛的一旋，這一回，嚴世蕃只覺得下腹處一陣火樣的灼熱，再就是一陣劇痛，李滄行的劍尖上多出了一塊血淋淋的肉塊，他的表情卻帶著一絲殘忍的戲謔：

「這一劍，是為了鳳舞，下輩子抬胎做個太監吧！」

嚴世蕃又急又氣，下體處的鮮血如噴泉般地湧出，他兩眼一黑，三百餘斤的身子「撲通」一聲，重重地摔在地上，再也不省人事。

一直面沉如水，站在一邊的陸炳搖了搖頭，一揮手，身後幾個錦衣衛殺手飛奔而上，掏出懷中的止血傷藥，在嚴世蕃的幾處傷處抹了起來，其他幾人則用鎖鏈將他捆綁起來。

李滄行這會兒已經走出了十餘步，頭也不回地說道：「不用綁了，此賊的經脈已經被我盡斷，再也害不了人啦！」

沐蘭湘聽到李滄行的聲音，剛才她幾乎暈了過去，幸得屈彩鳳出手扶住，這會兒她睜開眼睛，卻見到嚴世蕃像頭死豬似地躺在地上，自己的情郎則是穩步回來，右手的別離劍上，一團血淋淋的碎肉還在搖晃著。

她不敢相信自己的眼睛，使勁地揉了幾遍，才確信自己不是在做夢，嚶嚀一聲，飛身撲向前去，鑽到李滄行的懷中。

屈彩鳳本來也想要衝出，但被沐蘭湘搶了個先，櫻脣一撇，搖搖頭轉身欲走。陸炳的身子恰到好處地攔在屈彩鳳的身前：「屈姑娘，我們又見面了！」

「怎麼，陸總指揮是不是也想把老娘跟著這嚴世蕃一起押解回京呢？」屈彩鳳反唇相譏。

李滄行的聲音平靜地響起：「陸大人，你可別忘了你我的約定。」

屈彩鳳心中一動，回頭看去，只見李滄行摟著沐蘭湘纖細的腰肢，寬厚的手掌在她及腰的如瀑秀髮上輕輕地摩挲著，可是看著陸炳的眼神，卻充滿了一種不可妥協，毫不讓步的堅毅之色。

陸炳讚許道：「滄行，你做得很好，助我破了這驚天大案，又擒下了嚴世蕃，我會遵照與你的約定，赦免屈彩鳳的罪行，從此不再追究。」

屈彩鳳厲聲道：「陸炳，你用不著這樣假惺惺，**老娘無罪，有罪的是這個黑暗的世道**，老娘也不需要你們的赦免，只要巫山派存在一天，就永遠會為天下貧苦無依的人爭個公道！」

陸炳冷笑道：「屈彩鳳，你最好認清楚現狀，以前嚴黨橫行，天下百姓民不聊生，自然會有許多走投無路之人加入你巫山派，可是現在外敵消散，東南海路重開，朝廷賦稅又有了保障，皇上有旨，將會減免天下一年的稅賦，九州四海百姓將會安居樂業，你以為還會跟十年前那樣，你們有源源不斷的兵源嗎？」

屈彩鳳道：「**只要人間還有不公平和正義在，我們這些替天行道的綠林豪傑就永遠不怕沒有人跟隨**，陸炳，咱們走著瞧。」

她說完之後，也不看陸炳一眼，逕自就要向外走去。

沐蘭湘從李滄行的懷中閃了出來，上前拉住屈彩鳳，美麗的大眼裡水波蕩漾，真誠地挽留道：「屈姐姐，你怎麼要走了？」

屈彩鳳回頭看了眼李滄行，幽幽地說道：「滄行，這回在雲南，我也查到我想要查的事情了，現在我的心很亂，想要一個人靜一靜，可以嗎？」

李滄行道：「可是真相還沒有水落石出，我還有不少事情要繼續調查。」

屈彩鳳閉上雙眼，一行清淚從她的眼角流下：「滄行，沐姑娘，現在我們還是朋友，也許下次再見的時候，就不得不成為你死我活的對手，在這個時候分開，也許對你們，對我，都是最好的選擇。我給你時間，讓你調查出全部的真相，但是**等一切水落石出的時候，我需要一個交代，給我，也給我師父。**」

李滄行知道屈彩鳳是個極其剛烈的女子，一旦打定主意，便不可能回頭，眼下她幾乎認定了沐元慶就是萬蠱門主，就是害死她師父的罪魁禍首，而沐蘭湘無論如何勢必要保護自己親生父親的性命，自己夾在中間確實為難，也許只有時間，才能讓雙方平靜下來，找到一個兩全其美的解決辦法。

李滄行點點頭，道：「好吧，彩鳳，我不勉強你，我會繼續追查下去，一旦有了消息，會馬上向你通報的。」

屈彩鳳白髮一陣飄揚：「那我等你的消息！」

她的大紅飄袖無風而走，帶著一陣香風，幾個起落，消失在廢墟後。

李滄行嘆了口氣，這回雲南之行，居然查出這樣的結果，實在是大大出乎他的意料之外，接下來如何處理沐元慶，想到就讓他頭疼不已，剛才力挫嚴世蕃，為鳳舞痛快復仇的那股快感，轉眼間也消失得無影無蹤，剩下的只有滿心的沉重。

陸炳看了眼李滄行，道：「跟我來吧。」

他不待李滄行回答，就向廢墟走去，陸炳的手下們，則熟練地押解起嚴府家丁和沐王府護衛這些人。

李滄行拍了拍沐蘭湘的肩膀，柔聲道：「師妹，我和陸炳商量些事，回頭就來找你。好嗎？」

沐蘭湘癡癡地看著李滄行，螓首輕點：「師兄，剛才真的是嚇死我了，你怎麼會用幻象之法騙過嚴世蕃的呢？」

李滄行道：「那一招正是峨嵋派的至高武學『**幻影無形劍**』，說起來，這還是鳳舞教我的呢。」

沐蘭湘睜大了眼睛：「什麼？鳳舞怎麼會把這劍法傳給你？」

李滄行眼神變得深邃起來，眼前彷彿再次出現那個精靈般的女子，戴著蝴蝶面具，淺笑盈盈，看著自己的那雙水靈靈的大眼裡，寫滿了愛意。

李滄行緩緩說道：「那是我在東南平倭的時候，鳳舞曾想與我合練紫青劍法，那段時間裡，她說我在峨嵋的時間太短，未得紫劍真要，所以傳了我一套詭異迅速，可以幻出分身的劍法，事後我才知道那就是『幻影無形劍』，可那時候我已經學到了這套劍法，再想忘掉也是不可能了。」

沐蘭湘輕嘆道：「如煙對師兄還真的是情根深種，只可惜……」她想到鳳舞就是自己的親生姐妹，也是一陣悲從中來，變得眼淚汪汪了。

李滄行輕輕地擁著沐蘭湘，柔聲道：「鳳舞是給賊人害死的，無論如何，我都要替她報仇，這樣才能還她對我恩情的萬一，師妹，你等我一會兒，我去和陸炳商量一下接下來的事該如何處理！」

沐蘭湘抬起頭，拭了拭眼淚，體貼地說道：「去吧，我等師兄。」

密林邊的一處小山包上，陸炳負手於背後，山風吹拂著他頷下的三縷美髯，他那張黑裡透紅的臉上神情肅穆，雙目中精光閃閃，似是在思考著什麼。

李滄行走到他身後一丈左右，他觀察過四周，陸炳早早地把所有的手下都安排到了兩百步以外，顯然是不想今天的談話內容給任何人聽到。

李滄行輕咳了一聲，正待開口，卻傳來陸炳傳音入密的聲音：「滄行，我要謝謝你，今天總算是為鳳舞報了大仇。」

李滄行嘴角勾了勾，走到陸炳並肩的地方，密道：「陸炳，不管怎麼說，是你給了我一個親手報仇的機會，我把嚴世蕃傷成這樣，不會影響你向皇帝交差吧。」

陸炳轉過臉來，仍然是面無表情，搖搖頭：「不會，皇上既然下旨捉拿嚴世蕃，又罷了嚴嵩的相，那就是決心已下，嚴黨這回的垮臺已成定局，不會有任何的變化，所以你就算殺了嚴世蕃，我也可以說是他拒捕，被衛士當場格斃，不會有事的。」

李滄行眼中精光閃閃：「今天若不是你及時趕到，只怕我也難以脫身，陸炳，這次是你救了我一命，我欠你一份情，這事我記著。」

陸炳不禁說道：「說實話，我也奇怪，你是何來的自信，認定了我一定會帶人前來捉拿嚴世蕃？我是和你在酒館一別之後，在路上才知道嚴世蕃被下令緝拿的消息，匆忙之間沒法調來龍組精銳，只能帶著我在雲南的所有人馬前來，所以才不得不假扮魔教總壇衛隊，難不成，**你早就做了萬全的打算，讓你的人埋伏在附近？**」

李滄行看向遠處的康巴城，笑道：「其實徐師弟已經秘密率領三百武當弟子，還有林師妹也帶了兩百峨嵋高手，一直隱藏在康巴城附近，真要是遇險的話，我只要一發信號，他們也會殺出來，以他們的力量，足以對付嚴世蕃和沐王府的人了。」

陸炳不解道：「可是嚴世蕃一直在監視著武當和峨嵋，徐林二人又如何能避開他的監控，私自離山呢？還有這麼多的精銳弟子，又是如何能帶來？」

「滅魔盟大會之後，我就修書徐師弟和林師妹，讓他們暗中調集人手，約定時間來雲南助我，他們把核心弟子以派下山傳信歷練的名義，讓他們悄悄到川滇邊界的雅安一帶集結，然後聽我的消息，再轉到康巴城中。他們都學會了易容改扮之法，看來就像是那些行商和藏族牧民，不會惹人注意。至於徐師弟和林師妹，則是安排了替身後趕過來的。」

李滄行解開了謎底。

陸炳大嘆道：「你果然是個可以獨當一面的大將之才了，滄行，如果你在錦衣衛，我可以放心地把整個錦衣衛交給你來執掌。」

李滄行婉拒道：「我對權勢財富沒有任何的興趣，陸大人，現在嚴賊已倒，我今生最大的復仇目標也倒了一個，**接下來就是查清萬蠱門主的真相，然後向他復仇，最後消滅掉魔教，此生便無牽掛**，可以帶著小師妹退隱江湖，去過閒雲野鶴的生活了。」

陸炳眼中閃過一絲失望，勸道：「**天下英雄出我輩，一入江湖歲月催**，滄行，想進江湖很容易，想退出就太難了，你還不到四十，就已經建立了自己的基業，黑龍會的數千人馬都全指望著你呢，就是你想退，他們會答應嗎？」

李滄行堅定地說：「建立黑龍會是為了打擊嚴賊，消滅倭寇，澄清東南，這一點已經做到了，接下來，我黑龍會的兄弟們多半和魔教有不共戴天之仇，消滅了魔教之後，我們黑龍會的存在意義也就沒有了，到時候我是去是留並不重要，他們可以另選賢能，靠著東南的護衛商船有一個很好的生計。」

陸炳聞言道：「滄行，其實我不太放心，黑龍會在你手裡，也許不會出事，可是這麼強大的力量，這麼雄厚的財力，若是落到心懷不軌的人手裡，那可就不堪設想了。」

李滄行直言道：「陸總指揮是怕我一旦不再控制黑龍會了，繼任的人未必會像我這樣聽命於朝廷，你這個以維護皇權統治為己任的錦衣衛總指揮使就難以交差了，對不對？」

陸炳老臉微微一紅，咽了泡口水，密道：「你既然明白，那最好不過，如果是你想要起兵奪位，我可以助你一臂之力，即使鳳舞死了，這點也仍然不變，但要是別人，沒有朱明血脈，那就是白日做夢了，皇帝也不可能允許一個要挑戰他的組織出現，到時候我會很為難。」

李滄行聽了說道：「這回皇帝沒有出手阻止我打倒嚴賊，看在這點上，我不會起兵謀反，你可以放心，陸大人，不用夾在中間做艱難的選擇。至於黑龍會的事，我會儘量安排好的，也請你放心。」

陸炳點點頭：「好了，黑龍會的事就說到這裡，下面我們要談的，是萬蠱門主的事，你有什麼想說的嗎？」

李滄行不滿地道：「陸大人，你可真是不夠意思，昆明城的小酒館裡，你明明就已經知道沐傑就是沐元慶，卻不跟我說，反而自己偷偷摸摸地找到了楊慎，問明沐元慶的下落，怎麼，我就這麼不值得信任？還是，你怕我搶了你的復仇之舉？」

陸炳咬了咬牙道：「奪妻之恨，不共戴天，滄行，你既然都知道了，那我做這事的目的，你應該可以理解。再說了，我這也是為你好，你若是親手向沐元慶復仇，那你跟沐蘭湘怎麼辦？她就是再愛你，也不會跟自己的殺父仇人在一起吧。」

李滄行的眼神黯淡下來，猶豫不定地道：「這事確實很讓我頭疼，我來雲南之前，做夢也不會想到黑石師伯居然就是萬蠱門主，可是現在所有的證據都指向這點，無論是楊慎還是嚴世蕃的證詞，都證明他才是萬蠱門主，不過陸大人，你真的相信他就是萬蠱門主本人嗎？」

陸炳反問道：「怎麼，到現在你還在懷疑？哼，李滄行，我看你是被沐蘭湘迷昏了頭，事到如今不願意相信吧。」

李滄行連忙否認：「不，不是這樣的，只是我覺得有些事還需要進一步求證，陸大人，你可曾聽楊慎或者是嚴世蕃說過當年殺林鳳仙的過程嗎？」

陸炳眉頭微微一皺：「此事重要嗎？林鳳仙是被楊慎和嚴世蕃聯手所殺，取出的那個金蠶蠱，卻被楊慎搶先一步拿到手，嚴世蕃求之不得，就退而求其次，打起了紫光道長身上那隻金蠶蠱的主意，這些事，難道楊慎沒有告訴你？」

李滄行道：「楊慎只是說出了他所經歷的事情，但其中的細節卻沒這麼簡單，陸大人，那天不是楊慎和嚴世蕃二人到場，而是有一個神秘的黑袍劍客，武功劍術高絕，以快得不可思議的劍法，配合峨嵋的鎮派之寶倚天劍，在林鳳仙的身上留下了無數的劍痕，硬逼出她體內的金線蠱，而不是金蠶蠱。這點我剛才在和嚴世蕃對話中得到了驗證，想必陸大人也應該聽清楚了吧。」

陸炳含混道：「我當時離得太遠了，你們的話我沒有聽清楚，不過這重要嗎？那個黑袍劍客想必就是黑袍吧，他有這個實力，至於是金線蠱還是金蠶蠱，都不過是吸人精華，助人修煉的邪物，在我看來也沒什麼區別。」

李滄行感到一陣奇怪，以陸炳的心思縝密，任何一個小細節按說都不會放過，可是自己向他討論這些漏洞，他卻沒有一點探知的興趣，這跟平時的他實在是大相徑庭，若不是他用傳音入密的辦法和自己交流，他真要懷疑是不是黑袍戴著他的面具在和自己說話了。

李滄行不禁說道：「陸大人，你今天好反常啊，這些重要的線索，你居然一點也不關心？嚴世蕃好不容易落到了我們的手裡，你就不想想辦法，讓他開口交代那個黑袍劍客是什麼人嗎？」

陸炳冷冷地道：「我對這個人沒有興趣，現在我只知道，金蠶蠱是沐傑，也就是沐元慶煉製的，他和嚴世蕃還有沐朝弼一起策劃了這個巨大的陰謀，妄想著可以長生不老，為此挑起武林爭端，禍亂天下，現在終於惡貫滿盈，罪有應得了。滄行，這不是你一直追求的事情嗎？」

李滄行上下打量著陸炳，今天的陸炳讓他覺得非常怪異，明明有了很明確的線索，卻不願意一查到底，似乎只想在沐元慶那裡把整個案件了結，這一點也不像這位名滿天下的特務頭子。

李滄行沉聲道：「陸大人，**你真的一點也不想知道那個黑袍劍客是誰嗎？你不認為他才是真正的幕後主使，嚴世蕃不過是供他所驅使的一個小兵嗎？」**

陸炳微微一愣，轉而仰天大笑起來：「李滄行，你是不是有些神經過敏了？你雖然因為仇恨，不把嚴世蕃放在眼裡，可你要知道，嚴世蕃可是權傾天下的小閣老，幾乎可以說是一人之下，萬人之上，普天之下，除了皇上以外，又有誰能夠驅使得動他？」

李滄行心中一動：「這個黑袍劍客可以讓嚴世蕃怕成那樣，連此人的身分也不敢透露半個字，莫非會是皇帝？」

第八章

罪有應得

嚴世蕃道：「我確實是罪有應得。
不過李滄行，你以為你就能逃過這個結局嗎？
你這一身邪門的天狼刀法如何獲得的，你自己最清楚！
本質上，你跟我是一路人，以凡人之體掌握了
本不屬於凡人的力量，遲早會和我一樣的結局！」

陸炳笑著連連擺手：「滄行，你這越猜可真的是越過分了，皇上從小又不習武，此生惟願修道問玄罷了，哪會管江湖上的打打殺殺？他連朝都不願意上，成天躲在道觀裡清修，又怎麼會介入這些門派爭鬥呢？依我看，那個黑袍劍客，十有八九就是黑袍罷了，待嚴世蕃的傷勢好轉一些，我自會讓手下想辦法撬開他的嘴，讓他說出這個黑袍劍客的身分就是。」

李滄行劍眉一挑：「讓你的手下？你本人不負責這個審訊嗎？」

陸炳點點頭，鏗鏘有力地說：「我沒這時間了，若不是接到皇上的急令，讓我速速捉拿嚴世蕃歸案，我是根本不會過來的，加上白所成和劉伯仁以十萬火急的方式和我聯絡，說是嚴世蕃和沐朝弼已經接上了頭，目標就是你一行三人，還要聯絡魔教的冷天雄出手，我不想你有什麼閃失，這才扔下了沐元慶前來這裡。

「這次行動，我帶來的人太多，加上嚴世蕃和沐朝弼的手下，不排除會有沐元慶的同黨把嚴世蕃和沐朝弼完蛋的消息給傳遞給沐元慶，所以我得馬上去找沐元慶報仇，不然萬一他跑了，這輩子只怕再難找到他了！至於嚴世蕃和沐朝弼二人，交給我的手下押解回京師就行了。」

李滄行冷聲質疑道：「陸大人，你這麼聰明的人，認為沐元慶有可能跑掉嗎？如果他真的能說跑就跑，這些年來嚴世蕃也好，沐朝弼也罷，又如何能在千里之外控制他，讓他不敢生出半分異心呢？」

陸炳臉色一變：「滄行，你這話是什麼意思？」

李滄行雙目中神光如電：「我剛才說過，我認為那個神秘的黑袍劍客，才是真正主使嚴世蕃、沐朝弼和沐元慶的人，而沐元慶肯甘心為此人煉藥，一定也是被他監視和掌控著，所以**與其說沐元慶是罪魁禍首，不如說這個人才是主宰一切的元凶首惡**！陸大人，你如果真的想要報仇，最好還是先審問嚴世蕃，問清楚此人的身分才行。」

陸炳沉聲道：「李滄行，你成天把那個凶手往這個神龍見首不見尾的黑袍劍客那裡去引，究竟是什麼意思？嚴世蕃找來一個武功高強的幫手殺了林鳳仙，你就能說這個劍客就是主宰一切的幕後主使嗎？要知道現在我們的時間很緊張，把眼光盯在這個什麼黑袍劍客的身上，只會給沐元慶的逃脫爭取時間。」

李滄行搖搖頭：「不，陸大人，沐元慶只不過是個棋子罷了，剛才嚴世蕃連那個黑袍劍客的名字都不敢提，可見連他都怕這人怕得要死，更不要說沐元慶這個連吃金蠶蠱資格都沒有的工具了。元凶不除，只除掉一個養蠱下蠱的工具，這算哪門子的復仇呢？」

陸炳冷冷地說道：「對你而言，找到這個所謂的真凶就是最大的目的，可是對我來說，奪妻之恨才是首要之事，其次才是這個什麼所謂的真凶。現在我知道了黑石就是沐傑，當年他把紀曉君安排在我身邊，利用了我的感情幫他混進武當，然後又暗中勾結魔教，殺紀曉君滅口，我陸炳頂天立地的男兒，此生只對這一個女人動過情，他卻利用這點，玩弄我於股掌之間，是可忍，孰不可忍！李滄行，你如果想要查這個黑袍劍客，你自己查好了，我現在沒時間陪你玩，你好自為之吧！」

陸炳說完，轉身欲走，李滄行突然密道：「等一下，陸大人，你能給我一個提審嚴世蕃的許可權嗎？而且審嚴世蕃用不了多久，沐元慶那裡也許還會有一些重要的線索，你可不能把他就這麼給殺了！」

陸炳轉過身，冷冷地看著李滄行道：「滄行，你該不會真的是因為沐蘭湘的原因，就想對沐元慶網開一面吧。」

李滄行沉聲道：「沐元慶作惡多端，我會讓他付出應有的代價，這與我的師妹無關，她深明大義，不會妨礙我的，陸炳，你不用瞎猜！」

陸炳質疑道：「是麼？**這世上只有兩件事情是無法化解的，一個是奪妻之恨，另一個就是殺父之仇了**！怎麼，李滄行，你是不是真的覺得自己殺了沐元慶，你的小師妹還會心安理得地跟著你一輩子？」

李滄行嘴邊肌肉微微地一跳，陸炳的話刺得他的心頭血淋淋的，那個他一直不敢面對的事實，清晰無比地開始在他眼前展現。

他一咬牙，沉聲密道：「一切都要等到我查明所有真相後再作定論，沐元慶如果真的做了這些事，那他就是武當派，甚至整個滅魔盟最大的叛徒，門有門規，不是某個人私人恩怨的事情。陸炳，你是錦衣衛，就算你跟沐元慶有私人恩怨，也得等到滅魔盟，等武當執行了幫規家法之後再跟他算賬，要不然你等於是跟整個武當派開戰，這個道理，你不會不明白吧。」

陸炳濃眉一挑，厲聲喝道：「李滄行，難道你就是武當弟子嗎？你只不過是個多年前就被逐出武當的棄徒罷了，你說我沒資格管這事，難道你就有？於私來說，沐元慶設計殺我夫人，作為一個男人，我當然可以向他尋仇，於公來說，他做下如此大案，擾動整個武林，又涉及嚴世蕃和沐朝弼的謀逆之罪，作為錦衣衛總指揮使，我把他帶去訊問也是分內之事！滅魔盟不過是幾個江湖門派罷了，你以為他們敢為了一個叛徒，跟朝廷為敵嗎？」

李滄行微微一笑：「陸大人，如果說到朝廷，說到皇帝，你更不應該去找沐元慶尋仇了，這事查得越多越深，對你個人越沒什麼好處！」

陸炳臉色一沉：「這話什麼意思？我又沒牽涉進他們的陰謀之中，難道我依律辦案，也對自己不利了？嚴世蕃已倒，誰能奈何得了我陸炳！」

李滄行淡淡地說道：「皇帝可以！」

陸炳咬了咬牙：「我去找沐元慶尋仇，又怎麼會牽涉到皇上了？」

李滄行搖搖頭道：「陸大人，你這是當局者迷嗎？你可別忘了，當年沐元慶是怎麼進的武當派。你因為一個女人的求情，就把沐元慶給安排進了武當，臥底多年，而這個沐元慶還牽涉進了嚴世蕃的集團，嚴世蕃的罪行現在已經公諸天下，勾結外寇，私煉金蠶蠱，這兩條都是皇帝無法容忍的大逆之罪，而你陸總指揮，不也是他們的同犯了嗎？」

陸炳腦門上沁出汗水，面沉如水，眼中光芒閃閃，似是在判斷得失。

李滄行見其有些心動，繼續說道：「而且陸總指揮曾經讓鳳舞，也就是你收養的紀曉君與楊慎的女兒去和嚴世蕃聯姻，這件事盡人皆知，皇帝也會覺得你跟嚴世蕃有過什麼秘密的交易和往來，加上嚴世蕃此賊一肚子壞水，在這種情況下自知難有活路，一定會拼命拉你下水，把所有的惡行都說成是與你同謀，陸大人，**你覺得皇帝會信你的辯解嗎？這時候你去武當找沐元慶報仇，皇帝會怎麼看？他是會相信你是公報私仇，還是覺得你是要殺人滅口？」**

陸炳厲聲喝道：「別說了，你究竟想要怎麼樣？」

李滄行雙目精光閃閃，上前一步，沉聲道：「我要的很簡單，就是查明真相，找出那個元凶首惡，為我，為彩鳳，為紫光師伯，為這麼多年被這個罪魁禍首愚弄、欺騙過的所有人復仇！」

陸炳一動不動地盯著李滄行，李滄行也毫不動搖著回視著陸炳，兩個人都清楚，這是一場意志的比拼，誰先眨眼退縮，也許就會把整個人生的追求都給顛覆，可是要賭上的代價，也是極為沉重的，陸炳要以自己的官位和全家老小的性命來賭一個復仇，而李滄行追求的真相，也許會讓一生的最愛離自己而去。

一陣清風拂過，吹起陸炳額前的一縷半黑不白的頭髮，陸炳長嘆一聲，轉過頭來，輕聲說道：「滄行，真相對你真的就這麼重要嗎？你就沒想過，也許什麼都不知道，就這麼快快樂樂地活著，不也是一種幸福嗎？現在沐蘭湘已經回到你的身邊，你何不放下一切，跟她浪跡天涯呢？非要蹚這一潭渾水，對你，對她，又有什麼好處？」

李滄行堅定地道：「不，雖然小師妹是我一生最珍視的人，但是我師父、紫光師伯他們，被這個罪魁禍首害死，難道他們的仇，我就不報了嗎？如果我放下這些仇怨，自私地跟著小師妹在一起，我又豈能心安理得？就是小師妹自己，若是知道自己的父親是元凶首惡，她又怎麼能坦然面對？陸炳，逃避現實不是辦法，我終歸要去面對的，也許這就是我李滄行，還有我的小師妹，還有彩鳳，永遠無法逃過的宿命吧。」

說到這裡，李滄行眼中閃著淚光：「還有，鳳舞，我負了她這麼多，要是連為她報仇都做不到，那還算是人麼？」

陸炳幽幽地道：「滄行，總有一天，你會為你今天的決定後悔的。好，嚴世蕃我可以讓你審問一次，可是你記住，我只給你兩個時辰，武當那裡，我也讓你先去查，但無論結果如何，我最後都會和沐元慶有個了斷。」

陸炳說完，頭也不回地走下了山崗，只留下李滄行一人在那裡迎風獨立，勁風一陣陣地吹著他那刀削斧鑿般，稜角分明的臉，他喃喃自語道：

「李滄行，**你真的願意為了真相付出一切嗎？**」

小半炷香的工夫後，小山包上又多出了一個人，方圓三里之內，天地之間只有兩個人，一個站著，一個躺著，站著的漢子是李滄行，躺著的胖子是嚴世蕃。

這位在半天前還不可一世的小閣老，這會兒已經如被霜打的茄子一樣，軟癱在擔架上，原本梳得整整齊齊的頭髮，已經完全散亂，而那張保養得很好的臉上，這會兒居然是皺紋密布，彷彿這一瞬間，他整整地老了二十歲，看起來就像個風燭殘年的老人。

嚴世蕃的兩隻斷手處，已經用藥膏止住了血，身體被綳帶纏得嚴嚴實實，他的嘴唇沒有一絲血色，也許是因為失血過多，讓他整個人看起來沒有一點生氣，空洞的眼神中，也充滿了死亡和絕望。

李滄行抱臂而立，這裡是制高點，也是風吹得最急最快的地方，大風拂起他身後的藍色披風，他的一頭長髮更是迎風飛舞。

他不想看地上的嚴世蕃一眼，冷冷地說道：「嚴世蕃，時至今日，你還有什麼話想說嗎？」

嚴世蕃眼中閃過一絲怨憤：「天意如此，我嚴世蕃無話可說，李滄行，你贏了，可是你別太得意，你是笑不到最後的，總有一天，你會比我的下場還要淒慘萬倍！」

李滄行無奈地搖了搖頭：「你這人還真的是死不悔改。一輩子做了這麼多壞事，現在只能說是罪有應得，我跟你這種人又怎麼能相提並論呢？」

嚴世蕃冷笑道：「李滄行，你根本不知道自己在做什麼，也不知道你的對手有多可怕，你以為扳倒我就完了？呵呵，你做夢！等到你完蛋的那一天，你才會知道你有多愚蠢，多可笑！為了你那點自以為是的正義，總有一天你會失掉一切，追悔莫及的！」

李滄行眼中寒芒一閃：「我知道，在你的背後，還有一個可怕的人，或者說，有一股邪惡的勢力，在操縱著你，掌控著你，別人都以為你小閣老權傾天下，其實除了皇帝以外，你還受制於那個神秘的黑袍高手，我的直覺不會有錯，你這身終極魔功，應該也是此人教你的吧，不然就靠著你一個官家子弟，又如何能學到這失傳多年的邪惡秘術？」

嚴世蕃哈哈一笑：「李滄行，你自以為自己很聰明，總有一天你會死在自己這種自以為是上，不錯，你說得很對，我的終極魔功，還有楊慎的血手魔掌，都是這個人所傳，相比黑袍，他才算得上是我嚴世蕃的師父。李滄行，你跟他鬥，是沒有勝算的，他一定會為我報仇。」

李滄行質疑道：「既然你的這個師父這麼厲害，他為什麼這樣眼睜睜地看著你一敗塗地？這裡只有你我二人，如果他真的顧及你的死活，為何現在不出手相救？」

嚴世蕃閉上眼，感嘆道：「我從頭到尾也只不過是他的一顆棋子罷了，以前我認為我對他還有用，他不會就這樣放棄我的，可是現在看來我錯了，**棋子終歸是棋子，被放棄的時候也是毫不猶豫**。不過李滄行你別得意，他雖然不會救我，但一定會為我報仇的，你就算學會了幻影無形劍，也絕不是他的對手！」

李滄行放聲大笑：「是麼？既然他這麼厲害，為什麼現在不出手呢？剛才在密林裡有著上千錦衣衛，他不敢硬拼，可以理解，可是這裡只有你我二手，他還在猶豫什麼？殺了我，再滅了你的口，不是最好的選擇嗎？」

嚴世蕃冷笑道：「殺了你有什麼難的?!如果我師父想讓你死，你早就死了一萬次不止了，就是在剛才的小樹林裡，他老人家只要願意，這一千多人也根本不夠他殺的，李滄行，你是不是以為我在跟你開玩笑？」

李滄行心中微微一動，鳳舞在死前，也曾經和他說過，永遠不要嘗試為她復仇，還說自己面臨的對手是自己根本無法戰勝的，即使滅魔盟加在一起，也不是他的對手，當時自己還以為鳳舞是胡說八道，後來知道了沐元慶的事情後，又覺得鳳舞是不想自己向沐元慶尋仇，傷了沐蘭湘的心才這樣說，但今天聽嚴世蕃的話後，他又再次陷入了迷茫之中，難道這個人真的有如此可怕嗎？

嚴世蕃看到李滄行的樣子，臉上的肌肉一陣抖動：「李滄行，我不妨告訴你吧，我之所以想要服食金蠶蠱，成為仙人，就是因為只有我成了仙，才有一絲對抗我師父的希望，他的力量是人力根本無法想像和對抗的，你別以為你現在的武功蓋世，就能跟他抗衡，等你真正見識到他的本事時，你才會發現自己有多愚蠢可笑！」

李滄行眼中精光一閃，沉聲道：「他既然有如此本事，為何不救你，要看著你就這樣完蛋？」

嚴世蕃閉上了眼睛，搖著頭，幽幽地說道：「李滄行，你是不會明白的，我也是剛剛才知道，原來我的一舉一動，早就被他掌控得清清楚楚，無論我是如何想去反抗，想去突破，都不可能成功，**他是我永遠也不可能逾越的嘆息之牆**。」

說到這裡，嚴世蕃忽然睜開了眼睛，血紅的眼睛裡，一道陰冷的目光直刺李滄行，眼神中遍是怨毒與嘲諷之意，讓李滄行的心也不免為之一動。

只聽到嚴世蕃一邊笑著，一邊不停地向外咳著血，這會兒不少血塊已經凝固成了黑色，伴隨著不少內臟的殘片，觸目驚心。

李滄行心中大驚，一個箭步上前，按住嚴世蕃的右腿膝蓋，探查起他體內的經脈，一查之下，臉色大變，只見嚴世蕃體內五臟俱碎，經脈寸斷，竟然已似被人用重手法震碎了五臟六腑，就是大羅金仙回來，也不可能救得了他了。

李滄行咬牙切齒地道：「嚴世蕃，是誰傷的你？是陸炳？還是那個黑袍劍客？我雖斷你雙臂，又讓你成了太監，可未傷你內腑，是誰要你的命?!」

嚴世蕃冷笑道：「李滄行，別在這裡惺惺作態了，我嚴世蕃要麼活著享盡榮華富貴，要麼就是轟轟烈烈地死掉，絕不會做那種給人提到菜市口，一路上被人唾罵，最後還要挨那一刀的醜事。就跟胡宗憲一樣，寧可說什麼寶劍埋冤獄，忠魂繞白雲，然後自斃於獄中了！」

李滄行眉頭一皺：「你是自斷心脈的？」

嚴世蕃哈哈一笑：「既然我已經是個棄子了，那活著還有什麼意思，給你們繼續羞辱嗎？李滄行，趁著我還有口氣，你有什麼想問的，就直接問吧，看在我們鬥了這麼多年的份上，也許我會回答你一些問題。」

李滄行質問道：「那個黑袍劍客究竟是不是你們的幕後主使？是不是你、楊慎，還有沐元慶全是他的棋子？」

嚴世蕃點點頭：「不錯，他確實是我們的主君。李滄行，你怕不怕？」

李滄行恨恨地說道：「我怕什麼，要怕也不會跟他鬥到現在，都已經走到這一步了，我又怎麼可能退縮？他是誰？你不是被他拋棄了嗎？說出他的名字，我來幫你報仇！」

嚴世蕃冷笑道：「要告訴你的話我早就說了，**你已經陷入了一個死局當中，無法自拔，我倒是有興趣看著你是如何能自己發現真相，解開這個死局。**這個人的名字，你自己去找，但我是不會說的！」

李滄行心中惱火，按著嚴世蕃膝蓋的手不自覺地加了三分力，捏得嚴世蕃的膝蓋骨一陣劇痛，頭上冷汗直冒，嘴一張，「哇」地一聲，噴出一大口黑血出來。

李滄行連忙鬆開了手，臉上現出一絲歉意：「不好意思，我，我不是有意的，嚴世蕃，你為什麼這樣都不肯說出那人的身分呢？難道我幫你復仇不好嗎？」

嚴世蕃的嘴角掛著又黑又長的血涎，嗤了聲道：「李滄行，你真以為自己能贏得了他嗎？哈哈哈哈，等你見識到那人的可怕後，你就會發現自己是有多麼地可笑了。我根本不奢望你能給我報仇，我只想看著你如何被他玩弄於股掌之間，失去你的一切，痛苦萬分地死去。也許只有這樣，才能讓九泉之下的我，感覺到一絲快樂。」

李滄行聽了道：「好，那我不問你，我去問沐元慶，這總行了吧。你告訴我，這個黑袍劍客，是不是劍術極高，獨步天下？」

嚴世蕃嘴角勾了勾：「李滄行，不用拐彎抹角，你不就是想知道這人是不是雲飛揚嗎？我現在可以告訴你，不是。至於他是誰，你自己去查吧。」

李滄行對嚴世蕃這塊油鹽不進的滾刀肉實在是無可奈何，道：「這麼說來，我只有找沐元慶，才是唯一的線索了，對不對？」

嚴世蕃眼中突然閃出刺眼的精光，讓李滄行意識到這很可能是嚴世蕃的迴光返照，這種表情，在楊慎臨死前也出現過，連忙說道：

「你是不是跟楊慎一樣，也學了此人所傳的武功，終極魔功是不是也會反噬於你，讓你五臟盡裂，經脈寸斷？」

嚴世蕃鼻子裡淌出又黑又腥的血液，讓他本來就面目猙獰的表情顯得更加可怕，他哈哈大笑，狀若癲狂：

「不錯，正是如此，終極魔功在給了我無盡力量的同時，也在不停地摧毀我的身體，李滄行，你只怕不知道吧，年輕時的我，和楊慎一樣，也是玉樹臨風般的翩翩君子，你可知道我為何會變成這副模樣嗎？就是練了這終極魔功，邪氣反噬罷了，楊慎體內有金線蠱作為他的力量之源，而我，卻只能靠著採補之術來維持我的功力，今天我被你擊破氣門，功力盡毀，所以我體內的魔氣再也壓制不住，內臟盡裂，李滄行，你就是親手殺我的仇人，你覺得我應該找誰報仇呢？」

李滄行這才意識到，自己一劍閹了嚴世蕃，正好破了他的氣門，他的終極魔功本就是靠著採補之法獲得力量的，下身一破，自然散功暴體而亡，這樣算來，的確是自己親手要了嚴世蕃的命，儘管這並非出於他的本意。

李滄行咬咬牙道：「我哪知道這些，嚴世蕃，就算這樣，也是你作惡多端的下場，你害了鳳舞，害了那麼多人，賠上一條命，不也是應該嗎？就算我不殺你，難道國法就不會取你性命了?!」

嚴世蕃點點頭：「說得對。我確實是罪有應得。不過李滄行，你以為你就能逃過這個結局嗎？你這一身邪門的天狼刀法如何獲得的，你自己最清楚！本質上，你跟我和楊慎都是一路人，以凡人之體掌握了本不屬於凡人的力量，遲早會和我一樣的結局！」

李滄行厲聲道：「不，我和你們不一樣，我的力量是與生俱來的，雖然我不知道我是如何具有這天狼刀法的潛力，但是我有著不可思議的前世記憶，我不像你和楊慎，靠著金線邪蠱或者採補之法來獲得力量，所以我根本不可能和你們一樣，走入邪道，自我毀滅！」

嚴世蕃哈哈一笑，眼中的光芒也越來越黯淡，斷斷續續地說道：

「李滄行，其實，從一開始，我就知道…你所有的底細，你這身功夫怎麼來的，你這個大明宗室的身分，我師父都告訴過……我，要不然…你以為，我身為小閣老，為何要對你這個…江湖草莽這麼感興趣？你以為，就憑鳳舞，我…就會對你不死不休嗎？」

李滄行一把抓起了嚴世蕃胸前的衣服，看著他的眼睛，一雙虎目幾乎要噴出烈焰來，他一字一頓地說道：「告訴我，所有你知道的事，**我是誰？我這身天狼刀法哪裡來的！**如果你不說，我會讓你知道死都是奢侈的事情！」

嚴世蕃眼中光芒已經差不多要完全消散了，他的瞳孔開始放大，臉上卻掛著邪惡的笑意：「李滄行，我在地獄的門口，等著，你！」

說完這話後，他突然一張嘴，狂噴一口黑血，濺得李滄行的前襟到處都是腥臭的血漿和內臟的殘塊，然後他那個肥大的腦袋無力地向左一歪，一隻獨眼像死魚眼一樣瞪出眼眶，就此氣絕。

李滄行圓睜雙眼，一頭雄獅般的長髮在空中亂舞，厲聲吼道：「不行，嚴世蕃，你不許死，你給我活過來，告訴我一切！」

他的手按上嚴世蕃背後的大椎穴，強勁的天狼真氣源源不斷地輸入到嚴世蕃的體內，可是他的體內如同被火藥從中爆裂過似的，心肝肺腑幾乎都化為塊塊碎肉，天狼真氣除了讓他張開嘴，吐出更多的血液和碎肉外，已經起不到任何作用了。

經過一番徒勞的嘗試後，李滄行終於鬆開了手，陸炳的氣息就在他的身後一丈左右的地方，李滄行頹然地癱坐在地上，也不去擦拭身上的血肉，無力地說道：「陸炳，你是不是早就知道嚴世蕃必死無疑？」

陸炳點點頭：「你破他氣門的時候我就知道了，那時候你的心思全在給鳳舞復仇上，所以連他體內爆裂的聲音都沒聽到。」

李滄行長嘆一聲：「怪不得剛才你說即使我打死嚴世蕃也沒事，原來你早就知道他命不久矣，也知道這點時間不可能從他身上問出些什麼吧。」

陸炳賊笑道：「不錯，不過我還是要謝謝你幫我除掉嚴世蕃，省得他開口亂咬，拉我下水。所以從一開始我就根本沒指望能從他嘴裡探聽出什麼消息，你所要的真相，還得找別的線索才行。」

李滄行緩緩地站起身，面對著神色自若的陸炳：「怪不得你這麼急著要去找沐元慶，原來你早就知道嚴世蕃活不了多久，不想在他身上浪費時間。或者，是你已經知道嚴世蕃所知道的事情，但故意不告訴我？」

陸炳淡淡地道：「滄行，為什麼說這話？難道你覺得我是你的敵人嗎？」

李滄行上前一步，面沉如水：「嚴世蕃說，他知道我這身天狼刀法的來歷，也知道我大明皇子的身分，難道你不知道嗎？」

陸炳微微一笑：「你是正德皇帝遺腹子的事，不是早告訴我了麼？至於你身上具備的天狼刀法，你也跟我說是前世的記憶啊！」

李滄行喝道：「不對！就算我腦子裡有前世的記憶，可是我的身體又怎麼可能殘存前世的武功？陸炳，**你是不是有事瞞著我？**剛才嚴世蕃說了，他是從那個神秘的黑袍劍客那裡得知了我的一切，這才一直盯著我的。而你也是一直盯著我，以前你說是因為鳳舞，但現在我知道了，鳳舞甚至不是你的親生女兒，怪不得你把她送給嚴世蕃是那麼地毫不猶豫，**你敢說你和那個黑袍劍客沒有聯繫？**」

陸炳眼中露出憤怒之色：「李滄行，你是不是氣昏了頭，跟個瘋狗一樣亂咬一氣？嚴世蕃才是你的仇人，而我是這二十年來一直庇護著你，救你無數次的人，你說我圖你什麼？鳳舞雖然不是我親生，但我早就說過，在她的身上，我能找到她娘的影子，你是不是認為我陸炳真的是無情冷血？若是這樣，我又何必去找沐元慶尋仇?!」

李滄行被陸炳的聲色俱厲說得啞口無言，動了動喉結，半晌之後才開口道：「那麼，你就從沒有懷疑過我這一身神秘的力量是從何而來的嗎？嚴世蕃和楊慎為了獲得巨大的力量，要麼靠金線蠱，要麼靠採補，而我的天狼真氣卻是與生俱來，你真的沒有起過疑心？」

陸炳搖搖頭：「這個世上不可知的事情很多，我身為錦衣衛總指揮，看盡歷代的錦衣衛檔案，各種詭異事件太多了，所以早已見怪不怪。李滄行，你如何具有天狼刀法的，我並不感興趣，如果你要追查這個真相，只有你自己去親手揭開謎底才行。」

李滄行嘴角抽動了兩下，儘管直覺告訴他，陸炳一定知道些什麼，但是陸炳的回答卻是這樣的無懈可擊，讓他挑不出一絲破綻，他嘆了口氣，眼神變得落寞起來：「陸炳，你真的什麼也不願意告訴我嗎？」

陸炳面無表情地道：「你要我告訴你什麼？我又不是玉皇大帝，你這身天狼刀法怎麼來的，我怎麼會知道？李滄行，我很想幫你，但有些事情，我無法解釋，總不能空口說白話吧。」

李滄行猛的一抬頭，眼中神光一閃：「陸炳，你這麼急著扔下我，一個人去找沐元慶，究竟是為了什麼？是不是怕我從沐元慶的嘴裡知道什麼，所以要搶先下手？」

陸炳眉頭微微一皺：「李滄行，你是不是得了失心瘋，開始胡思亂想了？我剛才不是答應了，讓你先去找沐元慶嗎？」

李滄行搖搖頭：「不，不對，你一開始連沐元慶就是沐傑的事都不向我透露，一門心思想去武當找他，一定是想掩蓋什麼事，這回又把已經必死無疑的嚴世蕃扔給我，自己去找沐元慶，難道你還不承認？」

陸炳道：「沐元慶對我有奪妻之恨，我當然要找他報仇，不過你剛才提醒了我，這事會讓皇上對我有看法，所以我退一步，讓你先去找沐元慶，你自己被嚴世蕃死前的幾句話嚇到，對身上天狼戰氣的來歷起了疑心，卻無端的來懷疑我，這可一點不像智計百出的你啊。」

李滄行默然不語，想起嚴世蕃臨死前的那些話和詭異的笑容，此人恨極自己，自不待言，不向自己透露黑袍劍客的身分，卻又直言自己的天狼刀法來路可疑，必將步其後塵，言語間分明暗示只有在沐元慶那裡才能找到答案，而以自己的智慧，稍一思索就能想到陸炳一直想搶先找沐元慶，必然會把第一個懷疑的對象對準陸炳，**這會不會是嚴世蕃臨死前使出的反間之計，讓自己和陸炳互生疑慮，進而反目成仇呢？**

想著想著，李滄行一陣頭疼欲裂，胸中一股幾乎無法扼制的衝動，體內的天狼戰氣開始不受抑制地亂躥起來，他痛苦地彎下腰，蹲在地上，頭上冷汗直冒，臉色也變得忽而通紅，忽而慘白，如同變色龍一般。

陸炳臉色一變，驚道：「滄行，你這是怎麼了？怎麼有點像走火入魔的徵兆？」說著，上前一步想要搭上李滄行的肩頭查看。

一股絕大的力量從李滄行的肩頭反震出來，陸炳被彈出了四五步，幾乎站立不住，黑裡透紅的臉脹得通紅，剛才那一下，很像是先摸到了一塊熔岩，然後又是一陣寒冰灌體般的感覺，以他的內力之高，也幾乎抵擋不住，好不容易才定住身形，看著李滄行的眼神倏然一變。

陸炳沉聲道：「你這是控制不住天狼戰氣了？」

李滄行盤膝坐地，牙齒打著顫：「陸炳，我，這是要走火入魔了，你，你幫不了，我的，離，離我遠點，可能，我會傷到，你！」

陸炳擔心地道：「你現在的情況很危險，自己能應付得過來嗎？」

李滄行咬牙從牙縫裡迸出幾個字：「別，別管我，只有，會天狼刀法的彩，彩鳳才能，才能救我，陸炳，你，你走遠點！」

陸炳嘆了口氣，身形一動，幾個起落到了十餘丈外，他的聲音順著風遠遠地飄來：「滄行，好自為之！」

李滄行念起清心咒，體內狂躁的真氣暫時得到一點控制，他慢慢地抑制起體內如山洪爆發般到處亂走的真氣，一個周天下來，幾乎毫無進展，丹田裡空空蕩蕩地完全發不出力，胸部卻是越漲越難受，連腦袋都開始嗡嗡亂響了。

沐蘭湘柔美的聲音突然在李滄行的耳邊輕輕響起：「師兄，抱元守一，氣沉太虛，雙掌前出，快！」

李滄行心中一驚，一股強烈的真氣一下子卡到了嗓子眼，他趕忙閉緊嘴巴，這時候千萬不能洩氣，否則真氣破體而出，就再也無法控制了。

他艱難地震動著胸膜：「師妹，別，別靠近我，你，你幫不了我的，走，走啊！」

沐蘭湘的聲音中透出一絲堅定：「不，師兄，我和屈姐姐輪流救過你，我想我能幫上你的，再說了，師兄，我們不是說好的麼，有什麼事要一起面對！」

李滄行強忍著胸腹間排山倒海的真氣爆裂感，吃力地說道：「不，師妹，你，你不知道，這，這個和我昨天的不一樣，我會失去，失去控制，傷害我周圍所有的，所有的人，你，你離我越遠越好，走，走啊！」

兩片濕熱的嘴唇猛然蓋上了李滄行的嘴，熟悉的蘭花混合著處子的芳香鑽進李滄行的鼻子裡，他猛的一驚，只覺得沐蘭湘溫熱的嬌軀緊緊地貼住自己，一雙玉臂從自己的肋下環過，將自己圈住，一股清涼冰澈的真氣如醍醐灌頂般地從他的嘴裡灌入，就像七月的酷暑裡飲了一大碗冰鎮的烏梅湯，讓他體內熊熊燃燒的火焰給澆滅許多。

李滄行心道，這種真氣亂竄，完全失控的情形很少出現，打老魔向天行算一次；知道沐蘭湘大婚的那個晚上出現一次；大漠中，中了屈彩鳳的血液之毒，出現一次；巫山派大寨中看到小師妹與徐林宗相擁後醋勁大發時又出現了一次；除此之外，就是前天打完楊慎後被屈彩鳳無意中重創時也出現過。

可以說無一不是在自己受了強烈的刺激，幾乎失控的情況下出現的，幾乎每一次都是靠了屈彩鳳以氣渡己，才能勉強平復，但是今天沐蘭湘卻是用一股不知名的清涼真氣，強行鎮下這股無法控制的天狼戰氣，效果更在屈彩鳳為自己渡氣之上。

李滄行心中又驚又疑，沐蘭湘通過櫻桃小嘴傳來的真氣，連同她那編貝般整齊齊的玉齒，還有口中一抹羞澀、一觸即退的丁香，都是那麼地讓人陶醉，就好比李滄行體內那陣灼熱的真氣一下子被一座冰山冰鎮了下來，那種爽快感直接涼透了心。

李滄行震起胸膜，問道：「師妹，**你這是什麼內功？這不是武當的純陽無極心法，也不是天狼心法，怎麼能控制得住我體內的真氣？**」

沐蘭湘高聳的胸部震動著，兩團富有彈性的肉團隨著她的震動，輕輕地摩擦著李滄行的胸膛，兩粒櫻桃也明顯在這種劇烈的摩擦中，變得越來越堅挺，讓李滄行面紅耳赤，下身也火熱堅挺起來。

李滄行本想男女授受不親，想要向後擺脫一點，可是他只稍稍一動，沐蘭湘環著她的手卻變得更加嚴實，她的話聲傳了過來：「師兄，現在不可以動，你一動，就前功盡棄了，其他的事等你好了以後再說，現在排除雜念，抱元守一，氣沉丹田，隨我氣走！」

李滄行依言而行，任由這股清涼的內力在自己體內走遍四肢百骸，把不安分的內力導入到正常運行的經脈之中，他也漸漸地進入到物我兩忘的境界。

第九章

恩怨分明

李滄行表情嚴肅起來：「我們江湖兒女行俠仗義，
最基本的一條就是恩怨分明，
好比我們在滾龍寨的時候誅殺賊首楊一龍，
但不會對他的那些寨兵們也大開殺戒，
不管沐元慶是不是我師妹的爹，
我都會作同樣的選擇。」

不知過了多久，李滄行才恢復意識，只覺得自己周身的真氣已經完全運轉正常了，一股溫暖的內力正在自己體內緩緩而行。

他睜開眼睛，只見沐蘭湘閉著眼，臉上滿是淚痕，她的手在自己背後輕輕摩挲著，舌尖則是輕舔著自己的唇，那副表情，像是一個心碎萬分的女子，最後一次地吻著自己的情郎，是那麼地淒美，讓人心動。

李滄行胸膜微微一震：「師妹，你這是？」

沐蘭湘像是觸了電似地，粉臉變得一片通紅，李滄行甚至能感覺得到她臉頰上傳出的熱力，從她的櫻口中渡入自己體內的真氣，也從溫暖變成了略微有些發熱。

這下李滄行明白過來，小師妹渡給自己的真氣，是隨著自己體內的天狼真氣的熱度而變化的，前面天狼真氣暴走，體內烈火焚心的時候，她便渡以極寒真氣，而隨著自己真氣漸漸地恢復正常，沐蘭湘輸入的真氣也變得越來越溫暖，不至於因為陰寒之氣而讓自己剛被灼熱的經脈再度受損。

沐蘭湘的嬌軀已是一片濕熱，一身天藍色的道姑裝，更是跟水洗似地，幾乎是黏在了身上，把她曼妙的身材襯托地玲瓏剔透，足以讓每個男人都狂噴鼻血不止。

李滄行臉色大紅，沐蘭湘堅挺的胸部比起平時看來更要大出三分，隨著她劇烈的心跳，那種摩擦更加地迅速，儘管二人沒有直接的肌膚之親，但這種程度的親密接觸，也與那種情況無異了。

李滄行腦子裡只有一個念頭：懷中的這個女人是自己的，現在他就要她！除此之外，天地一切皆可棄！

李滄行伸出兩隻強壯有力的胳膊，緊緊地環住沐蘭湘的身子，她的嬌軀微微一震，想要向後退，李滄行的兩隻鐵臂卻摟得更緊了，他的舌頭狠狠地攪上沐蘭湘的丁香，貪婪地在沐蘭湘玉齒後的溫潤地帶來回遊走。

沐蘭湘臉上浮起羞澀的粉色，脖子上也泛起一片紅暈，震動胸膜道：「師兄，別這樣，這裡不合適。」

可是她的兩隻玉臂卻將李滄行的背摟得更緊了，她的舌尖在經歷了最初的躲閃後，也牢牢地和李滄行的舌頭纏在一起，本已汗濕的嬌軀，變得越來越火熱。

李滄行的手向沐蘭湘的腰帶解去，此刻，他滿腦子裡都是無數次在夢中出現過的那些在前世裡和小師妹纏綿悱惻的情景，現在美人如玉，就在自己的懷中，這份感情，這份衝動，他已經壓抑了三十多年，還等什麼呢？

沐蘭湘兩隻眼睛緊閉著，突然她狠狠地在李滄行的嘴脣上咬了一口，劇烈的痛感讓李滄行一下子叫出了聲：「哎喲！」

一睜眼，只見沐蘭湘滿面紅暈，緊緊環著自己的那雙手，開始不安分地尋找自己腰帶上的活扣，她的聲音如同囈語般，卻是那麼地具有誘惑力：

「師兄，愛我，愛我！」

李滄行再也忍不住了，一聲低吼，右掌一擊擊出，右邊的地面上一下子裂開一個深達兩尺的土坑，他抱著沐蘭湘，一個翻滾，翻進了那個土坑裡，緊接著，腰帶、外衣、道袍，乃至沐蘭湘的肚兜和底褲，一件件地飛到了坑邊。

原始而衝動的氣息瀰漫在整個小山包的周圍，天邊的一抹斜陽，卻把最美的金色餘暉撒在這裡，映襯著這座正在輕輕震動著的小山包。

不知過了多久，月亮已經高高地掛在夜空之中，坑中一對赤身的男女，如同在大洋上經歷了滔天風暴後平靜下來的海平面似的，雪白的月色灑在這個小土坑裡，映著李滄行那古銅色的健美肌肉，還有沐蘭湘雪白粉嫩的肌膚，以及鋪在地上的外套上那醒目的一抹紅點，給這片無邊的春色加上了一道血色浪漫。

沐蘭湘的臉緊緊地貼在李滄行赤裸滿是汗珠的胸膛上，她一頭瀑布般的秀髮披散了下來，覆蓋著李滄行的前胸，臉上寫滿了幸福，奇怪的是，她長長的睫毛上卻掛著晶瑩的淚珠，一顆一顆如珍珠似地，滴在李滄行的前胸上。

李滄行憐惜地看著沐蘭湘玲瓏珠玉般的身軀，早已癡了，這一刻，他覺得自己飛上了雲端，整個世界只剩下自己與師妹二人，剛才那番激戰，足足持續了有四五個時辰，直到以他這鐵打般的身軀也覺得有些疲憊，這才平復下來，與師妹摟在一起。

他的腦海裡遍是回味著剛才的美好與激情，直到覺得胸前有些水滴灑下，這才意識到沐蘭湘正在悄悄地流著眼淚，連忙坐起身，扶著沐蘭湘的嬌軀，把她的褻褲和肚兜拿過來，遮住她的身體，滿是歉意地說道：

「對不起，師妹，我，我……」

李滄行一抬手，狠狠地打了自己兩個耳光，臉頰高高地腫了起來，他正要再動手，手腕卻被沐蘭湘一把捉住，只見沐蘭湘螓首低垂，不敢看李滄行的眼睛，手裡拿著褻衣遮著自己的前胸，嬌羞地說道：「師兄，別這樣，我，我是心甘情願的。」

沐蘭湘話音剛落，兩顆晶瑩的淚珠又落了下來，李滄行看得真切，連忙扶住沐蘭湘的肩頭，急道：「師妹，你，你是不是很痛？我剛才是不是太用力，把你弄疼了，剛才你一直說不要，我卻只顧著自己，半刻也沒有停過，都是我的錯，對不起，對不起。」

沐蘭湘「撲嗤」一笑，抬起頭來，拭了拭眼中的淚水，一雙黑白分明的眸子，如同夜空中閃亮的星星，是那麼地楚楚動人：

「師兄，你壞死了，都占夠人家的便宜了，還要這樣消遣我。我要真的是受不了，早把你推開了，還會……還會讓你一直折騰到現在？」

她的聲音越來越低，臉也是熱得發燙，終於嚶嚀一聲，撲進李滄行的懷裡，羞得再也抬不起頭。

李滄行咧嘴一笑，手如同把玩一件藝術珍品似的，在沐蘭湘赤裸的後背上輕輕摩挲著，從小到大，這還是他第一次這樣接觸女性的胴體。

他柔聲道：「師妹，我，我雖然對這些事不太懂，但是我也聽說過，姑娘家第一次的時候會很疼，你是不是給我弄疼了才會哭呢？我記得你小時候最怕疼了，一摔痛了就會哭呢。」

沐蘭湘柔聲道：「剛開始的時候確實很痛，但後來就沒事了，師兄，想不到男歡女愛是這麼的美妙，我真的好開心，真的。」

李滄行忍不住在沐蘭湘的頭頂吻了一下：「這就好，師兄就怕把你弄疼了，對了，你趕快穿上衣服，這坑裡有不少小蟲子，到時候別爬到你身上了。」

沐蘭湘聽了，「呀」地一聲蹦了起來，這下子，兩隻修長的玉腿完全展現在李滄行的面前，那妙處更是直對著李滄行的臉，李滄行只覺得一股熱血直沖腦門，連鼻孔中都感覺有些鹹濕的液體向外流了。

沐蘭湘更是羞不可抑，趕忙轉過身，手忙腳亂地穿起衣褲來。

李滄行閉上眼睛，只聽沐蘭湘穿衣時窸窣的聲音，直到沐蘭湘輕聲說道：「師兄，我好了。」這才睜開眼。

沐蘭湘已經坐在坑外，背對著自己，春蔥般的玉指向後一指：「你先把衣服穿上吧。」

李滄行點點頭，迅速地把自己的衣物套上，卻見外套上血跡斑斑，心中一驚，一把摟住沐蘭湘，驚道：「師妹，你怎麼出了這麼多血？要不要緊啊？」

沐蘭湘「嚶嚀」一聲，在李滄行的胸前假搥了幾下，嬌聲道：「師兄，你壞死了，又來消遣人家。」

李滄行急道：「我哪有心思來消遣你啊，都是我不好，把你弄成這樣，你頭暈不暈，要不要我找大夫來給你看看？」

沐蘭湘笑著撲進李滄行的懷裡：「師兄真是笨得可以，什麼事都不懂。這個，女兒家第一次初經人事的時候，總會流些血的，難道沒人教過你這個嗎？」

李滄行這才恍然大悟，「嘿嘿」笑道：「師父從來不教我這些的，後來我闖蕩江湖，也不近女色，這個自然不知道啦。」

沐蘭湘脫開李滄行的懷抱，粉面通紅，轉過身子，向那片小樹林走去，李滄行拾起那件血色的外套，沉吟道：「我想把這衣服留下來做個紀念，這上面有我們第一次的美好記憶，以前我一直留著你給我的那塊月餅，後來被我丟了，所以，我希望有個其他的紀念品。」

沐蘭湘聽了，莞爾一笑：「大師兄，哪個男的會帶著這東西到處跑啊？我告訴你，只有女兒家會在第一次洞房的時候，在床上墊一塊錦帕，然後一生保留著，作為自己對丈夫忠貞不渝的紀念，男人嘛，則是會得到一個定情信物。」

李滄行不好意思地撓了撓頭：「對不起啊小師妹，沒人教過我這些，我什麼也不懂，那這衣服歸你了，你能給我一樣定情的信物嗎？」

沐蘭湘秀目流轉，從懷裡摸出一塊被藍色布帕包著的東西，遞給了李滄行。

在幾個時辰前兩人纏綿的時候，李滄行在為沐蘭湘寬衣解帶時就見過這東西，拿在手裡硬硬的，不知是何物事，也沒多想就扔到了一邊，這會兒見沐蘭湘遞了過來，好奇地打開後，臉色大變，可不正是以前自己從不離身，一直帶著的那個月餅？

李滄行張大著嘴，話都說不出來了。

只聽沐蘭湘幽幽地說道：「大師兄，你還記得這個我當年給你的月餅嗎？」

李滄行眼中淚光閃閃，顫聲道：「怎麼會不記得呢？師妹，這是我們兒時的中秋宴上，師公不讓我吃月餅，你把自己的月餅留給我，從那一天起，我就喜歡上了你，這輩子至死不渝，若說定情信物，沒有一樣能比得上它。只是，這東西在你大婚的時候，我掉落在後山了，你是怎麼找到的？」

沐蘭湘微微一笑：「當年師兄被幾個來武當觀禮的刀客所傷，後來擊殺了那幾個人，在那幾具屍體邊上，我發現了這個月餅，師兄，我知道這是你的寶貝，寄託了你對我的愛，所以我看到它後，就一直珍藏著，希望有朝一日能親手還給你。」

李滄行激動地把沐蘭湘擁進懷裡，連聲道：「師妹，我發誓，這輩子我再也不會把這東西給丟掉了，就像你，我再也不會離開你半步，我保證！」

沐蘭湘突然幽幽地嘆了口氣：「大師兄，我知道你愛我，但你背負的事情太多，要承擔的責任也太多，師妹阻止不了你去追求你想要的正義，只能向上天祈禱，祈禱你會平平安安。」

沐蘭湘看著手中的血衣，臉上現出悲戚之色：「其實，這些事也是我幼年時，我娘還沒死前教我的，可惜，可惜……」

她想到了自己的親娘，一時間悲傷不已，眼裡又盈滿了淚水。

李滄行最見不得沐蘭湘的眼淚，趕忙擁她入懷，柔聲安慰道：「師妹，別哭，我一定會為你娘復仇的，我答應你。現在我們已經是夫妻了，只要報了仇，我就放下一切，跟你浪跡天涯，好嗎？」

沐蘭湘的身軀微微一顫，輕聲道：「師兄，你準備怎麼報仇，能不能告訴我？」

李滄行聽出沐蘭湘語氣中的害怕，他知道沐蘭湘在擔心自己的父親，嘆了口氣，一邊撫著沐蘭湘的背，一邊說道：「師妹，這件事我們說過的，所有的證據都對你爹不利，但一切只有等我親自問過你爹之後，才能最終定奪。」

沐蘭湘抬起頭，眼中閃著淚光道：「師兄，能不能，我們現在就扔下一切，放棄所有的恩怨情仇，就此退隱江湖，不問世事呢？」

李滄行的心猛的一沉，向後退了一步，兩隻手也從沐蘭湘的後背移到了她的香肩之上，他的聲音不覺地抬高了幾度：「師妹，你這是什麼話？要我半途而廢嗎？離那個禍害天下，折磨我們多年的黑手只有一步之遙了，現在怎麼能放棄？」

李滄行心中激動，按著沐蘭湘肩頭的手也不自覺地加了幾分力，沐蘭湘眉頭微微一蹙，輕聲道：「師兄，你，你抓疼我了。」

李滄行嚇得鬆開了手，只見沐蘭湘眼中盡是委屈，珍珠般的淚滴掛在她長長的睫毛上，不住地向下掉，他心中感到無比的愧疚，面對這個剛剛以身相許給自己，為自己付出了一切的姑娘，自己又怎麼能這樣粗魯地對她、傷她呢？

李滄行撫摸著沐蘭湘的肩頭，眼中盡是關切之情：「師妹，你還疼嗎，都是我不好，一時情急，對不起。」

沐蘭湘目光直視李滄行：「師兄，我真的很害怕你這條追求真相的道路，從你被逐出武當開始，距今快二十年了，這麼多年下來，你我經歷了這麼多的痛苦，有這麼多人死去，就算知道了真相，又有什麼好處呢？難道你報了仇，紫光師伯就能活過來嗎？我真的累了，師兄，我們扔下這一切吧，你我去一個沒人知道我們的地方，我們隱姓埋名，不問世事，過著神仙眷侶的生活，好嗎？」

李滄行的眉頭擰了起來，他只覺得胸中又開始變得氣悶，不知道這是怎麼了，最近一段時間，他老是會這樣不自覺地衝動暴躁，莫名地就會發怒，剛才就是這樣運岔了氣，差點走火入魔，若非沐蘭湘相救，還不知道會是什麼結果。

他定了定神，壓抑著情緒，儘量平靜地說道：「師妹，你這是怎麼了？為什麼要阻止我去追尋這已經找了快二十年的真相呢？你是擔心你爹嗎？」

沐蘭湘眼中閃過一絲慌亂，緊咬著嘴唇，搖頭道：「不，我不是完全擔心我爹，我只是，我只是……」

李滄行道：「師妹，別瞞我了，從小到大，你在我面前說謊的時候總是這樣不自然，我一眼就能看得出來。我知道，你是擔心你爹，但你以為就算我不去查探，陸炳就會放過你爹嗎？他跟你爹的仇有多深，你不是不知道，要是他們兩個見了面，那才是真正的不死不休了。」

沐蘭湘幽幽地嘆了口氣，眼神變得落寞而空洞：「這些我都知道，大師兄，但我真的不是偏袒我爹，一定要站在他那邊逼你放過他，只是，我畢竟是他的女兒，這麼多年，他一手辛辛苦苦地把我養大，就算他做得再不對，我也不忍看著他被人尋仇，更不用說是你了，大師兄，你明白我的感受嗎？」

李滄行點點頭道：「正是如此，這件事我才必須要追查下去，事情已經越來越清楚，你爹也只是一個棋子，一個道具罷了，真正策劃一切，掌握一切的，不是你爹，而是那個神秘的黑袍劍客，現在嚴世蕃已經死了，你爹就是唯一的知情人，我們快去向你爹問明真相，其實是對你爹的一種保護呢。」

沐蘭湘睜大了眼睛，秀目中水波流轉：「怎麼可能是保護我爹呢？」

李滄行正色道：「那個黑手為了掩蓋自己的身分，極有可能會殺人滅口，這個人苦心策劃幾十年，一直隱藏於幕後，連嚴世蕃都不敢透露此人的身分，可見他的實力有多可怕，斷不會讓自己的真面目就這樣輕易暴露的。嚴世蕃說過，金蠶蠱只有一個，早已下在某人的體內，所以只怕你爹對這個黑手早沒有利用價值了，我們若是動作太慢，可能你爹會被此人滅口啊。」

沐蘭湘一動不動地看著李滄行，久久才嘆道：「大師兄，你還是執意要向這個黑手復仇嗎？真的不能別再管這件事了？」

李滄行睜大了眼睛，訝異地看著沐蘭湘。

沐蘭湘眼中泛淚，激動地說道：「大師兄，還記得十幾年前我在峨嵋時說的話嗎？那時我就說，我們的對手太可怕，你執迷於真相，只會給自己，給我們惹來越大的災難，我求你放手，帶我走，可是你卻無情地拒絕了，難道在你眼裡，這個真相比我更重要嗎？如果要作選擇，你是要真相，還是要我？」

李滄行緊咬著嘴脣，牙齒咬得格格作響，在內心深處，他也同樣地在問自己這個問題：**「如果只能選擇一個，我是要小師妹，還是要當救世的大俠？」**

李滄行這樣問了自己好幾遍後，深吸一口氣，決斷地說道：「師妹，如果真的讓我選擇，我選擇你，我可以扔下一切，跟你四海為家，什麼狗屁的責任，義務，俠義，都可以扔下。」

沐蘭湘眼中露出喜悅的神色，聲音微微地發著抖道：「真的嗎？師兄，你真的可以扔下一切帶我走嗎？」

李滄行點點頭：「不錯，經歷了這麼多的事情後，我已經厭倦了為別人，或者為了什麼虛無縹緲的正義而活著，與你分離。現在我前所未有地清楚了自己的內心，只有和你在一起，這才是我人生中唯一的目標。」

沐蘭湘激動地上前一步，緊緊地拉住李滄行的手：「那好，我們這就離開，到一個所有人都不認識，不知道我們的地方去，再也不問世事，好嗎？」

李滄行臉上神情堅毅，卻道：「不，師妹，現在還不行。」

沐蘭湘的神情在這一刻凝住了，如同被石化了似地，呆在原地不動，她的眼中流下珠淚：「原來，你還是在騙我，你還是扔不下這一切，在你的心裡，我永遠是第二位的！」

李滄行解釋道：「不，小師妹，正是因為我們要在一起長長久久，所以我必須要清除掉所有的隱患才行，你明白嗎？」

沐蘭湘狠狠地甩開李滄行的手，珠淚在風中飛揚：「大師兄，你又要說一樣的那些話嗎，又要說只有把那個黑手給徹底打倒了，他才不會追殺我們嗎？這話我已經聽了十幾年了，我聽夠了，這完全就是你想逞英雄的藉口罷了！」

李滄行澄清道：「小師妹，我不想做什麼英雄，我只想和你長長久久，只是那個黑手是不會放過我們的，你爹還在武當，他也知道我們一定會去找他，所以一定會先發制人地對我們下手，就算我願意跟你放下一切，到天涯海角，就能逃得過他的魔掌嗎？我們壞了他的大事，把他的合作者嚴世蕃，楊慎，還有你爹都一一揭發了，他難道就不會找我們報仇？」

沐蘭湘咬咬牙道：「不，只要我們隱姓埋名，到一個誰也不認識我們的地方去，那就不會有事，大師兄，我已經厭倦這樣打打殺殺，黑手也好，伏魔盟也罷，我都不在乎，我現在唯一的願望，就是能和你在一起長長久久。你若是愛我，就帶我走，從此不問世事。**我連我爹都可以不管了，你為什麼還要苦苦地追尋這個所謂的真相？**」

李滄行心中一動：「師妹，你說什麼？你不管你爹的死活了嗎？」

沐蘭湘抹了抹眼睛，幽幽地說道：「其實，我也知道，嚴世蕃和楊慎說我爹做的那些事，只怕都是事實，那些細節鐵證如山，任何人都不可能編出這樣的謊言，何況這一切，從沐朝弼、白所成還有陸炳那裡也能得到證實。我爹確實作惡多端，萬死也難辭其罪，我從小在武當長大，受到的是正統的教育，有這樣的爹，我不可能昧著良心去維護他，我甚至不能阻止你去向他尋仇。但是，大師兄，他畢竟是我爹，我也不可能眼睜睜地看著他被殺。所以，所以我能做的，只有遠遠地離開，聽不到任何有關他的消息，也許，這才是最好的結果。」

李滄行嘆了口氣，於情於理，即使自己不出手，無論是武當派還是陸炳，都不可能放沐元慶一條活路，即使他想將功贖罪，交代那個萬蠱門主的身分，也不太可能逃得一命。也許沐蘭湘說的這個辦法，還真是最好的解決之道。

但李滄行眼前又浮現出澄光和紫光的臉，他們冷冷地看著自己，渾身是血，似乎在對自己說，滄行，為什麼不幫我們報仇？為什麼？

緊接著，鳳舞的面容又在李滄行的眼前閃現，她看著自己的眼睛裡，淚光閃閃，充滿了幽怨，卻是一言不發，只是她前胸的那個血淋淋的大洞，還在向外不停地冒著血水，觸目驚心，她臨死前的聲音不停地在李滄行的耳邊迴蕩著：

「滄行，不要幫我報仇，不要……」

屈彩鳳的影子突然代替了鳳舞，那一頭霜雪般的白髮在風中飄落，眼中淚光閃閃，厲聲道：「李滄行，你要背棄你的諾言嗎？我師父，我的兄弟姐妹們的仇，你就不報了嗎？好吧，你和你的沐蘭湘走吧，走得遠遠的，我屈彩鳳這輩子也不想再看到你們！」

李滄行咬了咬牙，開口道：「師妹，這個真相，我已經追求了近二十年，不是我李滄行要逞英雄，而是師父和師伯的大仇，不得不報，師妹，我不相信你真的能放下一切，連你爹的生死也不顧了，就像我也不可能放下師父和師伯的仇不去報，如果我們真的就這樣逃避了，那還算是人嗎？就算我們能逃得到天涯海角，就能心安理得地活下去嗎？那樣一輩子都不會幸福的！」

沐蘭湘嬌軀一震，臉上的淚水已經流成江河，喃喃地說道：「終歸在你心裡，還是你師父和紫光師伯的仇更加重要，我在你心裡還是第二位。十幾年前你這是這樣選擇，十幾年後，你還是同樣的選擇。」

李滄行上前想要抱住沐蘭湘，她卻向後退了一步，臉上的表情也變得堅定起來，她擦乾眼淚，勉強擠出一絲笑容：「大師兄，你說得對，是我不好，我不該為了兒女情長而壞了大義，我錯了，以後這樣的事，我也不會再提。你說什麼，我就會聽什麼。」

李滄行嘆了口氣：「師妹，我真的不知道你在擔心什麼？我向你保證，我絕對會全力保下你爹的性命的，他並不是主謀，如果他肯將功贖罪，說出幕後的主使，我還有黑龍會，就算與武當，與錦衣衛為敵，也一定會保住他的一條命。」

沐蘭湘木然地道：「一切依師兄便是。」

李滄行聽得出沐蘭湘話中的失望，伸出手想去撫摸小師妹臉上的淚痕，沐蘭湘卻是反射動作般地扭過頭，避開了李滄行的手。

李滄行自從和沐蘭湘重逢以來，還從未見她這樣抗拒過，即使是剛才那陣纏綿，她與自己魚水之歡時，也沒有逆過自己一分半點，他心急道：「師妹，你告訴我，你究竟在擔心什麼？如果不是擔心你爹的性命，你還怕什麼？是怕對手太強，我無法應付嗎？」

沐蘭湘眼波一轉，無奈地嘆道：「大師兄，我知道你是個打定主意就不會改變的人，我再怎麼勸你也是無用，鳳舞也好，嚴世蕃也罷，都無法阻止你復仇的想法。就算明知對方遠遠強過自己，你也會毫不猶豫，毫不畏懼地迎戰，這才是蓋世英雄，這種男子氣概，凜然的正氣，也是最吸引我的一點，我又能說什麼呢？我畢竟只是個小女人，目光短淺，自私而狹隘，無論如何也不能妨礙你的正事。」

李滄行心如刀割，心疼地把沐蘭湘摟在懷裡。這一回，沐蘭湘沒有抗拒，但也沒有像剛才那樣把頭貼上李滄行的胸膛，就這樣麻木地站在原地，如同一段木頭，又冰冷地如同雪山上的千年積雪，讓李滄行心中也感覺到森森的寒意。

李滄行不停地吻著沐蘭湘的秀髮，這頭烏雲般的秀髮，散發著淡淡的幽香，是那麼地讓人心醉，若是在平時，李滄行會情不自禁地一路吻下去，吻到小師妹那雙誘人的紅唇，可是現在的沐蘭湘卻是全無興致，一言不發，如同泥雕木塑一般，李滄行再是百般慰撫，也無法讓她有片刻的歡顏。

沐蘭湘輕輕地說道：「大師兄，我今天有點累了，我們回去好嗎？」

李滄行知道一時半會兒打不開她的心結，只能點點頭道：「好，聽師妹的，你我今天已經成了真正的夫妻，以後也不必在人前躲躲閃閃，保持距離了，這一路回武當，讓我來好好照顧你，可好？」

沐蘭湘順從地說道：「一切聽師兄的安排。」

李滄行道：「老天不會那麼殘忍再讓我們分開的，師妹，你放心，只要我向黑手報了仇，我們就扔下一切，再也不問世事，好嗎？」

沐蘭湘沒有說話，腦袋埋進了李滄行的胸膛裡，月光把兩人長長的影子映在這片小山崗上，四周一片靜謐，李滄行又想起了多年前的那個奔馬山莊邊的夜晚，但願這一刻能天長地久，海枯石爛。

突然，一陣奇異的絲竹之聲響起，李滄行只覺得眼前一花，整個人一下子暈了過去，小師妹那淚光閃閃的嬌顏離他越來越遠，消失在一片茫茫的霧氣之中，他急得一聲大叫：

「師妹，不要走！」

李滄行猛的坐直了身子，卻發現自己仍然坐在那密林之中，十幾個手持火把的錦衣衛，把這片樹林照得一片通明，嚴世蕃那死豬一樣的肥胖身體正躺在地上，臉上還帶著邪惡的笑容，陸炳則是換了一身大紅色的錦衣衛官服，神情嚴肅，眉頭也緊緊地鎖著，不苟言笑。

李滄行左顧右盼，卻沒有見到沐蘭湘的身影，訝然道：「師妹呢？」

陸炳冷冷地說道：「李滄行，你這個人可真夠奇怪的，以前跟你師妹分開的時候，成天夢到她也就罷了，現在她人明明就在你身邊，你怎麼還是夢到她？」

李滄行看了看自己的身上，那件外套穿得好好的，沒有半分血跡，沐蘭湘那帶著蘭花味道的少女幽香也全然不見，他意識到自己剛才可能只是做了一個夢，喃喃自說道：「**這一切，都只是個夢嗎？**」

陸炳突然笑了起來：「也不完全是夢，你確實是沐蘭湘運功救回來的，只是她現在真氣消耗太大，已經先去調息了。」

陸炳又道：「李滄行，你可真的會給我製造麻煩，本來皇上的意思是要我生擒嚴世蕃，可以卻把他弄死了，這下子皇上會懷疑我是在殺人滅口，這回我可算是被你拖死了。」

李滄行心中黯然，他多麼希望剛才的那一幕是真實的，而不只是一個幻夢？

雖然這幾十年來，他無數次地在夢中與師妹這樣相會，卻沒有一次來得如剛才那樣真實。

他平復了一下情緒，說道：「陸大人，此事的前因後果你都很清楚，我只不過是無心之失罷了，再說捉拿此賊的時候，他可是全力拒捕，以他的武功，想要毫髮無傷地將之拿下，是難於登天的事，只能說便宜了這個賊子，沒讓他公開受到正義的處罰。若是皇帝有什麼責罰，我李滄行願意一人承擔。」

陸炳搖搖頭：「你一個人擔不起的，這麼多人圍著嚴世蕃，我卻讓你跟他單打獨鬥，這本就是有違律法的事，算啦，這事我會幫你扛下的，你記得跟我的約定，這就上路吧。」

李滄行點點頭：「多謝陸總指揮的幫忙，我和師妹這就去武當。」

陸炳嘴角勾了勾，道：「你這一去武當，千山萬水，一路上還得……」

李滄行耳邊突然響起陸炳傳音入密的聲音，問道：「滄行，我看沐蘭湘今天和你從小山包回來之後，神色就有些不對勁，到底怎麼了，還有，她是怎麼救你的？」

李滄行心中一動，也哈哈一笑，跟陸炳裝著說起一些無關緊要的事，實際上卻是胸膜振動，用傳音入密回道，「我還沒問你呢，我小師妹怎麼會來這山包，是你找來的嗎？」

陸炳點點頭：「是的，本來我想找屈彩鳳，可是剛離開就發現沐蘭湘往這裡走，她失魂落魄的，我叫了她好幾次她才回過神來。我還沒來得及問她屈彩鳳去了哪裡，她倒是主動問我你怎麼樣了。」

李滄行皺了皺眉頭，今天的小師妹確實很反常，一副心不在焉的樣子，而且似乎是非常害怕馬上就失去自己，聯繫到今天在密林裡跟自己說的那些話，她是一萬個不情願自己再回武當，想來一定是她不知道如何面對自己與他父親的恩怨情仇，所以只能選擇逃避了。

李滄行回想到在密林中時，自己的那個決定，沐蘭湘的失望滿滿地寫在臉上，就在剛才這一路走回之時，她都一言不發，心事重重，自己看小師妹這個樣子，雖然心中難受，但也無可奈何，退縮和逃避向來不是自己的風格，更何況那個黑手若是真有嚴世蕃說的那麼厲害，是絕對不會放過自己的，就算逃到天涯海角，也難躲他的追殺，自己是絕對不願意與小師妹的後半生都活在這種恐懼與自責當中的。

李滄行繼續密語道：「也許是她一時無法接受自己的父親就是沐元慶這個大魔頭的事實吧，換了任何人其實也難以接受的，我師妹是苦命之人，在最好的年華裡卻遭遇到最大的打擊，父親癱瘓，我又離她而去，她苦守我十幾年終於等我回歸，卻發現親身父親就是禍害天下的罪魁禍首，換了誰也很難承受啊，我覺得她能硬撐著不垮，已經是很堅強了。」

陸炳輕嘆了口氣：「其實，現在我每次看到沐蘭湘，也會想到鳳舞，李滄行，雖然鳳舞不是我的親生女兒，但我一手把她養大，看著她一天天地成長，早已經把她當成親生女兒一樣看待了，鳳舞為你而死的時候，我是真的恨不得殺了你，你可知道？」

李滄行想到鳳舞，心裡一陣酸楚，回道：「我是對不起鳳舞，以前我恨她，但現在對她只有滿滿的愧疚了。鳳舞是給那個黑手害死的，**我只有先找沐元慶問清楚了情況，查清這個黑手的身分，才能為她報仇雪恨！**」

陸炳點了點頭，密語道：「還有，沐蘭湘也會天狼刀法嗎？你們在一起怎麼這麼久？」

李滄行想到夢中和沐蘭湘終成夫妻的事，雖然明知是個夢，但臉上也是微微一紅，回道：「這事我也有點奇怪，她不是用天狼戰氣救我的，好像是用一種我不知道的冰涼內力，平息了我體內烈焰般燃燒的天狼內火，我剛才一直是半昏迷的狀態，還沒有問過她呢，還是改天再說吧。」

陸炳的眼中光芒閃閃：「滄行，你這天狼刀法，雖然威力驚人，但依我看來，這麼多年下來，你還是無法完全自如地控制，若說當年你在武當後山對我出手的時候，功力尚淺，又初次掌握這強大的力量，不好控制還情有可原，可是現在離那時候也過了十多年了，你的功力比起當年進步了不知道多少，可是我今天看你的這個樣子，卻似極為嚴重的走火入魔現象，只怕下次再發作，會比這回還要厲害，天地之間，能救你的只怕也只有沐蘭湘了，你最好問清楚她是怎麼救你的，把那套內力學過來，這樣才能自救。」

李滄行點點頭道：「今天嚴世蕃說過，**越是掌握這種不可思議的神秘力量，越要付出沉重的代價**，我覺得他這話說得有道理，楊慎是靠體內的金線蠱來驅動血手神掌，而嚴世蕃則靠著丹藥和採補之術練成了終極魔功，我這天狼刀法，本質上跟他們也沒太大區別，這些年來我也飽受其真氣不受控制，走火入魔時的痛苦，這些事情全部結束之後，我就帶師妹隱居山林，到時候散去這一身來歷不明的武功，也許可以活得更長久些。」

陸炳先是一愣，轉而哈哈大笑起來：「滄行，你不是開玩笑吧，你這一身天下所有的武人夢中求之而不可得的絕頂武功，就這麼散掉？好吧，就算你想散功，難道就不想著如何保護你的小師妹了？」

李滄行微笑著搖了搖頭：「不用，小師妹的武功，當世沒幾個比得上，早就不需要我保護了，再說，我怕我這一身的天狼刀法控制不住，哪天傷了我師妹，那可就是終身遺憾了。」

陸炳的臉色漸漸地沉了下來，上下打量著李滄行，似乎是想看透他的內心，判斷他是一時戲言還是認真的。

久久，他才搖搖頭道：「李滄行，我真是看不明白你，也罷，以後的事以後再說，你先想想如何從沐元慶口中得知真相吧。」

李滄行眼睛眨了眨：「這事我還需要陸總指揮配合一下，今天所有參與捉拿嚴世蕃的人，還請陸總指揮把他們集中在一起一個月，相互監控，就連如廁和睡覺都要幾人一組，斷不可把嚴世蕃和沐朝弼落網的事情洩露出去。」

陸炳點點頭，目光炯炯：「這點沒有問題，不過你得答應我一件事，那就是沐元慶的命你得給我留著，我要親自取他性命。」

李滄行的眉頭皺了皺，輕輕地密道：「陸大人，我有個不情之請，不知道你是不是能給我個面子，留沐元慶一條命？」

陸炳眼中突然精芒暴射，周身的氣場一陣散發，讓幾步之外舉著火把的錦衣衛們都感覺到一陣勁風撲面，紛紛向後退了幾步，一個個相顧失色，也不知道剛才還在和顏悅色地和李滄行話著家常的陸總指揮，怎麼一下子就翻了臉。

陸炳面沉如水，開口道：「你們都先退下，我和李大俠有話說。」

十餘個錦衣衛如逢大赦，抬起地上的嚴世蕃屍首就一溜煙地跑開，密林中只剩下陸炳和李滄行二人相對而立，站在濃濃的夜色之中，相對無言。

陸炳一雙眸子成了這會兒他周身上下最閃亮的地方，他平復了一下心情，密道：「李滄行，如果有人把沐蘭湘給殺了，然後我這時候來勸你對來人手下留情，你會聽嗎？」

李滄行輕嘆了口氣：「陸炳，我知道你心裡不好受，可是紀曉君的死，只怕並不是那沐元慶一人的設計，在他的背後，顯然有那個黑袍劍客的影子，如果我所料不錯的話，這個計畫，甚至從一開始讓紀曉君去找你，也是出於這個黑袍劍客之手，沐元慶從小把我師妹養大，那種父女之情絕非作偽，對我小師妹如此，又怎麼會狠心地去殺妻送女呢？所以我覺得他被人脅迫的可能更大。」

陸炳沉聲道：「可是你說過，楊慎對你說，這個送妻送女的事，是沐元慶自己計畫好的，與他人無關！怎麼，現在想到你小師妹了，就想要翻盤了嗎？」

李滄行搖搖頭：「這點我也想過，但我覺得楊慎的血手神掌，包括那個金線蠱，都是給嚴世蕃和那個黑袍劍客引誘著學成的，他在林鳳仙死之前，連那個黑袍劍客也沒見過，一切計畫，只不過是沐元慶和嚴世蕃跟他商量的，現在的情況已經很清楚，嚴世蕃和沐元慶都是聽命於那個黑袍劍客，楊慎只不過是一個外圍人物罷了，他知道的情況也很有限，所以可能會誤以為負責執行計畫的沐元慶就是主使者，卻不曾知另有高人。」

陸炳沉吟了一下，道：「即使如此，沐元慶也是實際執行者，我絕不會放過他的，再說，現在這一切只不過是你的推測，沒有任何證據，我不可能只憑你這一面之詞，就會饒沐元慶一命。李滄行，我給你個機會，你查明此事，如果沐元慶只是個棋子，那我可以考慮饒他一命，但若是他自已親自謀劃此事，那我必取他性命，你也阻止不了我！」

李滄行點點頭：「多謝陸總指揮的信任，我一定會為你查明真相的。」

陸炳冷冷地一轉身，大紅披風迎風而舞，踏步向林外走去，他的話卻隨風傳了過來：「滄行，我給你一個半月時間，不要讓我失望。」

陸炳的腳步聲漸漸地遠去，李滄行仍然一個人站在原處，凝神地思考著什麼，不知何時，他的背後出現了一個長長的，瘦高的黑影，全身上下裹在一件黑色的斗篷之中，只有一雙發著藍光的眸子一閃一閃，如同墳堆裡的鬼火，駭人之極。

李滄行輕嘆了口氣：「黑袍，你全聽到了嗎？」

黑袍一陣桀桀怪笑：「你跟那陸炳用那種互相傳音的秘術，我怎麼會聽得到？不過看你們的表情，我也能猜出個大概。老實說，這回老夫也是大出意外，想不到居然在這雲南之地，有這麼多的玄機呢。」

李滄行慢慢地轉過身：「你這個當師父的也真夠狠心，看著高徒嚴世蕃就這麼被我活活打死，也不吭一聲，對了，要是你早點告訴我他的氣門是在下體，我也不至於就這樣要了他的命，乃至斷了線索，真可惜。」

黑袍哈哈一笑：「我哪算他的什麼師父，今天我才知道，他還有個那麼厲害的師父呢，怪不得那終極魔功他練得比我還快，這小子瞞我瞞了這麼多年，讓我毫無察覺，也算是厲害。」

李滄行冷冷地道：「黑袍，你真的對那個黑袍劍客一無所知嗎？」

黑袍眼中寒芒一閃：「你該不會以為我就是那個黑袍劍客吧。」

李滄行搖搖頭：「你武功走的是陰寒詭異的路子，而且我沒見你用過那麼快的劍，所以楊慎第一次說那個黑袍劍客的時候，我就覺得並不是你。但是你跟嚴世蕃這種師徒關係，幾十年下來，真的對這個人的存在毫無感覺嗎？」

黑袍哈哈一笑：「李滄行，你以為我跟嚴世蕃的這種師徒關係，就像你們武當派那樣，天天見面，手把手教武功那樣嗎？嚴世蕃可是當朝貴胄，我只不過是他眾多師父中的一個，想要見他還得排隊，而且只有到他要召見我的時候，才會讓我和他見面，他還有哪些師父我是一無所知的。說好聽點是師父，說難聽點，也就跟大戶人家裡那種看家護院沒太大區別。」

李滄行遺憾地道：「這麼說來，你並不知道這個人的一切了？真是太可惜了。」

黑袍也好奇道：「不過天底下居然有劍術武功如此之高的人，居然可以殺得當年武功蓋世的林鳳仙連反抗的機會也沒有，我倒是有意看看此人究竟是何來路。李滄行，你對這人如此感興趣，究竟為的是什麼？」

李滄行道：「現在嚴世蕃已經死了，你不覺得這個黑袍劍客才是操縱嚴世蕃，楊慎，乃至沐元慶的一切幕後黑手嗎？」

黑袍冷冷回道：「那又如何？這和我們的大事有關嗎？李滄行，我勸你不要忘了我們真正要做的正事，別在這種無用的細枝末節上浪費時間。」

李滄行反駁道：「什麼叫無用的細枝末節？這個黑手與我有血海深仇，我這麼多年的遭遇全都是拜他所賜，這怎麼就成了細枝末節了？」

黑袍環視四周，確認無人潛伏後，才上前一步，壓低聲音說道：「我們的大事是起兵奪了天下，當天下在手的時候，想查什麼事情查不到？到那時候你就是把陸炳當條狗使喚，要他去追查這個什麼黑袍劍客，也是輕而易舉的事。」

李滄行搖搖頭：「到時候就晚了，這個黑袍劍客剛剛暴露出蛛絲馬跡，應該立即趁機追查，要是遲了，他就會切斷所有線索，再也無法追蹤了。」

黑袍事不關己地說道：「李滄行，那是你的事，與我無關，現在我最關心的，就是我們約定的起事之事還作不作數了？老夫早就跟你說過，我沒有時間等太久，現在你在東南的黑龍會已經站穩了腳跟，嚴世蕃這回又被誅殺，朝中嚴黨一定會人人自危，乃是起兵的最佳時機，若是錯過這次，恐怕我這一生都不會再有機會了！」

李滄行道：「你為什麼會覺得嚴世蕃倒了，我們就有機會了？嚴黨多是文官，並不掌兵，就算我們這時候起事，並不是好機會！」

黑袍不甘心地一甩袖子，斷然道：「不，李滄行，這回你別想再找藉口推辭了，嚴黨雖是文官，不直接掌兵，但大明的軍隊早已經腐敗不堪，再說軍隊的後勤補給，軍餉和武器都需要各地的官員調撥，大明文武分治，武官只有指揮權，卻無這些軍隊的供應權，這就讓軍隊不可能成為武將的私兵，必須要依賴於地方的文官，你這太祖錦囊裡應該有辦法讓軍隊效忠的詔令，而那些嚴黨官員，害怕被清算，正好借這次機會一併拉攏過來，這真是我們千載難逢的機會，錯過這次，一輩子可能都沒戲了。」

李滄行嘆了口氣：「黑袍，你究竟要建立一個什麼樣的天下？嚴黨的官員都是窮凶極惡，搜刮民脂民膏之輩，你靠了這些人得來的江山，又能坐多久？」

黑袍不耐煩地擺了擺手：「利用一下這些人罷了，等天下安定之後，自然可以拿出太祖舊制，對於貪官剝皮填草，以此震懾這些不法官員，但打天下的時候嘛，英雄莫問出身，只要對我有利的，自然就可以拉攏，使用！李滄行，你就給我句實話就可以了，這回幹不幹？」

李滄行堅定地拒絕道：「在查明這個黑袍劍客的身分之前，我是不會助你起事的，天下大亂，百姓受倒懸之苦，只為了你一個人的野心，這種事情，我現在不會做。皇帝如果能借這次機會剷除奸黨，爭取民心，那麼我們就算想要起事，也是違背民意，不可能成功的。」

黑袍的聲音抬高了八度：「好啊，原來這麼多年來，你一直是在騙我，敷衍我，**從頭到尾，你根本就不想起兵奪位，對不對?!**」

李滄行正色道：「黑袍，我的態度從頭到尾都很明確，那就是待機而動，而不是指望什麼虛無縹緲的太祖錦囊，一個死了快兩百年的開國皇帝留下的詔書，能有什麼作用？黑袍，天下的民心早已經不會向著建文皇帝了，如果在位的皇帝能讓他們過上安定富足的生活，誰又會為一百多年前的皇位更替而報仇雪恨呢？當年的天下人都拋棄了建文帝，更不用說現在了。」

黑袍咬牙切齒地道：「好，好，我算是明白了，反賊的後人就是反賊，永遠也不會變，你再怎麼說也是朱棣的子孫，自然不會助我成事，也罷，你既然不肯幫忙，我就會用自己的方式來解決問題，李滄行，你可不要後悔！」

李滄行淡然一笑：「怎麼，黑袍，想要翻臉與我為敵了嗎？」

黑袍眼中冷芒一閃：「這可是你逼我的，我給你耍了這麼多年，這筆賬早晚要向你討還，現在你還沒擋我的路，一旦你成為我通向皇位之路上的絆腳石，哼！」

黑袍突然右掌一揮，一股迅猛剛烈的黑氣，向五丈外的一棵大樹劈去。

李滄行臉色一變，左手瞬間打出一招「天狼刀法」，一個血紅的狼頭奔湧而出，震得那道黑氣稍稍一偏，掌風掠過一棵足有兩人合抱那麼粗的大樹，一道大紅的身影飛天而起，白光一閃，兩道凌厲的刀光斬出，撞上那道黑氣。

「轟」地一聲巨響，這棵大樹被打得從中炸裂，粗壯的樹幹緩緩倒下，碎葉與木屑漫天飛舞，而在天空中緩緩伴月而下的那個身影，漫天的白髮隨風飄揚，杏眼中殺氣四溢，可不正是屈彩鳳？

黑袍冷笑道：「李滄行，我最後給你一個機會考慮，下次你若是再拒絕我，那就休怪我黑袍翻臉無情了！」

他的身影鬼魅般地一閃，李滄行只覺得眼前一花，他身上寬大的黑袍就消失在了十餘丈外的密林之中，夜色如水，好像什麼也沒有發生過。

李滄行轉過身來，只見屈彩鳳看著自己的眼神充滿了幽怨，剛才還威風凜凜的玉羅剎，這會兒在自己面前，就像一個受盡了委屈的小女生，他輕輕地說道：「彩鳳，你怎麼又回來了？」

屈彩鳳咬著紅唇，恨聲道：「因為有些事情，不跟你說清楚，只怕你我以後會一輩子反目成仇。正好趁現在沐蘭湘不在，我有話要跟你說。」

李滄行點點頭：「你還是堅持要為你師父報仇，殺了沐元慶是嗎？」

屈彩鳳粉面如同罩了一層嚴霜：「不錯，今天我才知道，師父不僅僅是師父，還是我的母親，身為徒弟，身為人女，此仇不共戴天！滄行，如果你是我的話，你會眼睜睜地看著仇人在眼前，卻不去復仇嗎？」

李滄行開導她道：「彩鳳，你冷靜一點，仇人未必是沐元慶，如果我的推斷屬實的話，沐元慶充其量也不過是個幫凶，真正的元凶首惡，只怕是那個黑袍劍客才是。」

屈彩鳳杏眼圓睜道：「滄行，事到如今，你還要為沐元慶開脫，找藉口嗎？就算他是給指使的，那金線蠱是他練出來的吧，只此一條，我向他復仇，過不過分？」

李滄行一時語塞，這一條確實是無法洗脫的罪名，按理，就算不是沐元慶親自下的手，但金線蠶作為凶器，害了林鳳仙的性命，卻是毫無疑問的事實，就算是屈彩鳳要為母報仇，也是合情合理的事。

「殺母之仇，不共戴天，你確實有充分的理由向沐元慶尋仇，就算他是幫凶，但你要取他的性命，也是應該的。」李滄行認同地說。

屈彩鳳眼中閃過一絲喜色，原本板著的臉也稍微鬆弛了一些，她收起刀，把背上的兩隻刀鞘一插，林風吹拂著她那霜雪般的白髮，風姿綽約，足以迷倒每個見到她的男人。

她不經意地撩了撩頭髮：「那就對了，我還以為我不認識你了呢，以為你會為了你的小師妹，變得不辨是非了呢。沐蘭湘當然有理由維護他的父親，可是你李滄行並沒有這個血緣關係，也不應該這樣助紂為虐。」

李滄行搖搖頭：「彩鳳，你總是誤解我的意思，我絕沒有說不向沐元慶尋仇，要他付出應有的代價，我只是說，在調查清楚之前，不要直接就取他性命，那樣只會讓背後的元凶首惡高興。」

屈彩鳳臉色微微一變，眉頭又皺了起來：「那然後呢？就算沐元慶說出了線索，你是不是也準備饒他一命？不再向他尋仇了？滄行，你不會想跟我說什麼冤冤相報何時了吧。我告訴你，我屈彩鳳恩怨分明，這仇我一定會報，就算沐蘭湘再回過來向我尋仇，我也受著就是，哪怕我死在她的劍下，也不會有任何遺憾和後悔的！」

李滄行嘆了口氣：「何至於此啊，難道就不能找個更好的辦法來解決嗎？彩鳳，你和師妹這一路下來也已經情同姐妹了，你就忍心和她反目成仇嗎？」

屈彩鳳嘴角勾了勾，眼中也現出一絲哀傷的神色：「我並非無情之人，妹子的性格我非常喜歡，這一路上，我們同生共死，早已經是情同姐妹，尤其是她居然對我喜歡你沒有表現出一般女人的嫉妒，這更讓我感動，但是，父母之仇不共戴天，這也許是上天註定的悲劇，我沒有辦法因為和你，和她的關係，就放棄我師父，放棄我娘的大仇。所以當我報完仇之後，沐妹妹也好，你也罷，想要向我尋仇，我眼皮絕不會眨一下。」

李滄行一動不動地看著屈彩鳳：「既然如此，你已經打定了主意，為何又要去而復返呢？你不是來徵求我意見，也不打算聽我勸說的，何不自己直接去找沐元慶呢？」

屈彩鳳咬咬牙道：「滄行，我現在知道的直接仇人是沐元慶，可是你說得對，他只怕也是個受人指使的工具罷了，老娘不僅要向沐元慶復仇，更是要向這個主使者復仇才是，所以，我才要回來找你幫忙。」

李滄行微微一笑：「哦，彩鳳你自己不能向沐元慶問明白嗎？為何非要找我？」

屈彩鳳氣得一跺腳：「滄行，都什麼時候了，你還有心思尋我的開心，我性子急，你又不是不知道，要是我就這麼去找沐元慶，只怕一言不和我就會拔刀動手，到時候殺了他，線索可就全斷了。你腦子靈光，還會裝，這事非你不可。」

李滄行點點頭：「也好，彩鳳，你真的執意要找沐元慶復仇嗎？其實我一直想說，那個金線蠶是楊慎下在你娘身上的，就算是沐元慶煉出來的，他也很可能只是受人的指使甚至是逼迫，你真要復仇的話，還是要找清楚對象才是。」

屈彩鳳恨恨地說道：「滄行，你三句話不離讓我放棄報仇，究竟是什麼意思？如果不是因為你和沐蘭湘的這層關係，你會這樣對我一阻再阻嗎？」

李滄行的表情變得異常嚴肅起來：「會的，因為我們江湖兒女，行俠仗義，最基本的一條就是恩怨分明，就好比我們在滾龍寨的時候誅殺賊首楊一龍，但不會對他的那些寨兵們也大開殺戒，這就是**元凶必誅，脅從不問**。不管沐元慶是不是我師妹的爹，我都會做同樣的選擇。」

屈彩鳳嘴角勾了勾，一動不動地看著李滄行的眼睛，久久，才輕輕地嘆了口氣：「罷了，說這些大道理，我總是說不過你，那你究竟要我怎麼樣？」

李滄行平靜地說道：「彩鳳，我能完全理解你的心情，這個操縱金蠶蠱，想要修仙長生的黑手，跟我也是不死不休的大仇，原來我在來雲南以前，以為這個萬蠱門主就是凶手，但是現在看起來，**真正的元凶，還是那個黑袍劍客，如果我猜得不錯的話，挑起當年正邪大戰的，也是此人**，只有真正查到了這個人，把他的陰謀公之於天下，再將之攻殺，才是最好的報仇方式，我想也只有這樣，才能讓你師父在九泉之下得以瞑目，對嗎？」

屈彩鳳眼中淚光閃閃，一想到自己的師父，也是自己的母親，那樣的慘死，她的眼淚就再也止不住了，她側過身，輕輕地拭著自己的眼睛，李滄行默默地看著她獨自神傷，又想到了自己師父死時的那副慘烈之情，不覺也是雙眼微紅。

屈彩鳳抬起頭，勉強擠出一絲笑容：「滄行，聽你這樣一解釋，我的心裡好受多了，你說得對，也許沐元慶也只是一個工具罷了，找他報仇沒什麼用，反而可能會斷了線索，其實，其實這道理我也明白，但我就是過不了心裡的那道坎，所以我才想來找你，也許，也許在我的內心深處，也是希望你能好好地說服我吧。」

李滄行長出一口氣：「彩鳳，你能這樣想就好了，老實說，你那樣負氣而走，我真的有些擔心，一來是你的傷勢未癒，二來，是我怕你這樣一怒之下上武當山，很可能非但查不出真凶，反而會惹出天大的麻煩出來。」

屈彩鳳不高興地一挑秀眉：「滄行，你是不是也太小瞧我了啊，我就算上武當，也肯定是要先禮後兵，問個清楚的，總不可能上來就殺人吧，能惹什麼麻煩？」

李滄行雙目炯炯地道：「不，我想事情沒有這麼簡單，雖然我已經讓陸炳作了保密和防範，可是那個黑手有可能會知道我們在這裡的事情，如果他以沐元慶為誘餌，設下什麼圈套，那可就不好辦了！」

屈彩鳳大眼眨了眨：「他能設什麼圈套呢？我想他殺了沐元慶滅口，切斷所有的線索才是上策吧。」

李滄行冷笑著改用傳音入密的方式對屈彩鳳密語道：「彩鳳，如果我是這個黑手，絕不會就這樣簡單粗暴地斷掉線索的，如果這時候殺了沐元慶，那無異於不打自招，承認自己所有的罪過。到時候不僅是我，還有滅魔盟，包括錦衣衛，都會全力追查他的下落，**這個人不是一個人在戰鬥，他有一個龐大的秘密網路，順著嚴世蕃這條線索查下去，早晚會現形的。」**

屈彩鳳秀目流轉，回道：「嗯，你說得有道理，只怕連那魔教冷天雄，還有世上所有對那個金蠶蠱有想法的人，都會來找他的，這人不可能真正地徹底消失，總要有所動作，所以他殺了沐元慶，也不可能隱藏自己的行蹤。那麼滄行，你覺得他會怎麼做呢？」

李滄行微微一笑，這個問題在他剛才的思緒中開始變得清晰起來：「他會利用你急於報仇的心理，把仇恨引到你身上，試問如果那沐元慶故意裝著不能動，那麼你情急之下，萬一對他出手，一下打死了沐元慶，那怎麼辦？」

屈彩鳳先是一愣，轉而哈哈一笑：「你還別說，滄行，這事我真的幹得出來呢，嗯，要是這樣的話，武當上下自然以為我再次打死了武當的長老，你就是去解釋，滅魔盟的人也不會信的，到時候像楚天舒這樣的人肯定也會趁機挑撥，逼著各派對我出手，到時候你要是想維護我，勢必也要和這些正道各派翻臉成仇，那時候我們只會自相殘殺，這個黑手是萬萬無法追查下去了。」

李滄行讚許道：「彩鳳，你真是聰明，一點就通，現在你明白我的苦心了吧，我絕不是不讓你報仇，而是說要報仇一定得找對了對象，你說是不是呢，師妹？」

屈彩鳳臉色一變，她剛才只顧著和李滄行說話，一時失神，沒有意識到沐蘭湘已在附近，只見一邊的草叢裡，一個高挑婀娜的藍色身形站了起來，清秀的臉上滿是憂傷，嘴裡緊緊咬著烏黑的秀髮，可不正是沐蘭湘?!

沐蘭湘幽幽地道：「師兄，你是怎麼知道我在一邊的？」

李滄行嘆了口氣：「我若是連你都感知不到，那在這個世上活得還有什麼意思？剛才我改用傳音入密的時候，就是知道你已經到附近了，師妹，難道我們之間已經有了隔膜，連面對面地說話也不可以了嗎？」

沐蘭湘使勁地搖著頭：「不，不是這樣的，我只是，我只是……」

李滄行笑道：「好了，小師妹，你的想法我都清楚，換了我在你這個位置上，也會同樣的無所適從，現在好了，彩鳳已經冷靜下來了，你還有什麼可擔心的呢？」

屈彩鳳上前幾步，拉起沐蘭湘的雙手：「好了，妹子，剛得知這消息的時候，我一時情緒激動，對你也態度不好，得罪的地方，你可千萬不要往心裡去啊，你也知道，我就這個急脾氣。」

沐蘭湘嘴角勉強勾起一絲微笑：「我怎麼會怪姐姐呢，我只是，真的不知道該怎麼辦，一想到我爹，我就，我就……」

說到這裡，她的聲音變得哽咽，眼中也是淚花閃閃，再也說不下去。

李滄行嘆了口氣，密語道：「彩鳳，我有些話想和師妹單獨說一下，你在這裡等我們一會兒，我們馬上就過來，好嗎？」

屈彩鳳撩了撩額前的秀髮：「你們兩口子的悄悄話，我可不想聽，我回城裡的客棧了，腳上的傷我也要處理一下，你們慢慢聊吧。」

她大紅的身形沖天而起，在幾棵大樹上如靈猿般地閃轉騰挪，很快就不見了蹤跡。

第十章

重回武當

李滄行看著闊別了十餘年的武當，心中感慨萬千，
自己人生中最美好的記憶，還有最刻骨銘心的往事，
都是發生在這裡，現在故地重遊，
卻是年華已經逝去，即將面臨痛苦的選擇，
這回的武當之行，真的能一帆風順嗎？

李滄行看著對面的沐蘭湘，她的臉上不見任何喜悅的神色，頭微微地扭向一邊，李滄行嘆口氣道：「師妹，彩鳳已經答應不會莽撞地向你爹尋仇報復了，你這回該安心了吧。哦，對了，陸炳也答應了。」

沐蘭湘幽幽地道：「大師兄，我現在擔心的根本不是我爹的事情，老實說，剛才我想了許多，屈姐姐說得有道理，如果他真的是做了這麼多的壞事，那麼，不管是什麼樣的下場，也是罪有應得，謝謝你一直為我爹這樣開脫洗罪，但是我現在擔心的真的不是我爹，而是，而是……」

說到這裡，沐蘭湘抬頭看了李滄行一眼，眼中充滿了一言難盡的複雜神色。

李滄行柔聲道：「**你擔心的，是我的安危嗎？**是怕我對付不了那個黑手？」

儘管現在他已經知道剛才只不過是自己做了個美好的春夢，但夢由心生，只怕沐蘭湘在夢裡說的，也差不多是她本人的真實想法吧。

沐蘭湘嬌軀微微一顫，猛的撲進李滄行的懷裡，李滄行能感覺得到她淚水橫流，把自己的胸口衣服都弄得一片透濕：「大師兄，我真的好害怕，這回我們面對的是前所未有的強敵，現在在這個世界上，包括我爹在內，我都可以失去，只有你，我不能離開，我真的無法想像萬一沒了你，會是什麼樣的情況！」

李滄行心中一陣暖意，輕撫著沐蘭湘腦後的秀髮，在她頭頂的道姑髻上吻了一下：「好了，師妹，我不會有事的，你放心，現在的我不是當年莽撞衝動的熱血少年了，我知道分寸，不會貿然地以卵擊石的，就像嚴世蕃，以前強過我的也不是一點半點，但我隱忍這麼多年，終於在今天把他徹底地打敗，這個黑手，我也一定會最後戰勝他的。有你陪在我的身邊，我怎麼捨得去死呢！」

沐蘭湘連忙伸出手，堵住了李滄行的嘴：「這個字可不能亂說。」

她突然意識到李滄行是用傳音入密的方式和自己說話，並非字從口出，一下子也羞紅了臉，拿開了自己的小手，轉過了身，心中一陣心猿意馬。

李滄行哈哈一笑，從背後環住沐蘭湘的纖腰，她明顯地震動了一下，低聲道：「師兄，別這樣。」可是溫潤的嬌軀卻不由自主地靠上了李滄行寬闊的胸膛。

她閉上眼睛，臉上充滿了幸福，在心愛之人的懷裡，讓她格外地有安全感，所有一切煩惱都拋到了腦後。

李滄行輕輕地吻著沐蘭湘的脖頸，低聲地道：「師妹，我答應你，不會莽撞，不會亂來，我現在已經有了成熟的計畫，一定能查出這個黑手的下落，我答應你，只要解決了此事，我們就遠離江湖，再也不問世事。」

沐蘭湘睜開眼睛，微微一笑：「師妹一切聽你的。」

李滄行鬆開了手，道：「好了，我們也該去找徐師弟和林師妹他們了，接下來的事，我們要好好計畫一下。」

沐蘭湘含笑道：「好，那我去找屈姐姐了，咱們在客棧碰頭吧。」

李滄行想到在山崗上的事，忍不住問道：「對了，我剛才在崗上走火入魔的時候，你是用什麼辦法救我回來的？」

沐蘭湘臉上微微一紅，轉而笑道：「是用我們武當的純陽無極功啊，還混合了一些峨嵋派的冰心訣，很快就把你的內力給導正了，師兄，其實你這內力很好引導啊，沒想像中的那麼難治。」

李滄行眉頭一皺：「就這麼簡單嗎？嗯，好吧，辛苦師妹了，那咱們分頭行事。」

沐蘭湘轉身離去，李滄行默默地看著她遠去的身影，剛才她抱自己的時候，他特意注意了一下沐蘭湘右臂上的那個守宮痣，紅豔豔的還在，格外地醒目。

想到夢中和沐蘭湘的那陣纏綿，李滄行不禁喃喃自語道：

「真的只是夢嗎？」

他甩甩頭，眼中神光一現，發足向另外一個方向奔去。

十二天後，武當山上。

真武大殿前的練功場上，辛培華正帶著一批中堅弟子們在場上練習陣法。

自從落月峽之戰後，伏魔盟各派親眼見識到了魔教總壇衛隊那種三五人小隊結陣時的強大戰鬥力，尤其是在千人級別的群戰中，小隊與小隊之間的配合，更是可以把戰鬥力成倍地增加。

少林派的一百零八羅漢棍陣雖然也是威力巨大的陣法，但人數太多，需要的空間很大，群戰的效果還不如這種三五人一隊的小組作戰。

戰後，伏魔盟各派痛定思痛，開始苦練各種陣法，像武當就把以前創建時張三丰留下的**真武七絕陣法**拿出來加以改進。

這真武七絕陣當年是武當七子聯手使用，對功力的要求極高，絕大多數武當弟子根本達不到這要求，於是當年的紫光道長只好去繁就簡，省去了許多精妙的殺招與變化，變出了一套簡化版的真武七絕陣。

經過了這十多年來武當上下的改進與發展，這套七人合使的真武七絕陣已經初步完善，歷次武當弟子與魔教精銳的上規模群戰中都會使用此陣。

由於武當弟子功力精純，配合時間也比臨時召集的魔教各分舵成員要長許多，因此幾次大規模的交戰都占了上風，有了一次接一次的勝利，武當弟子們也是越打越有信心，即使是只入門三四年，連連環奪命劍也沒學全的弟子們，擺起這真武七絕劍陣，也是有模有樣了。

自從兩個月前，徐林宗秘密以出巡為由，帶了幾十名弟子下山之後，武當上下的大小事務就暫時交由小師弟辛培華來掌握，二十多年前青澀的小師弟，現在已經成了一個沉穩內斂的中年道人。

身為武當派執劍長老的他，這會兒頭戴道冠，穿了一身深藍色的長老玄袍，看著場內的數百名弟子一招一式地演練著七絕陣法，可是他的眼光卻顯得有些散亂，撫著黑色的長鬚，若有所思。

一個三十上下，穿著天藍色精英弟子袍的道人，正是辛培華的嫡傳弟子木松道人，看到辛培華這樣子，小聲問道：「師尊，您這是怎麼了？」

辛培華的思路被木松道人從遠處拉回，嘆了口氣：「唉，木松，你說掌門師伯這一走就是兩個月，一點消息也沒傳來，這究竟是怎麼回事啊。」

木松微微一笑：「滅魔盟才成立，掌門師伯想必是四處聯絡其他各派去了，這回他走得這麼隱秘，對外只說閉關三個月，要不是師父您昨天告訴弟子，弟子現在還以為掌門師伯在關內呢。」

辛培華的眉頭仍是緊鎖著：「我總覺得事情有些不對，往日掌門師兄外出，總會派人回武當報個平安，也會和我以飛鴿傳書的方式掌握武當的情況，可是這回他一走兩個月，一點音信也沒有，只怕……」

說到這裡，辛培華收住了嘴，陷入沉思之中。

木松臉上的笑容也漸漸褪去，憂心道：「師父，那現在怎麼辦？要不要弟子下山一趟，去聯絡掌門師伯呢？」

辛培華沉吟一下，搖搖頭：「暫時沒這個必要，這兩天再看看吧，若是三個月後掌門師兄仍然沒有消息，那你再下山，去浙江台州聯絡黑龍會的會長李滄行。」

木松嘴角勾了勾：「師父，我們武當的家務事，為什麼要讓外人插手呢？再說，這個黑龍會裡魚龍混雜，跟我們伏魔盟的各派也沒什麼往來，還有些人說，說……」

他看了一眼辛培華，把到嘴邊的話又給吞了回去，低頭不語。

辛培華哼了聲，接口道：「說李會長跟妙法長老之間不清不楚的，對不對？」

木松咬咬牙，抬頭道：「我聽別的門派的師兄弟說，這個李會長早年出身我們武當，後來就是在山上犯了色戒才給趕出師門的，後來還在錦衣衛裡混過多年，跟倭寇還有些關係，這樣的人和門派，不少師兄弟都反對跟他們結盟，弟子實在是不明白，為什麼妙法師姑要和他扯在一起，甚至不肯回山。」

辛培華臉色一沉，訓斥道：「胡說八道，李師兄是我們武當的大師兄，連師父我的武功，也是他手把手教的，對他的人品，我最清楚不過，他絕不是犯了色戒給趕出去的，妙法長老在那次大會上也公告了天下，她至今仍是處子之身，這就說明當年李師兄絕不是犯了戒，這一定是有奸人陷害，或者是前任的紫光師伯設計，好讓李師兄離開武當，臥底各派去追查黑手呢。」

木松眼中閃過一絲迷茫：「可是，既然如此，為何這麼多年來，紫光師公和掌門師伯從來沒有把這事跟我們大夥兒說明白呢？若是李會長真的沒有犯戒，有了如此的勢力，為何不讓他重歸武當門下，以壯大我們武當的實力呢？」

辛培華嘆了口氣：「他已經離開武當十幾年了，有些事，錯過了就很難再回到以前了，這些是長輩們的往事，你這小輩懂什麼，不要亂嚼舌頭，現在看到李師兄在外面威風八面，我這個做師弟的是真心為他高興，黑龍會的強大對我們武當絕不是壞事，現在沐師姐留在他身邊，也是為了維繫我們武當和黑龍會的良好關係，以後能一起對付魔教呢。」

木松脣上兩抹八字鬍動了動，似乎是有話要說，看著辛培華，卻是忍住了沒有說出口。

辛培華看他這個樣子，好奇道：「木松，你這又是怎麼了，有什麼話就直說吧。」

木松嘆了口氣：「師父，其實這些話一直在二代三代的弟子中流傳許久，不太好聽，所以弟子也一直不敢和您說。」

辛培華無奈地長嘆一聲：「是有關妙法長老的閒話吧。」

木松道：「原來師父也聽說了，弟子多次制止過師弟們的這種私下議論，但大夥兒怎麼也沒辦法轉過這個彎來，明明是我們的掌門夫人的妙法長老，怎麼轉眼就成了假結婚？然後又當著天下英雄的面，跟著那個李滄行走了，師父，說真的，這陣子大家都不太想下山，碰到別派的弟子，或者是那些同道的武林中人，都會給人背後恥笑。」

辛培華教訓道：「嘴長在人家身上，那些閒言碎語是阻止不了的，我們是出家修道之人，要靜心養氣才是。妙法長老和掌門師兄還有李師兄之間的關係，很微妙也很複雜，連我都不是太清楚，也不是三言兩語能說清楚的。現在妙法長老已經公開宣布和掌門師兄是假結婚，她以後也會跟著李師兄一起，這是不可改變的事實，時間長了，這些閒言碎語自然也就會消失了。」

木松眼中閃過一絲不甘的神色：「這麼說來，那個傳言是真的嗎？師父，有人說李會長想要借著跟妙法長老的關係，吞併我們武當，先是逼掌門師伯退位，自己取而代之，然後再把兩派合併，他來當這個新掌門，是這樣的嗎？」

辛培華臉上怒容一現，黑鬚無風自飄，厲聲道：「這話是何人所言？」

辛培華這一下動了真怒，惹得在場上練劍的弟子們都停下了手中的動作，紛紛向這裡看過來，就連一直背對著辛培華，指導大家練劍的二十幾名藍衣精英弟子，也紛紛回頭想看個究竟。

辛培華站起身來，對著那些練武的弟子們沉聲道：「大家繼續練劍，不要受其他事情的影響！」幾百名武當弟子紛紛舉劍行禮。

辛培華看了一眼木松，低聲道：「跟我來。」

兩人走到一處僻靜的山道，遠處弟子們練劍時的呼喝聲和劍風破空，內力激蕩的聲音已經聽不見了。

辛培華臉色一沉：「這話是誰說的？」

木松道：「是華山派的幾個弟子說的，還有洞庭幫的幾個同道也都這樣說，上個月，弟子跟三個師弟下山採辦的時候，在渡口的小鎮上遇到他們，他們就是這樣說的，弟子一時氣憤不過，險些和他們動起手來，後來還是丐幫的公孫幫主在場，這才阻止了我們的出手。」

辛培華質問道：「這件事為何當時不向為師報告？」

木松低著頭道：「類似的事幾乎天天都發生，師父您沒有下山，可是外面都在傳這個說法，師弟們一開始還會激憤難忍，可是時間一長，大家連反駁的勁也沒有了，因為妙法長老一直不回來，還有人說，有人說……」

他抬頭看了一眼辛培華，欲言又止。

辛培華上前一步，抓住木松的手腕，厲聲道：「說什麼？」

木松只覺得手腕一痛，嚇得一吐舌頭，連忙道：「最近，有言論說，說是掌門師伯這回下山，不是去聯絡其他各派，而是去了浙江台州，去跟那，那李會長理論了。說，說這個是奪妻之恨，不共戴天。」

辛培華氣得大罵：「放屁！」

他一揮手，木松只覺得手腕處一陣大力襲來，下盤不穩，向後直倒退了四五步，才勉強站住，胸口只覺得一股大力襲來，幾乎站立不住。

木松臉色一陣慘白，連忙下跪說道：「弟子一時失言，請師父降罪！」

辛培華平復了一下胸中的怒火，說道：「這些話應該不是外幫的人所說的吧，是不是武當弟子之間傳的流言？」

木松點點頭：「師父，正是如此，也就是最近幾天開始傳起來的，主要是因為大家本來就因為妙法長老的離開而在其他各派面前抬不起頭來，然後掌門師伯又是一去多時不回，有些見過師伯下山的弟子，就把這事傳遍了武當，現在弟子們都在紛紛議論此事呢。」

辛培華長嘆一聲：「昔時因，今日果，防人之口，甚於防川，此事靠壓也是壓不住的，木松，從今天開始，你要在弟子中宣傳，說掌門師伯正在閉關，過一個月左右就會出關，把這謠言給制止住。」

木松黑困惑地說：「可是師父，掌門明明已經下山了，並不在閉關啊，這話說了其他師弟師侄們也不會信的，而且您不是才說過嗎，這些言論是壓不住的。」

辛培華咬了咬牙：「壓不住也得壓，哪怕是靠騙，也得拖到掌門師兄回山再說，木松，現在你是傳功弟子，有義務帶頭導正門派內的風氣和言論，可不能自己先信了這些傳言，不然還怎麼去教導那些師弟們呢？」

木松嘆了口氣：「一切謹遵師父的安排，從今天開始，去閉關處送飯的事就由弟子來做，這樣別人就不知道掌門師伯在不在那裡了。」

辛培華拍了拍木松的肩膀，稱讚道：「很好，還有黑石師公那裡，你就讓清松過去吧，雖然現在妙法長老不在，但對黑石師公也不能有絲毫的怠慢，明白嗎？」

木松眼中光芒閃閃：「好的，師父，弟子知道該怎麼做了。弟子這就在師弟們中間宣布，掌門師兄現在人就在後山閉關洞裡，現在運功正到關鍵時刻，不允許其他人打擾了，每天的飯食，由弟子親自送過去。」

辛培華點了點頭：「很好，你去吧，為師一個人要靜一會兒。」

木松行禮離去，辛培華看著他遠去的身影，眉頭深鎖，等到木松的身影消失在山道的拐角處時，才嘆了口氣：「唉，大師兄，你究竟是怎麼想的呢？」

李滄行的聲音在辛培華的耳邊響起：「小師弟，難道我和你師姐的想法，你還不知道嗎？」

辛培華臉色大變，轉過身子，只見身後一棵蒼松上，李滄行一身黑色勁裝，正站在高高的樹枝上，笑著向辛培華招手致意呢。

辛培華按著劍柄的手漸漸地鬆了開來，可他臉上仍然不苟言笑，沉聲道：「李會長，閣下不請自來，以這種方式探我武當，只怕有些說不過去吧。」

李滄行身形一動，如同一隻大鳥般從空中凌空而下。

他用的是武當的梯雲縱功夫，又摻和上了錦衣衛的御風萬里的至高輕功，幾乎身形在空中完全固定住，凌空向前飛出十丈距離，然後猛的下墜，身後的全黑披風幾乎一動不動，整個人只能用從天而降這四個字來形容，一下子就落在了辛培華的面前。

李滄行看著向後退了一步，提氣戒備的辛培華，嘆了口氣：「小師弟，什麼時候開始你也對我這般戒備了？」

辛培華嘴角勾了勾：「李會長，以前的事不用再提了，你貴為一派掌門，不走山門進來拜訪，而是這樣偷偷地潛入武當，這只怕有點過分了吧。」

李滄行道：「小師弟，如果不是事態緊急，我也不會用這樣的方式，武當的內鬼一直存在，只怕這會兒已經得到重要的消息，要做壞事了，為了不打草驚蛇，我只能用這種方式來和你接頭。」

辛培華眉頭一皺：「李會長是什麼意思？難不成你已經查到了這個內鬼的身分？」

李滄行點點頭，正色道：「師弟，情況緊急，我只能長話短說，我這次和你師姐到雲南一行，去查探那個萬蠱門主的下落，你知道我最後查到了什麼？」

辛培華心中一動，急問道：「你真的查到萬蠱門主的下落了？」

李滄行眼中精光一閃，說道：「不錯，小師弟你絕對想不到，那萬蠱門主不是別人，正是我們的黑石師伯！」

辛培華這下驚得倒退兩步，臉上寫滿了錯愕，聲音微微地發抖：「這，這怎麼可能！萬蠱門主怎麼會是黑石師伯？」

李滄行神色變得黯然，遺憾地說：「我也不想相信，但這是鐵一樣的事實，由不得我不信，師弟，你知道我為什麼要一個人上山，沒帶師妹過來嗎？就是因為她到現在還無法接受這個事實，我也沒法帶她過來問黑石師伯這件事，只能找個藉口自己先過來。」

辛培華眉頭一皺：「李會長，你說黑石師伯就是那個萬蠱門主，有何憑證？還有，掌門徐師兄應你的邀請下山找你，怎麼這回沒有跟你一起回來？」

李滄行從懷中摸出一物，遞給辛培華：「師弟請看，這正是徐師弟給我的信物，現在他正幫我設法拖著小師妹，我趁這個機會先自己上山，就是有重要的事要向黑石師伯問出，你一定要幫我。」

辛培華接過東西，定睛一看，正是武當的掌門玉佩，點點頭，收下玉佩，說道：「既然這是徐師兄給你的，那我也沒什麼好說的。不過李會長，在我帶你去見黑石師伯之前，你能不能告訴我，到底發生了什麼事，黑石師伯怎麼成了萬蠱門主？我到現在也無法接受這個事實啊。」

李滄行幽幽地道：「這個故事太長，我也來不及細說，只能說個大概。這萬蠱門乃是雲南那裡的一個邪惡門派，專門靠煉各種邪蠱來控制人，金蠶蠱，就是他們煉製得最邪惡的一種蠱，可以吞食活人的內力精氣，然後服下，不僅能助長人的內力武功，甚至有可能讓人羽化升仙！」

辛培華眉頭皺道：「就是那天南少林武林大會中，陸炳拿出來的那個邪物嗎？好可怕！這麼說來，紫光師伯也是被這東西害死的？」

李滄行點點頭，眼中露出憤怒之色：「不錯，黑石以前的名字叫沐傑，就是這個萬蠱門的門主，這個萬蠱門在大明開國之初的時候，就被正邪各派和錦衣衛聯手摧毀，但是出於自保的原因，當時征伐雲南的大將沐英卻悄悄地和萬蠱門達成了合作，庇護了萬蠱門的傳人，讓其秘密為自己煉製這個金蠶蠱，終於，到了沐傑這輩時，得到了金蠶蠱的煉製方法。

「但是雲南一地，沒有絕頂的高手，魔教中人防範極嚴，想在魔教首腦身上下蠱，非常困難，所以沐傑就想辦法在點蒼派學了點蒼的劍法，然後改名換姓，帶藝投入我們武當派。由於他在點蒼派的時候，跟當時也隱姓埋名在點蒼學藝的陸炳有過某種緣分，所以通過陸炳的運作，順利地加入了我們武當派，成為了我們所認識的黑石長老，俗家名叫沐元慶。」

辛培華目不轉睛地聽著這個故事，眼睛睜得大大的：「大師兄，這些都是真的嗎？聽來簡直是匪夷所思，讓我做夢也想不到啊。可是有些不對勁啊，如果黑石長老真的是那個奸人，又怎麼會帶著師姐一起上山呢？」

李滄行眼中變得淚光閃閃：「沐元慶當時和在點蒼派的師妹紀曉君生了一對女兒，一個是小師妹，另一個，就是那個在南少林犧牲的錦衣衛殺手鳳舞。」

辛培華不信地搖著頭：「這怎麼可能？你是說，峨嵋的柳如煙和我的小師姐是同胞姐妹？這怎麼可能呢！柳如煙分明是陸炳的女兒，這點全天下的人都看得到啊！」

李滄行深深地吸了口氣：「我也很難接受這件事，但這就是事實。因為當年陸炳也深愛紀曉君，所以沐元慶為了逼紀曉君回到陸炳身邊，留下一個女兒，讓紀曉君帶著另一個女兒去投奔了陸炳，從此鳳舞和小師妹就天各一方，姐妹不能相認，也正是因為她們是姐妹，所以才會那麼熟悉，鳳舞才能扮小師妹扮得那麼像，連我也沒有認出來。」

辛培華咬了咬牙：「居然天底下還有這樣的事，大師兄，我現在開始相信你的話了，也許黑石師伯，不，沐元慶真的是掌握一切的內鬼呢，是啊，也只有他才能害到紫光師伯。這麼說來，那個金蠶蠱是沐元慶下給紫光師伯的嗎？」

李滄行點頭道：「不錯，不過那不是金蠶蠱，而是功能與金蠶蠱差了許多，但是看起來與金蠶蠱相似的金線蠱，不僅是紫光師伯，巫山派的前任寨主林鳳仙也是被下了此蠱，最後被人生生取出金蠱而死。」

辛培華恨恨地一掌擊出，在一棵大樹上留下一個深達寸餘的大手印，滿天飛舞著被這一掌震下的松針，他咬牙切齒地說道：「難怪這麼多年，從紫光師伯到徐師兄，我們武當一直在找內鬼，可是這個內鬼卻始終尋找不到，誰會去懷疑一直躺在床上的沐元慶！李會，不，大師兄，現在你已經查明了真情，為何不直接殺了沐元慶報仇，還要找他做什麼？」

李滄行的表情變得異常嚴肅，壓低了聲音，上前一步道：「這個沐元慶並非罪魁禍首，小師弟，你想想，他天天躺在那床上，就算是裝病裝傷，但我們武當弟子也是成天見他在那裡，沒看到他離開過，所以他充其量就是個替身，一個傀儡，真正對他發號施令的，另有其人。」

辛培華臉色一變：「什麼，大師兄？你不是說萬蠱門主就是真凶嗎？怎麼又只是個替身了，真凶還另有其人？」

李滄行道：「正是如此，這個真凶極其可怕，不僅是沐元慶，就連朝中的重臣，那個小閣老嚴世蕃，還有被流放雲南的前內閣首輔之子楊慎，都是被他用這金蠶蠱操縱和控制的，現在嚴世蕃和楊慎這兩個大奸賊已經被我除掉，唯一的線索只剩下了沐元慶這裡，萬萬不能讓那個黑手聽到消息後斷了這線索，所以我這次要秘密前來武當，而不是正式拜山門，就是怕打草驚蛇。」

辛培華頻頻點頭：「大師兄說得有理，那現在我能為你做什麼？帶你去見沐元慶嗎？」

李滄行正色道：「不錯，這就是我此行來的目的，我的時間不多，徐師弟只怕不能拖住師妹太長的時間，而要是師妹和徐師弟一起回來，那個黑手一定會知道事情有變，也許就會殺沐元慶滅口了。」

辛培華嘆了口氣：「真是難為了小師姐了，她好不容易在經過了這麼多年的等待之後與你重逢，本以為可以一切圓滿，卻未料出了這種事情，親生父親卻是多年潛伏武當的大魔頭，大師兄，你究竟打算如何去處理沐元慶？難道你真的要殺了他嗎？按理雖然應該如此，可是，可是這樣一來，你以後如何面對小師姐？」

李滄行的眼神變得黯然，他的嘴角在微微地發抖，幽幽地道：「小師弟，不瞞你說，這一路上，我最怕的就是這件事，雖然小師妹現在也知道了她爹的事情，但不管怎麼說，沐元慶都是她的生身父親，哪怕是惡貫滿盈，她也絕不可能眼睜睜地看著自己的父親接受制裁。所以我現在只能讓徐師弟先拖著她，我先從沐元慶的嘴裡問到我想要的內容，也就是那個幕後黑手的消息。」

辛培華道：「我明白大師兄的意思了，可是黑石師伯如果真的是你說的沐元慶的話，那他又怎麼會乖乖地回答你的問話？這幾年來他天天就是一個活死人的狀態，連飯都不能吃，每天只是由服侍他的童子灌他半碗米湯，維持生命而已，不管他是不是你說的凶手，都沒法回你的話啊。」

李滄行的眼中閃出一絲寒意，讓辛培華也不免中心中一驚，只聽李滄行咬牙切齒地道：「在我面前，他是裝不了的，我有的是手段能讓他開口，小師弟，你現在帶我過去，不要讓任何人接近他的房間。」

辛培華聞言道：「好吧，我信大師兄，跟我來！」說著，轉頭就走，李滄行緊緊地跟在他的後面。

辛培華左轉右拐，盡是走那些無人的小路，李滄行披起罩頭斗篷，低著頭，一言不發，像個僕役一樣亦步亦趨，一些弟子看到辛培華和李滄行後，都站住行禮，辛培華只隨便地擺了擺手，話都不說一聲就匆匆走開，惹得這些弟子們紛紛在後面竊竊私語。

走了半炷香的功夫，辛培華領著李滄行來到一處幽靜的別院，兩個紮著道童髻的小道僮正在院子裡拿著掃帚打掃落葉，一看辛培華前來，雙雙停住了動作。

自從黑石失去意識以來，這處長老別院就很少有人來，就連沐蘭湘也只是每天早晚來問一次安，更不用說雜事纏身的辛培華了。

辛培華對二個童子說道：「蒼松，白鶴，今天黑石長老的情況怎麼樣？」

左邊一個個子高一點，名叫蒼松的童子說道：「師叔，黑石師公還是和以前一樣，中午的時候明空師兄來給餵過飯了。」

辛培華「唔」了一聲：「我帶了一位名醫過來為黑石長老看看脈，你們先出去吧，不要讓人接近這裡。」

兩個道童對視一眼，行禮退下。

李滄行脫掉斗篷，道：「我們進去吧。」

一片煙霧繚繞中，房門被輕輕地推開，李滄行一個人走進了房間，看著床榻上的黑石，他的容貌比起近二十年前，已經蒼老許多，臉上皺紋密布，如同枯樹一般，只是頭髮梳得整整齊齊，看起來一塵不染。

李滄行雙眼中突然凶光一現，厲聲道：「沐傑，你這惡賊！我讓你繼續裝！納命來！」

劍光一閃，一柄寒光閃閃的長劍刺進了黑石的前胸，他的頭一歪，嘴邊鮮血長流，就此氣絕。

站在外面護法的辛培華聽到裡面的劍氣破空之聲，連忙跑了進來，只見黑石的雙眼緊緊地閉著，彷彿從來沒有睜開過似的，傷處鮮血如噴泉般地向外湧，這一劍直接刺穿了他的心臟，縱然是大羅金仙也不可能讓他再活過來了。

辛培華又驚又怒，對著在一邊抱臂而立，冷笑不已的李滄行吼道：「你怎麼一劍把他給殺了！」

李滄行扭過頭來，陰森森地露出一口白牙：「沐老賊當年對我和小師妹的婚事百般阻撓，害得我們相愛之人分離這麼多年，此仇不報，枉為男兒！」

辛培華拔出背後的青鋒劍，擺開架式：「李滄行！你剛才說的話是真是假！黑石師伯真的是萬蠱門主嗎？你如果要追查真相，怎麼會這樣殺人滅口？」

「李滄行」哈哈一笑：「殺人滅口？你說對了，這人我是要殺，口我也得滅，沐傑知道了太多不應該知道的事，當然留不得！」

他的眼中凶光一閃，周身一陣黑氣騰起，「不僅是沐傑，你的口我也不能留！」

武當山門外，李滄行，沐蘭湘，徐林宗，屈彩鳳四人結伴而行。

自從那天晚上在康巴城外的小樹林擊殺嚴世蕃之後，李滄行就迅速地找到了留在城內的徐林宗和林瑤仙等人，眾人商議之後，決定事不宜遲，扔下大隊人馬，一路向武當急行，幾乎不入城投宿，也很少休息，晝伏夜出，不走官道，十多天的功夫，就趕到了武當。

一路上，四人處在一個微妙的關係之中，屈彩鳳有意無意地躲著徐林宗，幾乎不與他說一句話，而李滄行和沐蘭湘，也是像霧像雨又像風，彷彿隔著些什麼。

有時，夜深人靜之時，李滄行可以看到沐蘭湘一個人在偷偷地抹眼淚，可是當她轉眼面對自己的時候，又掛起淡淡的笑容，裝得跟沒事人似的，此情此景，讓李滄行的心中亦是神傷不已。

徐林宗走在最前面，守衛山門的兩個弟子看到掌門回歸，又驚又喜，上前道：「掌門師公，你回來了！」

徐林宗笑著點了點頭：「我下山辦點事，因為事關機密，所以對外假託我閉關，在我離開的這兩個多月時間裡，山上一切都好吧。」

右邊一名個頭稍高的弟子，名叫玄月，比徐林宗低了兩輩，看樣子也就是十七八歲的年紀，恭敬地回道：「回掌門師公的話，山上一切安好，剛才辛師叔公還指導著我們練劍呢，人就在山上。」

李滄行看著闊別了十餘年的武當，心中感慨萬千，自己人生中最美好的記憶，還有最刻骨銘心的往事，都是發生在這裡，現在故地重遊，卻是年華已經逝去，儘管昔日天真可愛的小師妹現在成了自己的愛侶，可是即將面臨痛苦的選擇，這回的武當之行，真的能一帆風順嗎？

李滄行長出了口氣，道：「徐師弟，事不宜遲，我們這就去黑石師伯那裡吧。」

徐林宗搖搖頭：「我得想辦法穩住其他弟子，就不先跟過去了，要不然可能會引起那個黑手的注意，師妹，你陪大師兄一起過去吧。」

沐蘭湘今天一直是一副魂不守舍的樣子，聽到這話後，彷彿渾然未覺，李滄行見她臉色慘白，緊緊咬著沒有血色的嘴唇，心中不免一陣淒涼。

想到一會兒就要面對小師妹的父親，還不知道是個如何的結果，他上前一步，扶住沐蘭湘的香肩，柔聲道：「師妹，你如果不舒服的話，就留在這裡吧，放心，我答應你的事，絕對不會食言的。」

沐蘭湘嬌軀一顫，抬起頭，勉強擠出一絲笑容：「沒事的，大師兄，我帶你去。」

李滄行眉頭皺了皺，看了一眼一直跟在後面，一言不發的屈彩鳳，說道：

「彩鳳，你能在這裡等我一會兒嗎？我想一個人問清楚黑石師伯。」

他想到屈彩鳳有可能見到黑石之後仇人相見，分外眼紅，一時情緒失控，到時候局面可能無法收拾。

屈彩鳳嘴角勾了勾道：「好吧，反正已經等這麼久了，再多等上一刻也沒關係，滄行，我相信你。可是，你一定要給我一個明確的交代才是。」

李滄行點點頭，對沐蘭湘道：「師妹，我們走吧。」

沐蘭湘二話不說，身形一動，天青色的身形已經在十丈之外，隱入山道邊的密林之中。李滄行眼中光芒一閃，迅速地跟了上去。

徐林宗看著屈彩鳳，招呼道：「彩，屈寨主，要不要到真武殿坐坐，也好休息一下呢？」

屈彩鳳冷冷回道：「徐掌門的美意，屈某心領，只是屈某無事不願意再跟武當有任何的關係，在這裡等著便是。」

說著，走到道邊的一棵青松之下，盤膝而坐，閉上雙眼，對於徐林宗看也不再看一眼。

徐林宗輕嘆了口氣，對著玄月說道：「你二人好生照顧好屈寨主，不可怠慢，我先回真武殿了。」

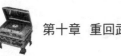

玄月和另一邊的明達欠身行禮，再一抬頭，面前的徐林宗早已經失去了蹤跡，二人相視一眼，咋舌不已。

李滄行在後面看著前面沐蘭湘的身影發力地狂奔著，隨風飄過來一些鹹濕的味道，分明是她臉上的淚水，他的心一陣絞痛，暗中問自己，自己這樣追求真相，馬上就要置小師妹於這種無法選擇的兩難境地，真的值得嗎？

可是他剛剛起了這個心思，眼前彷彿又浮現出師父，紫光師伯，鳳舞，一張張給萬蠱門害死的人的臉，他們都在眼睜睜地看著自己，離真相只差最後一點了，難道可以就此收手，永遠地逃避嗎？

李滄行一咬牙，腳下加快了動作，瞬間就趕上了沐蘭湘。

只見師妹的臉上已經是淚水橫流，一雙大眼裡，淚光閃閃，嘴唇滲出了鮮血，看得出她在極力地克制著自己的情緒。

李滄行嘆了口氣，把功力提到十成，直衝著長老別院而去。

已經快要出這片密林了，雖然離開了十餘年，但自己自幼在這裡長大，甚至對這裡的每一草一木都是那麼地熟悉，這黑石師伯所在的長老院，就是自己閉著眼睛也不會走錯路。

李滄行決意自己先一個人進去問個明白，轉頭對沐蘭湘密道：「師妹，你在院外等一下，我先進去，好嗎？」

沐蘭湘聽了，不忘道：「師兄，不要忘記你答應我的事。」

李滄行點點頭，身形一飛沖天，直接躍上林邊的一棵大松樹，腳尖在樹梢上一點，如蒼鷹翔空，直飛十餘丈，穩穩地落在了院內，沐蘭湘則在院外停了下來，看著院中的表情，一片複雜。

李滄行落地之後，正要開口，突然臉色一變，這房間的門窗緊緊地關著，完全不像平時白日裡門戶大開的景象，而且院裡院外，連個值守的童子也沒有，他感覺有些不太對勁，喝聲道：「請問裡面有人嗎？」

喊了三聲，裡面毫無動靜，李滄行臉色一變，斬龍刀抄在右手，周身騰起紅色的天狼戰氣，厲聲道：「若是再繼續裝神弄鬼，休怪在下不客氣了！」

這時，房屋裡突然傳來一陣細微的響動之聲，伴隨著一聲細如蚊蚋的呻吟聲，李滄行一下子寒毛豎了起來，飛身而出，刀光一閃，將整個門給劈了開來。

映入眼簾的，是倒在門口，身下一片血泊的辛培華，第二眼看到的，則是歪在床榻上，已然氣絕的黑石。

李滄行大叫一聲：「小師弟！」就要撲上前去，扶起辛培華，叫道：「小師弟，這是怎麼回事，到底是誰傷的你？」

辛培華的目光本散亂，身上十幾處劍傷，在向外汩汩地冒著血，一看到李滄行，突然神色大變，一把抓住李滄行的前襟，眼神中盡是怨毒：

「你，你這個惡賊，我，我就是做了鬼，也不會，不會放過……」

他拼盡全力地說出了這幾個字，頭一歪，竟暈死過去了，李滄行心中大急，連忙探著他的鼻息，一邊運指如風，為他點穴閉脈止血，一邊探起他的鼻息，只覺他心脈雖然極弱，但是鼻息尚有一絲，還不至於完全停止。

一聲淒厲的慘叫聲響起：「爹！」

沐蘭湘飛撲過來，撲到黑石的身上，瞪著蹲在一邊不知所措的李滄行，眼睛幾乎要噴出火來：「是你，是你殺了我爹！」

李滄行趕忙放下懷中的辛培華，站起身，矢口否認道：「不，師妹，請你一定要相信我，不是我殺你爹的，我進來的時候，他就已經這樣了。」

沐蘭湘雙目盡赤，看著李滄行剛才為救治辛培華而落在一邊的斬龍刀，咬牙切齒地說道：「你不要再解釋了，你的刀在這裡，我爹，我爹……」

她看著黑石的屍體，淚如雨下，哭道：「我爹的胸口明明中的是刀傷，你還說不是你下的手？李滄行，你明明答應我，不會出手取我爹的性命，為什麼，為什麼你要這樣！」

沐蘭湘想到傷心處，放聲大哭，整個人撲到黑石的身上，泣不成聲。

李滄行急道：「師妹，你難道連我的話也不信了嗎，我要查的是那個黑手的行蹤，又怎麼可能對你爹下手呢，此中曲直，只要將小師弟救過來，一問便知！」

沐蘭湘只是在黑石的身上哭個不停，黑石胸口傷處湧出的血，把她的衣服染得遍是血跡，可是她卻渾然不覺，聲聲泣血，情真意切，聞之讓人心碎。

李滄行從懷中摸出幾顆百草玉露丸，放到辛培華的嘴裡，金丹入口，自化瓊漿，很快，辛培華就悠悠地醒轉過來。

門外傳來一聲驚呼：「怎麼會這樣！」

徐林宗一臉驚訝地快步而入，先是看了一眼床上的黑石屍體和哭泣不止的沐蘭湘，轉而把目光轉向李滄行，錯愕地道：「大師兄，這是怎麼回事？」

李滄行百口莫辯，搖頭道：「師弟，我一進來時就發現這樣，黑石師伯死在床上，小師弟給人重傷。」

他對著剛剛睜開眼睛的辛培華，急急問道：「小師弟，你倒是說話啊，這到底是怎麼回事？」

辛培華眼神變得淩厲起來，看著李滄行的眼中幾乎要噴出火來，他的手緊緊地抓著李滄行的前襟，用盡最大的力氣吼道：

「就是你，就是你殺了，殺了黑石師伯，還要，還要向我出手，徐，徐師兄，不要，不要放過他，啊……」

辛培華掙扎著說出這幾句話後，頭一歪，再次昏死過去。

徐林宗眼中寒光一閃，周身的青氣一陣暴漲，「嗆啷」一聲，背上的太極劍脫鞘而出，抄在手裡，森寒的劍尖直指李滄行，毫不留情地喝問道：

「李滄行，你殺了黑石師伯，重傷小師弟，究竟是為什麼？你必須要給武當上下一個交代。」

李滄行緩緩地放下手中的辛培華，那把散落在地的斬龍刀拿在手中，盡力保持著鎮定，可是一切的變化來得太快，讓他無所適從。

他悲憤地道：「徐師弟，連你也不相信我了嗎？」

徐林宗厲聲道：「**我只相信我的眼睛**，李滄行，放下武器，如果你還有一絲作為前武當弟子的覺悟，就不會在這種時候試圖反抗，我會給你一個公開解釋的機會！」

一道火紅的身影，伴隨著一陣香風閃過，緊接著是霜雪般的白髮漫天飛舞，屈彩鳳絕世的容顏同時映在李滄行和徐林宗的眼裡，看了眼在床上的黑石屍體，以及痛哭不止的沐蘭湘，神色一變：「怎麼會這樣？」

徐林宗嘆了口氣：「彩鳳，我也不知道他是怎麼了，一進來就殺黑石師伯滅口，還重傷辛師弟。」說到這裡時，突然眼神一變，「彩鳳，難道是你？」

屈彩鳳猛的一扭頭，直視徐林宗，雙目中冷芒暴閃：「是我什麼？徐林宗，你該不是想說，是我讓滄行下的手？」

徐林宗咬咬牙道：「你只要回答是不是就行了，彩鳳，我也相信不是你們串通好的，可是，可是現在我必須要給武當上下一個交代。」

外面開始變得人聲嘈雜，數百名武當弟子的腳步聲由遠而近，徐林宗對著院外叱道：「全都在外面，誰也不許進來！」

屈彩鳳直勾勾地看著徐林宗，眼中充滿了驚疑，接著變得憤怒，她的身軀發著抖，眼中幾乎要噴出火來，一如她現在這一身火焰般的大紅霓裳，被她全身的怒氣鼓蕩起來，無風自飄。

屈彩鳳突然放聲大笑起來，聲音中充滿了遺憾與憤怒：

「哈哈哈哈，好，好，好得很，徐林宗，過了這麼多年，我原以為你應該變了，你嘴上說你愛我，可是連對我起碼的信任也做不到，這還叫愛嗎？你永遠只是那個冷酷，自私的武當掌門，永遠不可能相信我這樣的人！」

徐林宗嘴角勾了勾，眼中閃過一絲難言的神色，搖了搖頭，手中舉著的劍卻沒有放下來：「彩鳳，我只想聽你親口解釋一聲，究竟是不是，無論你說什麼，我都會信你的。」

屈彩鳳厲聲道：「徐林宗，如果你不是已經懷疑我了，還會問我這樣的問題嗎？無論我是承認還是否認，在你的心裡，早已經認定是我讓滄行直接就殺人報仇的吧。」

徐林宗嘆了口氣，轉而看著李滄行：「李滄行，彩鳳如此維護你，看來是錯不了，你為自己師父，為她報仇，情有可原，但你不該傷了小師弟，對他下這麼重的毒手，我無法原諒你！」

李滄行冷冷說道：「徐師弟，你這麼聰明的人，不知道用腦子想想嗎？我要追查那個黑手的下落，又怎麼可能接受任何人的請託，二話不說地上來就殺了沐元慶？就算我要報仇，至少也得等到我問完了再下手是吧。」

徐林宗眼中寒芒一閃：「不用跟我說這些，現在鐵證如山，你抵賴不了，如果你不肯說實話的話，我只好把你拿下，換個地方，換個方式和你交談了。」

李滄行眼中神光暴射，所有在武當被打壓，被驅逐，被陷害時所受的屈辱、辛酸，一幕幕地浮上心頭。

他的周身紅色的天狼戰氣一陣暴漲，眼珠子也變得血紅一片，一頭長髮如雄獅的鬃毛一樣，無風自飄，強大的氣場一陣暴溢，厲聲道：

「誰想動我，上來試試！」

徐林宗的鬚眉被這陣真氣震得一陣搖晃，周身也漸漸地騰起一陣天青色的戰氣，轉而變白，太極劍上，響起一陣龍吟之聲，他的眼睛微微瞇了起來，衣袂無風自飄，顯然已經是作好了出手的打算。

李滄行心下黯然，他萬萬沒有想到今天事情會發展到如此的地步，辛培華為什麼要這樣指認自己，從他剛才那樣怨毒地盯著自己的眼神裡，可見他絕沒有說謊話，看來是有人易容成自己下的毒手。

只是小師弟的武功在現在的武當也屬三大長老之列，即使是自己，想要勝過他也並非易事，更不用說在這狹小的房間裡劇烈打鬥，而停在原處的沐元慶的屍體卻沒有受到什麼波及，看來易容出手的那人武功之高，絕世罕見，自己碰到了也未必能勝過，究竟會是什麼人呢？

但李滄行來不及細想這些，對面的徐林宗已經擺出了架式，他看了一眼地上的辛培華，耳邊盡是沐蘭湘的哭泣聲，周身的紅色天狼戰氣一下子消散得無影無蹤：「徐師弟，這裡不是動手的地方，你若真想打，我們換個地方，免得傷到了小師弟和黑石師伯的遺體。」

徐林宗冷冷說道：「你莫要打什麼逃跑的心思！武當弟子聽令，結陣，守好這小院，任何人不得進出！」

外面的武當弟子們聽令後開始發動，訓練有素的他們，也就一眨眼的功夫，就結成了上百個真武七絕陣，牢牢地把小院守得水泄不通。徐林宗一揮手，十餘名弟子奔了進來，抬起辛培華就向屋外走。

屈彩鳳走到李滄行的身邊，看著李滄行的眼中淚光閃閃：「滄行，今天就算要死，我也要和你死在一起，這個世上，除了你，再沒有一個信得過我的人了。好在大仇得報，雖死，我亦無憾了！」

李滄行搖搖頭，轉頭看向一邊的沐蘭湘：「師妹，你爹不是我殺的，你相信我嗎？」

沐蘭湘緩緩地站起身，臉上已經看不出太多的憤怒和憂傷，清秀脫俗的臉上，早已淚痕遍布，一雙美麗的大眼睛，也腫得跟水蜜桃似的，她的靈魂彷彿已經被抽走，喃喃地說道：

「為什麼，為什麼要騙我，為什麼要殺我爹？」

李滄行厲聲道：「我說過，不是我殺的，師妹，你到現在也不信我嗎？」

沐蘭湘機械式地轉過頭，看了眼正被抬出門外的辛培華，聲音中空洞地不帶一絲生氣：「連小師弟都指認你了，李滄行，你還有什麼好說的？」

她看了眼站在李滄行身邊的屈彩鳳，眼中突然燃起一陣怒火，對李滄行吼道：「終究，終究你還是愛上了她，不管你在我面前裝得有多愛我，但你的心，你的人早已經交給了她，對不對？」

屈彩鳳粉面罩了一層嚴霜，厲聲道：「沐蘭湘，你說這話還有一點良心嗎，滄行這麼愛你，為了你連命也不要了？你現在卻懷疑他對你的愛！」

沐蘭湘突然吼了起來：「他若是愛我，怎麼會不顧我的苦苦哀求，執意取我爹的性命？若不是你苦苦相逼，他又怎麼會下這毒手！」

沐蘭湘渾身突然一陣青氣暴起，不知何時，**七星劍從她的袖底抽出，三尺青芒，直刺李滄行的胸口。**

劍身上的七星寒芒，照著她那張因為肌肉的極度扭曲變形而變得有些可怕的臉，森寒的劍氣把她漫天飛舞的淚滴瞬間凝結成一顆顆的冰珠，又被劍身上強烈的鳴震而造成的空氣波動震得粉碎。

李滄行一動不動地站著，直面沐蘭湘的劍鋒。

這一下她出手太快，即使是徐林宗和屈彩鳳都沒有料到，這一劍可謂凝結了沐蘭湘所有的怨氣與憤怒，速度快得如流星閃電一般，李滄行的臉上神色平靜，看著沐蘭湘的眼睛裡，清澈如水，充滿了愛意，一如多年前在武當山時，他滿心憐愛地看著小師妹在自己面前練劍時的那副模樣。

「噗」地一聲，七星劍狠狠地扎進李滄行的左肩，李滄行的嘴角動了動，眉頭一皺，**這一下正刺中李滄行多年前被屈彩鳳扎中的那個傷口**。

這一瞬間，他突然想起了許多往事，自己體內的生命之火，也隨著沐蘭湘的七星劍穿破他後背的肩胛骨，而變得越來越黯淡，模糊起來。

……

（第一輯完）

本公司即將出版全新長篇小說《三國奇變》，敬請期待。

滄狼行 卷20 世道蒼茫 第一輯完

作者：指雲笑天道
發行人：陳曉林
出版所：風雲時代出版股份有限公司
地址：10576台北市民生東路五段178號7樓之3
電話：(02) 2756-0949
傳真：(02) 2765-3799
執行主編：朱墨菲
美術設計：許惠芳
行銷企劃：林安莉
業務總監：張瑋鳳

初版日期：2021年9月
版權授權：閱文集團
ISBN：978-986-5589-25-7
風雲書網：http://www.eastbooks.com.tw
官方部落格：http://eastbooks.pixnet.net/blog
Facebook：http://www.facebook.com/h7560949
E-mail：h7560949@ms15.hinet.net
劃撥帳號：12043291
戶名：風雲時代出版股份有限公司

風雲發行所：33373桃園市龜山區公西村2鄰復興街304巷96號
電話：(03) 318-1378
傳真：(03) 318-1378
法律顧問：永然法律事務所 李永然律師
北辰著作權事務所 蕭雄淋律師

行政院新聞局局版台業字第3595號 營利事業統一編號22759935

國家圖書館出版品預行編目資料

滄狼行 ／ 指雲笑天道 著. -- 初版 -- 臺北市：風雲時代，2021.01- 冊；公分

ISBN 978-986-5589-25-7（第20冊；平裝）

857.7　　109020729